KB016307

우산선생 병자창의록

牛山先生 丙子倡義錄

우산선생 병자창의록

牛山先生 丙子倡義錄

'보성 창의'의 기록, 1780년 초간본 발굴, 1864년 중간본과 비교

안창익 편찬 / 신해진 역주

보고사

머리말

전라남도 보성(寶城)이라 하면 '녹차 고장'으로서 다향(茶鄕)의 이미지를 먼저 떠올릴 것이고, 박유전(朴裕全, 1835~1906)이 창제하고 정응민(鄭應珉, 1896~1964)이 전수한 '보성 판소리 고장'으로서 예향(藝鄕)의 이미지를 또한 떠올릴 것이다. 그러나 지금으로부터 500여 년 전, 오랑캐라고 여겼던 이민족들의 침입에 따른 국난을 당했을 때 목숨을 걸고 나라를 지켰던 '의병 고장'으로서 의향(義鄕)의 이미지를 떠올리는 사람은 그리 많지 않은 것으로 보인다.

그 당시 보성의 의병활동은 그리 간단치가 않다. 임진왜란 때는 의병장 고경명이 금산전투에서 순절하자, 장흥의 문위세, 능주의 김익복 등과 함께 보성의 박광전, 임계영 등이 격문을 돌리고 의병을 모집하여 보성관아에서 전라좌의병을 결성하였다. 곧, 의병대장 임계영, 종사관 정사제, 양향관(糧餉官) 문위세, 참모관 박근효 등으로 진용을 갖추었다. 이들은 경상도 개령(현 김천시)과 성주까지 진출하여 왜적과 싸우는 등 크나큰 전과를 올렸다. 정유재란 때는 충무공 이순신이 삼도수군통제사로 재임명 되어 보성에서 8일간 머물렀는데, 이순신의 장인 방진이 보성 군수이기도 하였다. 보성의 조성(鳥城)·득량(得粮)을 거쳐 열선루(列仙樓)에서 이순신은 "아직도 12척이나 남아 있고, 미천한 신이 죽지 않았습니다.(尙有十二, 微臣不死.)"라는 비장한 장계를 올렸는데, 보성의 최대성이 아들과 가노(家奴)까지 총동원하고 수많은 의병을 모아 그 휘하로 들어가지 않았다면 이순신이 재기하여 승전고를 울리지 못했을 것이라 한다. 끝내 이순신은 "만약 호남이 없었으면 나라가 없었다.(若無湖南, 是無國家.)"고 하였다. 그리하여 박광전, 소상진, 정사제, 임계영, 최대성 등 많은 보성사람들의 의로운 발자취가 고정헌에 의해 1799년 편찬된 《호남절의록》에 수록되어 있다.

정묘호란 때는 안방준이 보성의 의병 수백 명을 이끌고 전주로 향했으나, 화의가 이루어져 의병을 해산하고 돌아왔다. 당시 양호 호소사(兩湖號召使) 김장생이 조정에 아뢰어 안방준을 의병장으로 삼았다고 한다. 병자호란 때도 안방준은 64세의 노구를 이끌고 "나라를 위해 죽는다면 매우 다행이겠노라."는 격문을 도내의 여러 고을에 보내어 수백 명의 의병을 모아 이끌고 여산에 이르자, 남한산성의 항복 소식을 듣게 되어서 통곡하고 돌아왔다. 이처럼, 외침을 당하여 나라가 풍전등화의 위기에 처할 때면, 보성은 어김없이 목숨을 걸고 나라를 지키고자 일어났던 의향이다.

이 책은 바로 1636년 병자호란 때 안방준(安邦俊)을 중심으로 의병을 일으켰던 당시의 조직과 구성원들을 처음으로 기록하여 엮은 《우산선생 병자창의록(牛山先生丙子倡義錄)》을 번역하고 주석한 것이다. 이 문헌은 1780년에 간행한 초간본이다. 초간본은 목활자본으로 10행 23자 1책으로 구성되어 있고, 표제와 판심제 모두 '병자창의록'으로 되어 있다. 하지만 초간본에 김종후가 쓴 서문을 보면, '우산선생 병자창의록'이라 하였다는 언급이 있기 때문에 다른 문헌과 구별 짓기 위하여 이를 책명으로 사용하였다. 이 초간본은 영남대학교 도서관과 안세열 씨만 소장하고 있다. 반면, 초간본이 간행된 지 80여 년이 지난 1864년에 중간한 것이 《은봉선생창의록(隱峯先生倡義錄)》이다. 이 중간본은 목활자본으로 10행 20자 1책으로 구성되어 있고, 표제는 '은봉선생창의록'으로 판심제는 '은봉창의록'으로 되어 있으며, 비교적 많은 곳에 소장되어 있는 판본이다.

이번 《우산선생 병자창의록》 번역작업에서는 두 측면에 주안점을 두었다. 그간 학계에서 초간본의 소장처는 극히 드문 반면, 중간본의 소장처는 비교적 많았기 때문에 중간본을 인용 자료로 거리낌 없이 이용하는 경우가 많았다. 과연 그래도 되는 것일까. 초간본과 중간본이 지니고 있는 특성을 고려하여 인용하여야만 인용의 적절성과 가치성을 담보할 수 있지 않겠는가. 그래서 초간본과 중간본을 서로 대조하고, 변개된 모습이 어떠한지 빠짐없이 기술하였다. 더불어 이 책에는 그러한 변개양상을 주목하고 살핀 역주자의 글이 부록으로 첨부되어 있다. 2013년 국어국문학회 제56회 학술대회에서 발표한 글을 보충하여 『국어국문학』 164호에 게재했던 논문이다.

다음으로는 보성을 중심으로 한 의병들이 '국난을 맞아 목숨을 걸고 구국의 깃발 아래로 모일 수 있었던 근원적인 동력이 무엇이었을까?'에 대한 궁금증의 실마리를 풀고자 한 것이었다. 1762년 간행된 《호남병자창의록》(신해진 역주, 태학사, 2013)을 보면, 17개 지역에 걸쳐 106명 의병들의 사실이 등재되어 있고, 10명 이상의 의병이 등재된 고을은 광주와 영광 두 곳뿐이다. 반면, 《우산선생 병자창의록》은 7개 지역에 걸쳐 196명이 등재되어 있는데, 다른 향촌에서는 그 유례를 쉬이 찾아볼 수 없는 100여 명이 넘는 숫자의 의병이 보성이라는 한 고을에서 의병진에 참여한 것으로 되어 있기 때문이다. 그 궁금증을 풀기 위한 일환으로 문헌의 등재 인물들에 대한 친가 및 처가와 외가 관계를 찾을 수 있는 데까지 조사하였다. 각 문중의 족보 기록 내용이 부실한 면이 없지 않아 완전하지 않지만 조사 결과를 보건대, 혈연과 혼인을 통해 형성된 끈끈한 인적 유대망이 보성 지역에 존재하였음을 확인할 수 있었다. 나라가 위급할 때 구국의 깃발 아래로 모일 수 있었던 자발적 동력의 구체적 요인이 무엇인지 살필 수 있는 자료를 부족하나마 정리한 셈이라 하겠다. 보다 심도 있는 논의의 활성화에 기여할 수 있기를 바랄 뿐이다.

임진왜란 때에는 비록 상처뿐인 승리였을지라도 상하민이 합심하여 일구어내었지만, 병자호란 때에는 국난을 맞아 그 항쟁에 참여할 수 있는 기회조차 갖지도 못한 채 참혹하고도 치욕스런 패배에 이르자 탄식하고 은둔한 당시 의병들의 모습에서 가슴 먹먹함을 느끼게 되는 이 책을 상재하니, 대방가의 질정을 청한다.

《우산선생 병자창의록》에 수록된 의병들의 친가 처가 외가 등만 아니라 생몰년 8자리를 확인하기 위한 작업도 병행할 때에 인터넷, 각종 대동보와 파보 등을 두루 참고하였으며, 게다가 각 문중 관계자들의 따뜻한 후의(厚意)를 입었다. 그 분들께 이 자리를 빌려 진심에서 우러나오는 고마운 마음을 전한다. 그리고 말 못할 곡절을 겪으며 난관에 부딪쳐 있던 나에게 초간본을 영인할 수 있도록 승낙해 주신 안세열 어르신께 고개 숙여 감사의 마음을 전하는 바이다. 끝으로 편집을 맡아 수고해 주신 보고사 가족들의 노고에도 심심한 고마움을 표한다.

갑오년 1월 빛고을 용봉골에서

눈 덮인 무등산을 보며 신해진

차례

일러두기

이 책은 다음과 같은 요령으로 엮었다.

1. 번역은 직역을 원칙으로 하되, 가급적 원전의 뜻을 해치지 않는 범위 내에서 호흡을 간결하게 하고, 더러는 의역을 통해 자연스럽게 풀고자 했다.
2. 이 책은 내용을 알기 쉽도록 주석을 풍부히 하는 가운데, 일부 재번역한 글에서 참고한 기존 번역문은 다음과 같다.
   〈병자창의록 서문〉, 안동교 역주, 『국역 은봉전서』(Ⅰ), 신조사, 2002, 789면.
3. 원문은 저본을 충실히 옮기는 것을 위주로 하였으나, 활자로 옮길 수 없는 古體字는 今體字로 바꾸었다.
4. 원문표기는 띄어쓰기를 하고 句讀를 달되, 그 구두에는 쉼표(,), 마침표(.), 느낌표(!), 의문표(?), 홑따옴표(‘ ’), 겹따옴표(“ ”), 가운데점(·) 등을 사용했다.
5. 주석은 원문에 번호를 붙이고 하단에 각주함을 원칙으로 했다. 독자들이 사전을 찾지 않고도 읽을 수 있도록 비교적 상세한 註를 달았다. 단, 원저자의 주석은 번역문에 ‘협주’라고 명기하여 구별하도록 하였다.
6. 주석 작업을 하면서 많은 문헌과 자료들을 참고하였으나 지면관계상 일일이 밝히지 않음을 양해바라며, 관계된 기관과 여러분들께 진심으로 감사드린다.
7. 이 책에 사용한 주요 부호는 다음과 같다.
   1) ( ) : 同音同義 한자를 표기함.
   2) [ ] : 異音同義, 出典, 교정 등을 표기함.
   3) “ ” : 직접적인 대화를 나타냄.
   4) ‘ ’ : 간단한 인용이나 재인용, 강조나 간접화법을 나타냄.
   5) 〈 〉 : 편명, 작품명, 누락 부분의 보충 등을 나타냄.
   6) 「 」 : 시, 제문, 서간, 관문, 논문명 등을 나타냄.
   7) ≪ ≫ : 문집, 작품집 등을 나타냄.
   8) 『 』 : 단행본, 논문집 등을 나타냄.

병자창의록 서*
丙子倡義錄序

우산(牛山) 선생 안방준(安邦俊)은 정묘년(1627)과 병자년(1636)에 오랑캐가 쳐들어왔을 때 모두 의병을 일으켜서 국난에 나아갔지만, 다 화의(和議)가 이루어져 곧 해산해야 했다. 지금 그 병자년에 창의할 때의 서약한 글 및 부서와 인원 등을 기록한 책이 어떤 집안에 보관되어 있었으니, 책의 이름은 '우산선생 병자창의록(牛山先生丙子倡義錄)'이었다. 선생의 후손과 거의자(擧義者)들의 자손이 판각(板刻)하여 간행하기로 하고, 나 김종후(金鍾厚)에게 서문을 부탁하였다. 나 김종후는 삼가 펼쳐 읽어보노라니 마치 당시의 일을 목격이나 하듯이 두려운 마음을 품었는데, 한결같은 충성과 장한 마음은 천년이 지난 뒷날에도 사람들을 감동케 할 만한 것이었다. 이어서 의거가 여러 번 떨쳐 일어났을 때마다 번번히 화의(和議)에 의해 실패하게 된 것을 애통해 하였는데, 나도 이에 수천 리 우리 강토가 원수인 오랑캐에게 짓밟혔던 것을 애통해 하였다. 지금 백여 년이 되었어도 이 창의록은 어찌 뜻있는 선비들의 눈을 거듭 부릅뜨게 하지 않을 수 있으랴. 또한 선생의 훌륭한 공업(功業)과 의로운 풍채는 후학들이 잊지 않고 칭송하며 우러르는 바이니, 비록 보잘것없는 글이고 격식 없는 글일지라도 차마 민멸케 할 수는 없는 것이거늘, 하물며 이 창의록임에랴. 이로써 서문을 삼는다.

숭정 3번째 기해년(1779) 11월
청풍 김종후가 삼가 서문을 짓다.

---

* 安邦俊의 《隱峯全書·附錄 下》에 〈丙子倡義錄序〉로 실려 있음.

牛山[1]安先生, ①當丁卯·丙子虜寇, 皆倡義兵, 以赴國難, ②而皆遇媾成而旋罷。今其錄丙子倡義約誓文及部署員額一冊, 藏于家, 是名③牛山先生丙子倡義錄。後孫與諸義家子孫, 謀鋟板以行, 問序於鐘厚。鍾厚謹披而讀之, 凜凜如目擊當時事, 精忠氣意[2], 有足以感動人於千載之下者, 因以痛夫義擧屢奮, 輒爲和事所敗, 而我乃以數千里爲讐虜役者。于今百有餘年, 則是錄也, 豈不爲重裂志士之眦也哉? 且夫以先生德業風義, 爲後學所誦慕, 雖零辭漫筆[3], 有不忍泯滅者, 況此錄哉? 是爲序。

崇禎三己亥[4] 仲冬[5]
清風 金鍾厚[6] 謹序

• 중간본의 변개

① 當丁卯·丙子虜寇 ⇒ 當壬辰·丁卯·丙子虜寇
② 而皆遇媾成而旋罷 ⇒ 而或因朝命而罷, 或遇媾成而還
③ 牛山先生丙子倡義錄 ⇒ 隱峯先生倡義錄

---

1 牛山(우산) : 安邦俊(1573~1654)의 호. 본관은 竹山, 자는 士彦, 호는 隱峰·氷壺. 아버지는 安重寬이다. 安重敦에게 양자로 갔다. 朴光前·朴宗挺에게서 수학하고, 1591년 坡山에 가서 成渾의 문인이 되었다. 1592년 임진왜란이 일어나자 박광전과 함께 의병을 일으켰고, 광해군 때 李爾瞻이 그 명성을 듣고 기용하려 하였으나 거절, 1614년 보성의 북쪽 牛山에 들어가 후진을 교육하였다. 1623년 인조반정 뒤에 교유가 깊던 공신 金瑬에게 글을 보내 당쟁을 버리고 인재를 등용하여 공사의 구별을 분명히 할 것을 건의하였다. 志氣가 강확하고 절의를 숭상하여 圃隱 鄭夢周·重峯 趙憲을 가장 숭배, 이들의 호를 한자씩 빌어 자기의 호를 隱峰이라 하였다. 학문에 전념하면서 정묘·병자호란 등 국난을 당할 때마다 의병을 일으켰다.

2 氣意(기의) : 意氣. 장한 마음.

3 零辭漫筆(영사만필) : 보잘것없는 글과 격식 없는 글.

4 崇禎三己亥(숭정삼기해) : 正祖 3년인 1779년.

5 仲冬(중동) : 겨울이 한창인 때라는 뜻으로, 음력 11월을 달리 이르는 말.

6 金鍾厚(김종후, ?~1780) : 본관은 淸風, 자는 伯高, 호는 本庵·眞齋. 좌의정 金鍾秀의 형이다. 閔遇洙의 문인이다. 학행으로 천거를 받아 1778년 掌令이 되고, 經筵官으로 활동한 뒤 세자시강원의 諮議에 이르렀다. 재종조 金尙魯·洪啓禧와 함께 莊獻世子를 죽음으로 몰아넣은 이른바 '羅景彦의 上變'을 사주하였으며, 동생 김종수가 僻派의 영수인 金龜柱와 일당이 되자 이에 가담하여 장헌세자의 장인인 洪鳳漢을 공격하였다. 그 뒤 김구주 일당이 제거되자 세도가 洪國榮을 따랐고, 홍국영이 쫓겨나자 상소를 올려 그에게 기만당하였다고 변명하는 등 보신에 급급하였다.

호남창의록 범례
湖南倡義錄凡例

하나. 의병을 일으켰을 때의 모든 문서들과 장부들은 시간이 오래 지나서 대부분 잃어버렸는데, 다만 교문(教文) 1수와 격문(檄文) 1통, 여러 고을 제공(諸公)들의 명첩(名帖) 및 전령문(傳令文) 몇 장만이 있을 뿐이었다. 이것들에 근거하여 바르게 고친 것이 자못 몹시 거칠고 소략하겠지만, 보는 이가 자세히 살필 일이다.

하나. 의병을 모집하여 행군하였을 때 대장(大將)과 부장(副將), 소속 군관, 이하 딸린 직책들은 각기 맡은 일이 배열되어 있었으므로 이에 의거하여 바르게 배열하였다.

하나. 의병을 일으킨 제공들은 뒷부분에 열록(列錄)하였는데, 대대로 쌓아 내려오는 미덕 그리고 벼슬과 행실 등의 간단한 기록까지 게재하여 후대의 사람들이 참고하도록 하였다.

하나. 의병을 일으킨 제공들 가운데 더러는 먼 후손들이 문건들을 없애버려 징험할 만한 것들이 없으면 보충하는 글을 기록하지 않았다.

一。倡義時, 凡干文蹟[1], 年久太半遺失[2], 只有教文一·檄文一, ①列

1 文蹟(문적) : 文簿. 나중에 자세하게 참고하거나 검토할 문서와 장부.

2 遺失(유실) : 가지고 있던 물건 따위를 부주의로 잃어버림.

邑諸公名帖[3]及傳令數丈而已。依此脩正，頗甚草略[4]，觀者詳之。

一。募義行軍時，大將副將，②所屬軍官，以下所率，各有部列，故依此列正。

一。倡義諸公，列書於下，揭其世德官爵及行實梗槩，以備後人之考覽。

一。倡義諸公中，或後裔[5]③殄滅文字無徵者，闕註脚。

• 중간본의 변개

① 列邑諸公 ⇒ 各邑諸公

② 所屬軍官 ⇒ 所屬從事軍官

③ 殄滅文字 ⇒ 泯沒文字

④ 세 번째 항목으로 삽입 ⇒ 大將·副將·從事官事實，載於部列名帖下，故更不揭於列邑義士摠錄。

---

3 名帖(명첩) : 오늘날의 명함. 명첩의 서식은 “아버지 아무개와 어머니 아무개의 딸인 아무개는 몇째 딸인데, 아무 해 몇월 며칠 아무 시에 출생하였습니다.[父某母某氏女某行幾某甲子年幾月幾日某時生]”이다.

4 草略(초략) : 몹시 거칠고 간략함.

5 後裔(후예) : 후손.

의병 일으켰을 때의 사적
倡義時事蹟

숭정(崇禎) 병자년(1636) 12월 청나라 오랑캐가 곧바로 서울을 침범하자, 인조대왕(仁祖大王)께서는 남한산성으로 거둥하시며 창덕궁에서 세자를 거느리셨고, 세자빈은 강도(江都 : 강화도)로 들어가기에 이르렀다. 오랑캐 기마병이 남한산성을 겹겹으로 포위하여 위태롭고도 급박한 형세가 바로 코앞에 닥치자, 부윤(府尹) 황일호(黃一皓)가 사람을 모집하기 위해 몰래 나가기를 청하니, 여러 도의 의병을 독려케 하였다. 그래서 통지하여 깨우치시는 교서[通諭敎書]가 포위된 속에서 나오게 되었다.

우산 안방준은 이에 우리 고을의 동지 100여 명과 함께 의논하여 전원이 맹약(盟約)하고 격문을 도내(道內)에 보내었는데, 여러 고을로 하여금 군사를 모집하고 양식을 모으도록 하였다. 각 고을의 제공(諸公)들은 일제히 메아리처럼 응하여 모두 여산(礪山)에 모였다. 청주(淸州)에 도착하였으나, 강도(江都 : 강화도)가 함락되었고 남한산성에서 나와 항복 조약을 이미 맺었다는 것을 듣고서, 제공들은 북쪽을 향하여 통곡하다가 돌아왔다.

崇禎丙子十二月日, 奴賊[1]直犯京城, 仁祖大王入南漢, 中殿[2]攣世

---

1 奴賊(노적) : 淸主를 뜻하는 말이나, 문맥상 청나라 오랑캐로 번역함.

2 中殿(중전) : 조선조 제16대 인조의 비 仁烈王后 韓氏를 가리킴. 본관은 淸州. 아버지 領敦寧府事 韓浚謙과 어머니 黃氏 사이에서 1594년 강원도 원주에서 출생하였다. 17세의 나이에 陵陽君(후의 仁祖)과 혼인하여 淸城縣夫人으로 봉해졌다. 1623년 광해군을 폐위하는 '인조반정'으로 능양군이 왕이 됨에 따라 한씨 나이 30세에 왕비로 책봉되었다. 이후

子[3], 及嬪宮[4]入江都。虜騎圍南漢數重, 危急之勢, 迫在朝夕, 府尹黃公一皓[5], 請募人潛出, 使督諸道兵。於是, 通諭敎書, 自圍中出來。牛山[6]①安公, 乃與本邑[7]同志②百餘人, 完議約誓, 發檄道內, ③列邑募義聚糧。各邑諸公, 一齊響應, 都會于礪山。到淸州, 聞江都失守, 已成城下之盟[8], 諸公北向慟哭而歸。

• 중간본의 변개

① 安公 ⇒ 安先生
② 百餘人 ⇒ 數百餘人
③ 列邑 ⇒ 各邑

昭顯世子와 鳳林大君(후일의 孝宗)·麟坪大君·龍城大君을 낳았다. 서인세력이 득세하던 당시의 상황에서 소현세자의 세자빈 간택조차 조정의 뜻에 따라야 하는 세월을 보내야 했다. 그런데 인열왕후는 1635년 42세의 늦은 나이에 출산을 하다가 그만 병을 얻어 타계하였다. 계비 莊烈王后는 1638년 15세의 젊은 나이로 왕비에 봉해졌다. 따라서 병자호란 때는 살아 있는 중전이 없었던 셈이므로 이 문장은 착종이 되는 것이다.

한편, 창덕궁 대조전을 中殿 혹은 中宮殿이라 한 것에 유의하면 창덕궁을 가리키는 것으로 볼 수 있다. 이는 세자 곧 소현세자를 거느렸다는 문맥과 서로 통할 수 있다. 따라서 여기서는 창덕궁을 가리키는 것으로 보았다.

3 世子(세자) : 昭顯世子(1612~1645). 이름 李㳧. 仁祖의 장자, 孝宗의 형이다. 어머니는 한준겸의 딸 仁烈王后이다. 1625년 세자로 책봉되었고, 부인은 姜碩期의 딸인 민회빈 강씨이고 보통 姜嬪이라고 부른다. 1636년 병자호란이 일어나 삼전도에서 청나라에 항복한 이후, 아우 봉림대군과 함께 청나라에 인질로 끌려갔다. 돌아와 아버지 인조의 견제로 비참한 최후를 맞이했다.

4 嬪宮(빈궁) : 姜碩期의 딸인 愍懷嬪 姜氏. 보통 姜嬪이라고 부른다.

5 一皓(일호) : 黃一皓(1588~1641). 본관은 昌原, 자는 翼就, 호는 芝所. 병자호란이 일어나자 인조를 호종하여 남한산성에 들어가서 督戰御史로 전공을 세웠고, 척화를 적극 주장하였다. 난이 끝난 뒤 호종의 공으로 通政大夫에 올라 진주목사에 제수되었다. 1638년 의주부윤으로 있을 때 명나라를 도와 청나라를 치고자 崔孝一 등과 모의하다가 그 사실이 발각되어 1641년 피살되었다.

6 牛山(우산) : 安邦俊(1573~1654)의 호.

7 本邑(본읍) : 여기서는 전라남도 보성을 가리킴.

8 城下之盟(성하지맹) : 성에 나가서 항복 조약을 체결하는 것을 일컬음.

임금이 내린 글
教文

왕은 이르노라.

우리나라가 신하로서 천조(天朝 : 명나라)를 섬긴 지 지금 어느덧 200년이 되었고, 황조(皇朝 : 명나라)가 하늘처럼 덮어주고 길러준 은혜는 임진년(1592)에 이르러 절정에 달했으니, 이는 만고에 변할 수 없는 대의(大義 : 사람으로서 마땅히 지키고 행하여야 할 큰 도리)이다. 우선 먼저 서쪽 오랑캐들이 중국을 어지럽힌 뒤부터 우리나라는 의리상 함께 복수했어야 했는데, 정묘년(1627)의 변란이 너무나도 갑작스럽게 일어나 천조에 주문(奏文)을 올리고 기미책(羈縻策)을 임시로 허락했던 것은 다만 온 나라 생령(生靈 : 살아 있는 백성)들의 목숨을 보전하기 위함이었다. 이번에 이 오랑캐들이 분수에 넘치게도 황제라 칭하면서 우리에게 함께 의논하자고 강요하였으나, 귀로 차마 들을 수 없고 입으로 차마 말할 수 없는 것이라서 그들의 힘이 세고 약한 것을 헤아릴 겨를도 없이 드러내놓고 그 사신을 내쫓았던 것은 다만 만고에 군신 사이의 의리를 붙들어 세우기 위함이었다.

내가 처음부터 끝까지 살아 있는 백성들을 위하고 천조를 위한 것은 저 해와 별처럼 분명하니, 이 모든 것을 온 나라의 사민(士民)들은 모두 다 알고 있는 바이라. 그런데 저 오랑캐는 함부로 포악한 짓을 행하여 날랜 군사가 멧돼지처럼 막무가내로 쳐들어와서, 나는 남한산성으로 나와 머물며 기필코 죽기를 무릅쓰고 지키고 있으나 나라의 존망이 바로 호흡하는 한 순간에 달려 있는 바, 너희 사민들은 천조의 은택을

똑같이 받았으니 오랑캐와 화친한 일을 깊이 부끄러워한 것이 오래되었을 터이다. 하물며 지금 임금이 위태롭고도 급박한 환란을 당한 것이 이러한 지경에까지 이르렀으니, 이때야말로 바로 충성스런 신하들과 의로운 선비들이 몸 바쳐 나라에 보답할 때일러라.

아, 내가 생각건대 지혜가 밝지 못하고 인덕(仁德)이 널리 미치지 못하여 너희 사민들을 저버린 적은 있었다. 그러나 지금 이렇게 환란이 일어나게 된 것은 스스로 취한 바가 아니라 단지 군신(君臣)의 대의를 차마 저버릴 수가 없었기 때문이다. 이 마음과 이 도리는 이 세상의 상하를 가리지 않고 모든 사람에게 통하는 것이니, 너희들이 또한 어찌 차마 군신의 의리에 대해 모르는 체하여 나에게 갑자기 닥친 어려운 일을 구해주지 않을 수 있겠는가?

마땅히 강력하게 지혜와 힘을 분발하여 의병을 규합하기도 하고 군량(軍粮)과 기계(器械)를 돕기도 해서 용맹을 떨치고 북으로 올라와 큰 난리를 말끔히 없애어 삼강오상(三綱五常)을 바로 일으키고 공명을 수립한다면 어찌 통쾌하지 않으랴. 이런 까닭으로 이에 교시하는 바이니, 마땅히 알아 할지어다.

숭정 9년(1636) 12월 19일

王若曰：

我國臣事天朝，二百年于玆，皇朝覆育[1]之恩，至于壬辰而極，此萬古不可渝之大義也。一自西虜猾夏[2]，我國義在同仇，丁卯之變，出於猝

1 覆育(부육) : 덮어주고 길러줌. 《맹자》〈盡心章句 下〉의 "천도라는 것은 하늘이 만물을 덮어주고 길러주어 각각 그 처소를 얻게 하는 것이다.(天道者，天之所以覆育萬物，使各得其所者也.)"에서 나온 말이다.

2 猾夏(활하) : 중국을 어지럽힘. 《서경》〈舜典〉의 "순임금이 말하기를, '고요여, 야만스런

迫, 上奏天朝, 權許羈縻[3]者, 只爲保全一國生靈之命故也。今者此虜, 至稱僭號, 要我通議, 耳不忍聞, 口不忍說, 不計彊弱, 顯斥其史[4], 只爲扶植萬古君臣之義故也。

予之終始爲生民爲天朝者, 昭如日星, 此皆一國士民所共悉。伊虜肆虐, 輕兵豕突[5], 予出駐南漢, 期以死守, 存亡之勢, 決於呼吸, 爾士民等, 同受天朝恩澤, 深以和事爲恥者久矣。況今君父危迫之禍, 至於此極, 此正忠臣義士, 捐軀報國之秋也。

噫! 予惟智不能明, 仁不能博, 以負爾士民, 則有之矣。今玆禍亂之作, 非有所自取, 徒以不忍背君臣大義也。此心此義, 通天下上下, 爾亦安忍恝然於君父之義, 不救予之急難哉?

宜力奮智力, 或糾合義旅, 或資助軍粮器械, 奮勇北首[6], 廓淸大亂, 扶植綱常, 樹立勳名, 豈不快哉? 故玆敎示, 想宜知悉。

崇禎九年 十二月 十九日

오랑캐가 하나라의 변방을 어지럽히며 도적 떼들이 안팎으로 들끓고 있어서 그대를 법관에 임명하오.' 하였다.(帝曰 : '皐陶, 蠻夷猾夏, 寇賊姦宄, 汝作士.')"에서 나온 말이다.

3 羈縻(기미) : 굴레와 고삐라는 뜻으로, 속박하거나 견제함을 비유적으로 이르는 말. 여기서는 형제관계를 맺은 화친을 일컫는 말이다.

4 史(사) : '使'의 오기.

5 豕突(시돌) : 산돼지처럼 앞뒤를 헤아림 없이 함부로 달려들음.

6 北首(북수) : 머리를 북으로 함. 신하가 임금을 잊지 못하는 뜻이다.

완의
完議

국운이 불행하여 청나라의 오랑캐가 갑자기 돌진해 오자, 대가(大駕)는 피란하였고 외진 남한산성은 포위되기에 이르렀으니, 온 나라의 신민(臣民)들이 애통해 함을 어찌 차마 입에 담을 수 있겠습니까. 이는 참으로 임금이 욕되면 신하가 죽어야 하는 때입니다. 우리 모두 이 땅에서 나는 곡식을 먹고 살며 혈기를 품은 자이면, 누구인들 의기를 떨치고 국란에 달려가려는 뜻이 없겠습니까. 이에 장차 제대로 의병을 일으켜서 만분의 일이라도 기세를 더욱 북돋우려고 합니다. 힘쓸지니 뜻을 같이하는 선비들이여, 끝까지 협력하여 자신의 몸을 잊고 나라를 위해 목숨 바칠 수만 있다면 매우 다행이겠습니다.

숭정 9년(1636) 12월 23일

하나. 군사를 모집하는 일은 50세 이하 20세 이상을 한 사람도 빠짐없이 의거에 달려가도록 하라.

하나. 군량(軍糧)에 관한 일은 고을의 벼슬아치들이 높고 낮음에 따라 각자 한 되 한 말이라도 쌀을 내거든 운송하라.

하나. 군기(軍器)는 지시하여 마련하도록 하라.

하나. 승군(僧軍)도 골라서 뽑도록 하라.

國運不幸，奴賊衝突，大駕播越[1]，一隅南漢，至於見圍，擧國臣民之痛，尙忍言哉? 此誠主辱臣死之秋。凡我食土[2]含血者，孰無奮義赴亂之志乎? 玆將克擧義旅，以助聲勢之萬一。勗哉，同志之士。終始協力，忘身殉國，幸甚。

崇禎九年十二月二十三日

一。募軍事，五十歲以下，二十歲以上，無遺[3]赴義事。

一。糧餉事，一鄕大小人員，各出升斗之米，運送事。

一。軍器指備事。

一。僧軍亦爲抄出事。

---

1 播越(파월) : 播遷. 임금이 도성을 떠나 다른 곳으로 피란하던 일.

2 食土(식토) : 원래는 지렁이가 흙을 먹으며 흙 속에 사는 것을 말하는데 자기의 분수를 지키며 살아감을 뜻하는 말. 《大戴禮記》〈易本命〉의 "식수자는 수영을 잘하고 추위를 잘 견디며, 식토자는 다른 동물과 달리 심장이 없고 한시도 쉬지를 않으며, 식목자는 힘이 강하고 몸집이 크다.(食水者善游能寒，食土者無心而不息，食木者多力而拂.)"에서 나오는 말이다.

3 無遺(무유) : 하나도 남김이 없음.

이시원에게 내리는 명령서*
傳令李時遠

낙안군(樂安郡) 소모별유사(召募別有司)로 임명하니 급히 달려가 도착하면, 교생(校生) 및 한량(閑良), 속오군(束伍軍) 편성에서 빠진 군사와 서얼, 노제(老除), 출신(出身), 각사(各司)의 노비 가운데서 유군장(留郡將) 및 유향소(留鄕所)의 당장(堂長), 유사(有司)와 상의하여 많이 가려 뽑아내고, 그 뽑아 모은 군사의 명단을 책으로 만들어 급히 달려와서 바칠 일이다.

樂安郡[1]召募別有司差定[2]爲去乎[3], 急急馳到, 校生[4]及閑良[5], 編伍[6]落

---

* 李時遠(이시원, 1611~1648) : 본관은 廣州, 자는 汝中. 거주지는 寶城이다. 고조부는 李秀莞, 증조부는 이수관의 둘째아들 李惟昌, 조부는 李允男, 아버지는 忠義衛 李亮臣이다. 증조모가 竹山安氏로 案紬의 딸이다. 아들은 李漢伯이다. 宣世綱의 행장을 짓기도 했다. 1639년 식년시에 합격하여 생원이 되었다.

1 樂安郡(낙안군) : 전남 승주군 낙안면을 중심으로 하는 옛 행정 구역.

2 差定(차정) : 뽑아서 사무를 담당시킴.

3 爲去乎(위거호) : '하오니'의 이두표기.

4 校生(교생) : 향교에 다니는 생도.

5 閑良(한량) : 現職이 없어서 놀던 벼슬아치.

6 編伍(편오) : 속오군에 편성된 사람. 束伍軍은 役을 지지 아니한 양인과 천민으로 편성한 군대이다. 핵심적인 지방군의 하나로 임진왜란 중 《紀效新書》의 속오법에 따라 조직되었다. 특히, 鎭管 중심으로 각 里村의 사정에 따라 편성되어 정유재란 때는 실전에 임하였다. 임진왜란이 소강 상태였던 1594년부터 조정은 무너진 지방군의 재건에 착수하였다. 이미 중국에서 인정된 바 있는 속오법에 따라 황해도부터 시작해 1596년 말에는 거의 전국적으로 조직이 완성되었다. 이 속오군은 전란 와중의 편성 과정에서 중앙과 지방관 사이에 군사지휘권·조련권 등의 귀속 문제로 혼선이 일어났다. 명칭 또한 束伍之軍·속오군병·속오군졸·編伍軍·초군·민병 등으로 다양하게 불려졌다.

漏軍果[7], 庶孽·老除[8]·出身[9]·各司寺奴[10], 留①郡將[11]及留鄕所堂長[12]有司, 相議多數抄出, 同抄軍[13]成冊, 急急馳納向事[14]。

• 중간본의 변개

① 郡將 ⇒ 郡

---

7 果(과) : '와, 과'의 이두표기.

8 老除(노제) : 늙은 노비를 徭役에서 면제시킴.

9 出身(출신) : 조선시대에, 과거의 무과에 급제하고 아직 벼슬에 나서지 못한 사람.

10 各司寺奴(각사시노) : 중앙의 각 관청에 소속된 노비.

11 留郡將(유군장) : 留郡官. 고을에 머물고 있는 관리.

12 堂長(당장) : 학사의 여러 생도 중 나이가 가장 많은 사람.

13 抄軍(초군) : 군사를 뽑아 모으는 일.

14 向事(향사) : '할 일'의 이두표기.

청원에 대한 공증문서*
立旨

보성(寶城)에 사는 충의위(忠義衛) 이장원(李章遠)이 삼가 말씀드리는 것은 제가 의병 유생(義兵儒生)으로 뽑히었다 하므로, 군인의 수효는 너무나 많다 하고 운량관(運糧官)은 줄여 뽑은 것으로 말미암아 줄은 만큼의 군량(軍粮)을 장성(長城) 지역에서 운반하여 바쳤으니, 나중에 살펴볼 수 있게 입지(立旨 : 개인의 청원 사실에 대한 관아의 공증문서)를 작성하여 발급하도록 명령을 내리시올 일로 의병장은 처분해 주십시오.

숭정 10년(1637) 1월

寶城居忠義衛李章遠[1]

右謹言, 矣身[2]義兵儒生以被抄爲有如乎[3], 軍額[4]太多是如爲遣[5], 減抄運粮乙仍于[6], 同軍粮乙, 長城地運納爲有可乎[7], 後考次, 以立旨[8]成

---

* 立旨(입지) : 원문에는 제목이 없으나 역주자가 글의 내용과 부합되게 붙인 것임.

1 李章遠(이장원, 1613~1662) : 본관은 廣州, 자는 器甫. 고조부는 李秀莞, 증조부는 이수관의 셋째아들 李惟蕃, 할아버지는 이유번의 장남 李應男, 아버지는 이응남의 장남 李宗臣이다. 증조모는 竹山安氏로 安秀岑의 딸이다. 아들은 李漢柱이고, 손자는 李以升이다.

2 矣身(의신) : '나' 또는 '저'의 이두표기.

3 爲有如乎(위유여호) : '하였다는, 하였다 하므로, 하였다더니'의 이두표기.

4 軍額(군액) : 군인의 수효.

5 是如爲遣(시여위견) : '이라 하고'의 이두표기.

6 乙仍于(을잉우) : '을 말미암아'의 이두표기.

7 爲有可乎(위유가호) : '爲有去乎'의 오기. '하였으니'의 이두표기이다.

8 立旨(입지) : 조선시대 개인이 청원한 사실에 대하여 관부에서 공증해주는 뜻을 부기한 문서.

給爲只爲[9]

行下向教是事[10]

義兵將㕓分

崇禎十年正月 日

9 爲只爲(위지위) : '하도록'의 이두표기.

10 向教是事(향교시사) : '하시올 일'의 이두표기.

의병진*
義兵陣

대장(大將)

안방준(安邦俊)의 자는 사언(士彦), 본관은 죽산(竹山)이다. 호는 우산(牛山)이다. 평소에 의를 실천한 도덕[行義道德]은 문집에 실려 있다. 관직은 참의(參議)에 이르렀다. 보성의 대계(大溪)에 사우(祠宇)가 세워졌고, 사액되었다.

군관(軍官)

흥양 : 신지후(申智厚), 김여형(金汝泂).

보성 : 김종원(金宗遠), 김정망(金廷望), 이강(李橿), 정영철(鄭英哲), 선영길(宣英吉), 김점(金漸), 출신(出身) 김섬(金暹).

장흥 : 김태웅(金兌雄), 장영(張穎), 백안현(白顔賢), 김유신(金有信), 남기문(南起文), 김기원(金器元).

참모관(參謀官)

보성 : 선시한(宣時翰)

서기(書記)

능주 : 이위(李韡), 원이일(元履一), 정염(鄭琰).

---

* 義兵陣(의병진) : 원문에는 제목이 없으나 역주자가 글의 내용과 부합되게 붙인 것임.

보성 : 안후지(安厚之), 안심지(安審之), 손각(孫珏).

장흥 : 윤동야(尹東野)

군량관(軍粮官)

보성 : 이무신(李懋臣)

방량관(放粮官)

보성 : 생원(生員) 제경창(諸慶昌)

수배(隨陪)

보성 : 가리(假吏) 박무립(朴武立), 천충립(千忠立).

기수(旗手)

화순 : 교노(校奴) 경옥(京玉), 안금(安金).

군뇌수(軍牢手)

보성 : 노(奴) 응택(應澤), 의일(義日).

구종(驅從)

보성 : 교노(校奴) 하상(河上), 남금(南金)

大將

①安公邦俊, 字士彦, 竹山人。②號牛山。平生行義道德, 載在文集[1]

中。③官至參議。④建祠寶城大溪[2]，賜額[3]。

軍官

興陽：申智厚·金汝洞。寶城：金宗遠·金廷望·李檑·鄭英哲·宣英吉·金漸·出身金暹。長興：金兌雄·張穎·白顏賢·金有信·南起文·金器元。⑤

參謀官

寶城：宣時翰。

書記

綾州：李韡·元履一·鄭琰。⑥ 寶城：安厚之·安審之[4]·孫珏。長興：尹東野。

軍粮官

寶城：李懋臣。

放粮官

寶城：生員諸慶昌。

---

1 文集(문집)：1773년에 간행된 《牛山集》을 가리킴. 《은봉전서》는 1864년에 간행된 것이다.

2 祠宇가 효종 8년(1657)에 지방유림의 公議로 세워짐. 숙종 7년(1691) 호남인 鄭武瑞 등의 소청으로 한때 철거되기도 하였다. 반면, 1656년 능주에 道山祠를 세우고, 1670년 동복에 道源書院을 세웠으며, 도원서원은 대계서원보다 먼저 1687년에 사액을 받았다.

3 賜額(사액)：숙종 21년(1695)에 李祺億 등이 청액을 상소하기 시작하고 1703년 예조판서 趙相愚도 사액을 청하여 숙종 30년(1704)에야 사액이 내려짐.

4 安審之(안심지)：중간본에는 '安愼之'로 되어 있음.

隨陪

寶城 : 假吏朴武立 · 千忠立。

旗手

和順 : 校奴京玉 · 安金。

軍牢手

寶城 : 奴應澤 · 義日。

驅從

寶城 : 校奴河上 · 南金。

• 중간본의 변개

① 安公邦俊 ⇒ 文康公隱峯安先生名邦俊
② 號牛山 ⇒ 생략
③ 官至參議 ⇒ 생략
④ 建祠寶城大溪 ⇒ 建書院于寶城之大溪 · 綾州之道山 · 同福之道源
⑤ 추가 ⇒ 綾州 : 梁砥南
⑥ 추가 ⇒ 金汝鏞

부장(副將)

민대승(閔大昇)의 자는 승여(昇汝), 본관은 여흥(驪興)이다. 여산부원군(驪山府院君) 민근(閔瑾)의 8대손이고, 현감 민회삼(閔懷參)의 현손이다. 공(公)은 용력(勇力)이 남보다 뛰어났고, 무예도 보통사람들보다 훨씬 뛰어났다. 뜻이 크고 기개와 지조가 있었으며, 성의를 다해 보살펴 효행을 떨쳤다. 일찍이 무과에 급제하였으나 권세를 가진 간사한 신하들[權奸]로부터 미움을 받아, 훈련원 봉사(訓練院奉事)였던 벼슬을 버리고 고향으로 돌아왔다. 병자호란을 당하여 우산 선생 안방준과 의병을 일으켰는데, 부장(副將)으로서 의병군을 거느리고 행군하여 여산(礪山)에 이르렀으나 화의(和議)가 이루어졌음을 듣고는 의려(義旅 : 의병)를 해산하고 돌아왔다. 후손으로는 민후천(閔後天), 민우신(閔佑臣), 민백렬(閔百烈)이 있다.

군관(軍官)

능주 : 정연(鄭淵), 정문리(鄭文鯉), 구체증(具體曾).

보성 : 윤흥립(尹興立), 주부(主簿) 박유효(朴惟孝), 한종임(韓宗任), 장후량(張後良).

서기(書記)

능주 : 정문웅(鄭文熊), 송응축(宋應祝), 민간(閔諫).

기수(旗手)

화순 : 교노(校奴) 생리(生伊), 사노(私奴) 순금(順金).

구종(驅從)

능주 : 교노(校奴) 길리(吉伊), 춘산(春山).

副將

①閔公大昇[1], 字昇汝, ②驪興人。 ③驪山府院君瑾[2]八代孫, 縣監懷參[3]玄孫。公勇力絶人, 武技超類。倜儻[4]有氣節, ④誠拯闈孝行。早登武科, ⑤見忤權奸, 以訓練院奉事, 退臥田里。⑥ ⑦當丙子, 與牛山安先生倡義, 領軍副將, 行到礪山, 卽聞和成, 退旅而還。⑧ ⑨有孫後天·佑臣·百烈。

軍官

綾州 : 鄭淵·鄭文鯉·具體曾。 寶城 : 尹興立·主簿朴惟孝·韓宗任·張後良。

書記

綾州 : 鄭文熊·宋應祝·閔諫。

---

1 大昇(대승) : 閔大昇(1573~1664). 본관은 驪興, 자는 昇汝, 호는 農隱. 아버지는 閔英雨이다. 1605년 무과에 급제하여 訓鍊院奉事가 되었다.

2 瑾(근) : 閔瑾(생몰년 미상). 본관은 驪興. 아버지는 閔祥伯, 아들은 閔中立과 閔中理가 있다. 이조참의를 역임하고, 순성보관공신 여산부원군에 봉해졌다.

3 懷參(회삼) : 閔懷參(생몰년 미상). 본관은 驪興, 호는 義菴. 아버지는 閔孝源이다. 1452년 진사가 되어 遺逸로 執義가 되었다. 宋玹壽가 그의 고모부인데, 1457년 金正水가 송현수와 權完을 역모하였다. 민회삼도 같은 당파라고 하여 사형에 처해졌으나 사형만은 면했다. 大靜縣監을 지냈다.

4 倜儻(척당) : 무엇에 얽매이지 아니함. 뜻이 크고 기개가 있음.

旗手

和順 : 校奴生伊·私奴順金。

驅從

綾州 : 校奴吉伊·春山。

• 중간본의 변개

① 閔公大昇 ⇒ 奉事閔大昇

② 驪興人 ⇒ 號農隱, 驪興人

③ 驪山府院君瑾八代孫 ⇒ 文仁公漬九世孫, 驪山府院君瑾七世孫

④ 誠拯闡孝行 ⇒ 孝行卓異, 智略恢確

⑤ 見忤權奸, 以訓練院奉事 ⇒ 以訓練院奉事, 見忤權

⑥ 추가 ⇒ 謹修學業, 教子以忠孝, 齊家以節儉

⑦ 當丙子, 與牛山安先生倡義, 領軍副將, 行到礪山, 卽聞和成, 退旅而還。⇒ 當丙子亂, 聞大駕播越, 不勝奮慨, 招長子誠曰 : "汝則奉先祠守家業." 招次子諫曰 : "汝則隨我赴亂, 募聚列邑同志義士." 卽赴安先生義廳, 署爲部將, 領軍到礪山, 聞南漢解圍, 痛哭而還。

⑧ 추가 ⇒ 日夜所詠者, 願將腰下劒直斬單子頭之句。杜門謝世。

⑨ 有孫後天·佑臣·百烈 ⇒ 後孫京顯·致琮·景鎬

종사관(從事官)

김성명(金成命).

군관(軍官)

능주 : 문제극(文悌克), 최경지(崔景禔).

서기(書記)

능주 : 김여용(金汝鏞), 김횡(金鐄).

기수(旗手)

낙안 : 내환보(內宦保) 김추원(金秋遠), 포보(炮保) 김언남(金彦南).

從事官

①金成命[1]

軍官

綾州 : 文悌克·崔景禔。

書記

綾州 : ②金汝鏞·金鐄。

---

1 金成命(김성명) : 원문에는 기록되어 있지 않았으나, 중간본을 참고하여 삽입한 것임. 본관은 光山, 호는 海隱. 무과에 급제하여 僉使를 지냈다. 壬辰殉節 金憲의 아들이다. 김헌은 중봉 趙憲 휘하에서 의병활동을 하다가 금산 전투에서 장렬한 최후를 맞이한 인물이다.

旗手

樂安 : 內宦保金秋遠·炮保金彦南。

· 중간본의 변개

① 발굴 ⇒ 贈吏曹參議金成命, 改名有信, 字樂天, 號海隱, 光山人。崇政大夫吏曹判書成玉九世孫, 贈吏曹參議行承文院校理浹曾孫, 壬辰功臣錦山殉節士獻子。公每慟家國之讎, 繼習弓馬, 登武科。丁卯虜亂, 扈駕江都, 忠節最著, 差書狀官。又當丙子亂, 不勝奮氣, 與先生同倡義旅, 署爲從事之任, 行到礪山, 聞和成, 慟哭而歸。杜門不仕。壁上揭大明二字, 祝文不用淸酒之淸字。錄宣武從勳。建祠于長興府杏園。後孫世炫·球炫·斗炫·洪基。

② 金汝鏞·金鑠 ⇒ 金鑠

여러 고을의
의병활동을 한 사람들

보성(寶城)

안후지
安厚之
(1590~1664)

우산 선생의 장자로서 선생을 모시고 의병에 참여하였으나, 화의가 이루어지자 곧바로 의병을 해산하고 고향으로 돌아왔다. 이때 분개를 참지 못하여 시를 지었으니, 다음과 같다.

등에다 검게 물들이고 다닌 악비는 없고	涅背無岳飛
진나라 섬김을 부끄러워한 노중련은 있네.	恥帝有魯連
천자의 기강이 이미 땅에 떨어졌으니	皇綱已墜地
크나큰 의리를 그 누가 다시 구현하리.	大義誰復宣

좌승지에 증직되었다. 후손으로는 안창의(安昌毅), 안창봉(安昌鳳), 안처태(安處泰)가 있다.

①安厚之, 先生長子, ②陪先生③赴義, 媾成而旋罷歸。時不勝憤慨, 有詩曰 : "涅[1]背無岳飛[2], 恥帝有魯連[3]。皇綱[4]已墜地, 大義誰復宣." ④

---

1 涅(단) : 涅. 물들이다. 새기다.

2 岳飛(악비) : 金나라의 침입에 대항하는데 앞장섰던 그는 당시의 奸臣 秦檜에 의해 莫須有(틀림없이 뭔가 있다.)라는 애매한 죄목으로 독살 당했다. 그는 등에다 精忠報國이란 4글자를 새기고 있었다 하며, 岳武穆이라고도 한다. 北伐의 뜻을 이루지 못하고 비분에 찬 심정을 노래한 〈滿江紅〉은 천고의 절창으로 꼽힌다.

3 魯連(노련) : 전국시대 齊나라의 높은 節義를 가진 隱士 魯仲連. 당시 제후들이 포악한 秦나라를 황제의 나라로 떠받들려 하자, 新垣衍에게 "秦나라가 천하의 제왕으로 군림하게

贈左承旨[5]。有孫昌毅·昌鳳·慶泰。

• 중간본의 변개

① 安厚之 ⇒ 贈承旨安厚之，字德輿

② 추가 ⇒ 號松陰。識見高明，氣節卓犖。當時名公碩儒，推翊甚重。

③ 赴義，媾成而旋罷歸。時不勝憤慨 ⇒ 赴義時，監司李公時昉[6]，駐兵公州，公往見之，極陳時務，李公亟加敬歎。聞和成罷歸。憤慨

④ 贈左承旨。有孫昌毅·昌鳳·慶泰。⇒ 생략

되면 나는 동해에 빠져 죽을지언정 그 백성이 되지 않겠다.(秦即爲帝，則魯連有蹈東海而死耳.)"고 한 고사가 있다.

4 皇綱(황강) : 천자가 세상을 다스리는 법칙.

5 贈左承旨(증좌승지) : 肅宗 7년(1681) 8월 10일 통정대부 승정원 좌승지 겸 경연참찬관에 증직된 것을 일컬음. 안후지는 아버지 安邦俊과 어머니 경주정씨 사이의 장남이다. 그는 安愼之(1592~1671), 安審之(1600~1655), 安益之(1608~1687), 安逸之(1613~1643) 등 네 동생을 두었고, 정창서, 양일남, 조정유 등이 매부이다.

6 時昉(시방) : 李時昉(1594~1660). 본관은 延安, 자는 系明, 호는 西峰. 아버지는 연평부원군 李貴이다. 영의정 李時白의 아우이다. 1636년 나주목사를 지낸 후 전라도관찰사로 승진되었으나, 병자호란이 일어나자 즉시 군사를 동원하여 위급한 남한산성을 지원하지 않았다는 죄로 定山(지금의 충청남도 청양군)에 유배되었다가 풀려났다.

진사 박춘장
進士 朴春長
(1595~1664)

자는 언승(彦承), 호는 동계(東溪), 본관은 진원(珍原)이다. 을미년(1595)에 태어났다. 직제학 위남공(葦南公) 박희중(朴熙中)의 7대손이고, 임진왜란 의병장 죽천(竹川)선생 박광전(朴光前)의 손자이며, 정유재란 때 의병을 일으켰던 집의(執義) 박근효(朴根孝)의 아들이다. 천성이 정직한데다 불의를 참지 못하고 큰 절개가 있었다. 학술과 문장은 집안의 가르침을 이어받았다. 편찬한 《산양지(山陽誌)》가 세상에 전한다.

병자호란을 당하여 안방준 선생의 막하에 나아가 방략을 마련하고 의병을 불러 모아 근왕하려 하였지만, 화의가 이루어졌다는 소식을 듣고 그만두었다. 세상사에 대해서는 뜻을 두지 않고 동계(東溪)에 서실(書室)을 지어서 후진들을 장려하였다. 생도가 70여 명이나 되었는데, 매달 초하루와 보름날로 나누어 읍례(揖禮)를 행하고, 차례로 글 읽은 것을 시험하였다. 예의의 풍속을 융성케 하였고 문학의 기풍을 빛나게 했으며 충성의 공렬(功烈)이 있었으니, 지금에 이르러서도 칭송하고 있다. 아름다운 행실의 실제 자취는 《오현록(五賢錄)》에 상세히 실려 있다. 후손으로는 박수인(朴守仁), 박수일(朴守日)이 있다.

進士朴春長, 字彦承, 珍原[1]人, 號東溪。①乙未[2]生。直提學葦南公熙中[3]七代孫, 壬辰義將竹川先生光前[4]孫, 丁酉倡義行執義根孝[5]子。天性

---

1 珍原(진원) : 전남의 장성.

2 乙未(을미) : 宣祖 28년인 1595년.

正直，慷慨有大節。學術文章，克承家訓。撰山陽誌，行于世。

當丙子，參畫②安先生幕下，糾集義旅，③圖赴勤王，聞和成④而退。⑤無意世務[6]，築室東溪，奬掖後進。生徒七十餘人，朔望分揖，次第[7]課講[8]。禮俗之盛，文學之風，忠孝之烈，至今稱之。美行實跡，詳載五賢錄。有孫守仁·守日。

• 중간본의 변개

① 乙未生 ⇒ 생략

---

3 熙中(희중) : 朴熙中(1364~1446). 본관은 珍原, 초명은 熙宗, 자는 子仁, 호는 葦南. 생원으로 1401년 증광문과에 급제, 1406년 軍資監丞으로 全羅道敬差官을 수임, 이어 世子傅·左正字, 이듬해 이조정랑이 되고 왕으로부터 賜名(이름을 받음)의 은전을 입었다. 1410년 點馬別監에 차정되어 獻馬 업무를 관장, 1414년 河崙이 발의한 通津高楊浦 제방 수축에 直藝文館으로서 참여, 1415년 전라도경차관으로 관찰사 朴習 등과 김제 碧骨堤를 수축하였다. 1416년 東宮書筵官·藝文館知製敎·兼春秋館記注官의 華要職을 역임하였으며 1421년 靈巖郡守를 지냈다. 1422년 藝文館直提學에 올랐다. 1426년 남원부사 재직시 決杖되고 파직 당하였다.

4 光前(광전) : 朴光前(1526~1597). 본관은 珍原, 자는 顯哉, 호는 竹川. 李滉의 문하에서 수업하였고, 1568년 진사시에 합격하였다. 柳希春이 監司였을 때 천거되어 慶基殿參奉이 되었고, 다시 獻陵參奉으로 옮겼으나 곧 그만두었다. 1581년 왕자의 師傅가 되었고, 咸悅·懷德 현감을 역임하였으나 상관의 뜻을 거슬러 파직되었다. 1592년 임진왜란이 일어나자 任啓英·金益福·文緯世 등과 寶城에서 의병을 일으켰다. 정병 700여 명을 모집하고, 문인 安邦俊을 從事로 삼고 장자인 朴根孝를 참모로 삼았으나, 병으로 의병을 통솔할 수 없자 임계영을 의병장으로 추대하였다. 1597년 다시 정유재란이 일어나 적이 호남을 침범하자, 전 判官 宋弘烈, 생원 朴士吉 등에게 격문을 보내어 의병을 일으키고 의병장이 되었다. 同福에서 적을 크게 무찔렀으나 병이 악화되어 죽었다.

5 根孝(근효) : 朴根孝(1550~1607). 본관은 珍原, 자는 立之, 호는 晩圃. 成渾과 李珥의 문인이다. 1591년 진사시에 합격하고 학문에 힘쓰던 중, 이듬해 임진왜란이 일어나자 아우 朴根悌와 함께 의병을 일으켜 대왜 항전에 앞장섰다. 전라우도 의병장 崔慶會 등과 함께 금산·무주 등지에서 적을 격파하여 軍勢를 크게 떨쳤다. 이러한 사실이 보고되어 軍資監正·長水縣監 등에 제수되었으나 부임하지 않았다. 전란이 끝난 뒤 문헌이 불타고 흩어져 없어졌음을 개탄하며 동지들과 힘을 모아 서적을 발간하는 등 문교 진흥에 힘썼다.

6 世務(세무) : 세상을 살아가는 데 있어서의 온갖 잡다한 일.

7 次第(차제) : 차례로.

8 課講(과강) : 읽은 글을 시험하는 것.

② 安先生 ⇒ 先生
③ 圖赴動王 ⇒ 생략
④ 而退 ⇒ 而歸
⑤ 無意世務 ⇒ 생략

이원신

李元臣

(1600~1671)

역주자 주 : 원문에는 아무런 기록 없이 빈 여백 상태임.

• 중간본의 변개

삽입 ⇒ 士人李元臣[1], 字國老, 號鶴軒, 廣州人。遁村集[2]後。性行溫潤, 盡於孝友, 律身以度, 御下以寬, 四方咸稱其實。奮義倡兵赴先生義旅。後孫以恒·廷珪·象楫·鎭衡。

---

1 李元臣(이원신, 1600~1671) : 증조부는 李秀莞, 조부는 이수관의 셋째아들 李惟蓄, 아버지는 이유번의 넷째아들 李悌男이다. 이제남의 장남이다.

2 集(집) : 李集(1314~1387). 본관은 廣州, 초명은 元齡, 자는 浩然, 호는 遁村. 충목왕 때 과거에 급제하여 문장과 절개로 알려졌다. 1368년 辛旽에게 미움을 받자 가족과 함께 永川으로 도피했다가 1371년 신돈이 주살되자 개경에 돌아와 이름을 집, 호는 둔촌으로 고치고 判典校寺事로 잠시 있었다. 그러나 곧 사직하고 驪州의 川寧縣에서 독서와 詩作을 하면서 여생을 보냈다. 당시의 많은 인물들과 시로써 교유하였는데, 특히 李穡·鄭夢周·李崇仁과는 친분이 두터웠다. 그가 죽은 후 정몽주·이숭인 등은 挽詩를 지어 애도했다.

이민신
李敏臣
(1601~1659)

역주자 주 : 원문에는 아무런 기록 없이 빈 여백 상태임.

• 중간본의 변개

삽입 ⇒ 進士李敏臣[1], 字子求, 廣州人。遁村集後, 參議世貞[2]玄孫。孝友有氣節。奮赴義旅。

1 李敏臣(이민신, 1601~1659) : 증조부는 李秀莞, 조부는 이수관의 둘째아들 李惟昌, 아버지는 이유창의 셋째아들 李泰男이다. 이태남의 셋째아들이다.

2 世貞(세정) : 李世貞(1461~1528). 본관은 廣州, 자는 仲權. 아버지는 좌찬성 李克墩이며, 어머니는 예조참판 權至의 딸이다. 부인은 藥川君 李蒨(효령대군 증손)의 딸이다. 成宗 중기에 문음으로 瓦署의 別提에 제수되었다. 이후 掌樂院注簿, 監察, 司評을 역임하였다. 1501년 經歷으로 식년문과에 급제하고, 世子侍講院輔德을 역임한 뒤 1503년 통정대부에 오르면서 병조참지에 제수되었다. 1504년 甲子士禍가 일어나자 賜死된 李克均의 조카라 하여 남해에 유배되었다. 1506년 사면과 함께 예조참의에 서용되고, 곧 병조참지에 체직되었다. 1507년 노모 봉양과 관련되어 光州牧使에 파견된 뒤 이듬해 判決事로 중앙으로 돌아왔다. 이후 1523년까지 형조참의, 병조참의, 전주부윤, 예조참의, 해주목사, 돈령부도정, 판결사, 전라도관찰사, 僉知中樞府事를 두루 역임하였다. 1524년 좌승지에 제수되고, 곧 도승지에 올랐다가 출납을 소홀히 한 일로 臺諫의 탄핵을 받고 파직되었다. 이듬해 호조참의에 서용되고, 다음해 병으로 사직하였다가 1528년 이조참의를 역임하고 졸하였다.

조홍국
趙弘國
(1596~1684)

자는 이섭(而燮), 본관은 순창(淳昌)이다. 옥천부원군(玉川府院君) 조원길(趙元吉)의 후손이다. 태어날 때는 특이한 징후가 있었고, 어른이 되어서는 국량이 매우 반듯하였다. 마침 병자호란을 만나 벼슬 없이 근왕하려는 뜻이 있었으나 화의가 이루어졌다는 소식을 듣고 가슴을 치며 탄식해 마지않았다. 두문불출하다가 죽었는데, 80세 때에 수직(壽職)으로 가선대부에 올랐다. 후손으로는 조태심(趙泰心), 조동두(趙東斗)가 있다.

①趙弘國[1], 字而燮, ②淳昌人。玉川府院君③元吉[2]後。④ ⑤生有異徵, 及長器局峻整。時丁丙子, 有白衣勤王之志, 聞和成, 鼓心不已。杜門而終, 壽職嘉善[3]。⑥有孫泰心·東斗。

---

1 趙弘國(조홍국, 1596~1684) : 증조부는 趙之漢, 조부는 趙瓘, 아버지는 趙廷美이다. 조정미의 둘째 아들이다.

2 元吉(원길) : 趙元吉(생몰년 미상). 본관은 玉川(전라북도 순창), 자는 聖中, 호는 農隱. 증조부는 시중 趙璋, 아버지는 부원군 趙佺이다. 鄭夢周·偰長壽 등과 함께 공양왕을 옹립한 공으로 1등공신이 되었으며, 玉川府院君에 봉하여졌다. 1392년 고려가 망하자 순창으로 돌아가 조선조에 벼슬하지 않음으로써 절의를 지켰으며, 李穡 등과 더불어 五隱으로 불렸다. 시호는 忠獻이다.

3 壽職嘉善(수직가선) : 壽職은 조선 시대 나이 많은 노인들에게 주었던 명예직으로 老人職이라고도 함. 유교적인 경로사상에 따라 시행한 것으로, 實職이 아닌 散職 품계를 수여하였다. 세종 때부터 시작되어 성종 12년(1481)에 법제화하여 《經國大典》에 명문화되었다. 각도 관찰사가 良人·賤人을 막론하고 80세 이상인 노인의 명단을 뽑아 예전의 수직 수여 여부를 조사한 후 이조에 보고하여 품계를 주도록 하였다. 조홍국이 1675년 壽階로 嘉善大夫 同知中樞府事에 제수된 것을 일컫는다.

• 중간본의 변개

① 趙弘國 ⇒ 嘉善大夫趙弘國

② 淳昌人 ⇒ 號遯菴, 淳昌人

③ 元吉 ⇒ 忠獻公元吉

④ 추가 ⇒ 縣監彭孫[4]六世孫, 參奉由信[5]五世孫, 縣監之漢[6]四世孫, 忠毅校尉瓘[7]孫

⑤ 生有異徵, 及長器局峻整。時丁丙子, 有白衣勤王之志, 聞和成, 鼓心不已。杜門而終。壽職嘉善。⇒ 公天性孝友忠直, 智略過人。與叔父廷亨·廷顯, 舍弟昌國, 從弟興國, 從侄舜弼·舜立, 擧義赴先生幕下, 先生見之大喜曰 : "一門七義, 世所罕有." 同參軍謀。

⑥ 有孫泰心·東斗 ⇒ 後孫鎭禹·鎭熙·燦植

---

4 彭孫(팽손) : 趙彭孫(생몰년 미상). 본관은 淳昌, 자는 榮祖, 호는 玄洲. 庇安縣監과 사헌부집의를 지냈다. 石洲 權韠과 玄洲 趙纘韓과 교유한 시가 있다.

5 由信(유신) : 趙由信(생몰년 미상). 조부는 조팽손, 아버지는 趙纘이다. 아들은 趙之漢이다. 1891년 승정원 좌승지에 추증되었다.

6 之漢(지한) : 趙之漢(생몰년 미상). 본관은 淳昌, 자는 邦彦, 호는 淸菴. 첫 부인은 珍原朴氏로 朴胤原의 딸이고, 둘째 부인은 南陽洪氏로 洪惟戒의 딸이다. 1537년 무과에 급제하고, 海南縣監을 지냈다.

7 瓘(관) : 趙瓘(1524~1577). 趙之漢의 장남이다. 1554년 忠毅校尉, 1572년 병조좌랑을 지냈다.

첨정 박유충
僉正 朴惟忠
(?~1667)

자는 효언(孝彦), 본관은 진원(珍原)이다. 직제학(直提學) 박희중(朴熙中)의 8세손이고, 참봉 박계원(朴繼原)의 현손이다. 젊은 나이에 문장을 이루었다. 충효와 의절(義節)은 집안의 가풍을 잘 이어받았다. 후손으로는 박유석(朴幼錫), 박수눌(朴守訥), 박수우(朴守愚), 박수성(朴守誠)이 있다.

僉正朴惟忠, 字孝彦, 珍原人。① ②直提學熙中八世孫, 參奉繼原[1]玄孫。③早歲文章。忠孝義節, 克紹家範。④有孫幼錫·守訥·守愚·守誠。

• 중간본의 변개

① 추가 ⇒ 號松隱。
② 直提學熙中 ⇒ 葦南公熙中
③ 早歲文章 ⇒ 才學絶人, 氣稟凜然。與從兄惟悌, 赴先生義幕。
④ 有孫幼錫·守訥·守愚·守誠 ⇒ 後孫廷煥·信煥·敬煥·鍾煥·重榮。

---

1 繼原(계원) : 朴繼原(1455~?). 본관은 珍原, 朴文基의 둘째아들이다. 1492년 생원시와 진사시에 합격, 蔭補로 昭格署參奉을 지냈다.

생원 김선
生員 金銑
(1593~1658)

자는 여윤(汝潤), 호는 남추(南湫), 본관은 김해(金海)이다. 현감(縣監) 김희열(金希說)의 아들이다. 타고난 성품은 침착하고 중후했으며, 몸가짐은 신중하고 면밀했다. 그의 훌륭한 말과 선한 행실 등은 모두 《산양오현록(山陽五賢錄)》에 실려 있다. 병자호란을 당하여 안방준 선생과 더욱 비분강개를 느껴서 몸을 돌보지 않고 함께 국난에 나아갔다. 후손으로는 김규철(金奎哲), 김상윤(金尙潤)이 있다.

生員金銑, 字汝潤, 號南湫, 金海人。縣監希說[1]子。氣禀沉重, ①飭躬愼密。②若其嘉言善行, 具載山陽五賢錄。③ ④當丙子, 與安先生, 益增慷慨, ⑤忘身同赴。⑥ ⑦有孫奎哲·尙潤。

• 중간본의 변개

① 추가 ⇒ 處心雅容
② 추가 ⇒ 無疾言遽色
③ 추가 ⇒ 早學先生門下, 沈潛經籍, 講究性理, 一時名儒, 互相推重。
④ 當丙子, 與安先生 ⇒ 聞先生擧義
⑤ 추가 ⇒ 與弟銓
⑥ 추가 ⇒ 和成而歸。遯世自適。配五賢祠。
⑦ 有孫奎哲·尙潤 ⇒ 後孫基實·基大

---

1 希說(희열) : 金希說(생몰년 미상). 靈山縣監을 지냈다.

이무신
李懋臣
(1595~1664)

본관은 광주(廣州)이다. 둔촌(遁村 : 이집)의 후손이고 산양(山陽 : 보성) 5현의 한 사람이다. 훌륭한 말과 선한 행실 등은 상세히 읍지(邑誌)에 실려 있다. 후손으로는 이정기(李廷基)가 있다.

①李懋臣[1], 廣州人。②遁村[2]之後, ③山陽[3]五賢之一。嘉言善行, 祥載邑誌。④有孫廷基。

• 중간본의 변개

① 李懋臣, 廣州人 ⇒ 士人李懋臣, 字楙偉, 廣州人, 號新陽
② 遁村之後 ⇒ 遁村集後, 縣監應男[4]子
③ 山陽五賢之一。嘉言善行, 祥載邑誌 ⇒ 器宇魁偉, 操守堅確。潛心禮經, 頗有自得。嘗赴京試, 爾瞻以考官, 私欲救援, 卽遂奮然, 折卷而來, 因廢擧業。從先生擧義, 署任糧餉。配享五賢祠。
④ 有孫廷基 ⇒ 後孫鎭初·基興·基成

---

1 李懋臣(이무신, 1595~1664) : 증조부는 李秀莞, 조부는 이수관의 셋째아들 李惟蕃, 아버지는 이유번의 장남 李應男이다. 이응남의 둘째아들이다.

2 遁村(둔촌) : 李集(1314~1387)의 호.

3 山陽(산양) : 전남 寶城의 별칭.

4 應男(응남) : 李應男(생몰년 미상). 조부는 李秀莞, 아버지는 이수관의 셋째아들 李惟蕃이다. 어머니는 竹山安氏 安秀岑의 외동딸이다. 이유번의 장남이다. 동생으로는 李顯男, 李命男, 李悌男이 있다. 아들로는 李宗臣, 李懋臣, 李遇臣, 李誠臣이 있다.

통덕랑 박희망
通德郎 朴喜望
(생몰년 미상)

자는 망지(望之), 본관은 진원(珍原)이다. 직제학(直提學) 박희중(朴熙中)의 후손이고, 진사 박균(朴囷)의 손자이며, 주부(主簿) 박광현(朴光玄)의 아들이다. 어려서부터 효성과 우애로 일컬어졌고, 어른이 되어서는 문학으로써 드러냈다. 병자호란 때 여러 동지들과 함께 한목소리로 의병을 일으켰지만 화의가 이루어졌다는 소식을 듣고 고향으로 물러났다. 두문불출하고 언행을 조심하며 본분을 지켰다. 후손으로는 박양석(朴良錫), 박수택(朴守澤)이 있다.

通德郞朴喜望，字望之，①珍原人。直提學熙中後，②進士囷[1]之孫，主簿光玄[2]子。自少以孝友稱，長以文學著。丙子，與同志諸賢，齊聲倡義，③聞和成④而退。杜門自守[3]。⑤有孫良錫·守澤。

• 중간본의 변개

① 珍原人 ⇒ 號梧隱，珍原人

② 進士囷之孫 ⇒ 直長文基[4]五世孫[5]，進士囷之曾孫

---

1 囷(균) : 朴囷(1490~?). 본관은 珍原, 자는 德聚. 참봉 朴繼原의 아들이다. 1513년 식년시에 합격하여 진사가 되었다.

2 光玄(광현) : 朴光玄(?~1597). 본관은 珍原, 자는 季顯. 宣務郎을 거쳐 司饔院主簿가 되었는데, 정유재란 때 朴光前과 함께 창의하여 왜적과 싸우다가 陣中에서 전사하였다.

3 杜門自守(두문자수) : 외부와 왕래를 끊음. 自守는 언행을 조심하며 본분을 지킨다는 의미이다.

4 文基(문기) : 朴文基(생몰년 미상). 조부는 朴熙中, 아버지는 박희중의 장남 朴暉生이다.

③ 추가 ⇒ 赴先生義旅

④ 而退 ⇒ 而還

⑤ 有孫良錫·守澤 ⇒ 後孫重茂·重龍

박휘생의 장남이다. 진사를 지냈다. 아들로는 朴興原, 朴繼原, 朴胤原이 있다.

5 五世孫(오세손) : 朴文基 → 朴繼原 → 朴困 → 朴而健 → 4자 朴光玄 → 2자 朴喜望을 가리킴.

첨정 박시형
僉正 朴時炯
(생몰년 미상)

자는 군욱(君郁), 본관은 진원(珍原)이다. 직제학(直提學) 박희중(朴熙中)의 8세손이고, 진사 박균(朴囷)의 4세손이다. 천성이 인자하고 너그러웠으며, 부모 섬김에 효성을 다하였다. 군자감 첨정(軍資監僉正)에 올랐다. 병자호란을 당하여 같은 보성군의 안방준 선생과 서로 호응하여 의병을 일으키고 나라를 위해 몸 바치려 맹세하였다. 후손으로는 박효석(朴孝錫), 박수진(朴守進), 박수춘(朴守春)이 있다.

僉正朴時炯, 字君郁, ①珍原人。②直提學熙中八世孫, 進士囷之四世孫。天性仁厚, 事親克孝。陞軍資監僉正。③當丙子亂, 同郡安先生, 相應倡義, 誓心殉國。④有孫孝錫·守進·守春。

• 중간본의 변개

① 珍原人 ⇒ 珍原人, 號農圃
② 直提學熙中八世孫, 進士囷之四世孫 ⇒ 直提學熙中後, 參奉繼原五世孫, 進士囷之玄孫, 主簿元吉[1]子
③ 當丙子亂, 同郡安先生, 相應倡義 ⇒ 奮慨赴先生義旅
④ 有孫孝錫·守進·守春 ⇒ 後裔重穀·重淳

---

1 元吉(원길) : 朴元吉(생몰년 미상). 본관은 珍原, 자는 大綏. 증조부는 朴囷, 조부는 박균의 장남 朴而健, 아버지는 박이건의 장남 朴光昭이다. 宣務郎, 司饔院主簿를 지냈다.

박진흥(개명 진호)
朴震興(改名 震豪)
(1603~1667)

자는 사호(士豪), 본관은 함양(咸陽)이다. 만력 계묘년(1603)에 태어났다. 청백리(淸白吏) 박수지(朴遂智)의 6세손이다. 천성이 지극히 효성스러웠으니, 16살 때 아버지가 별세한 소식을 서울에서 듣고 천리 길을 맨발로 걸었고, 3년 동안 죽만을 마셨다. 숭정 후 정미년(1667)에 죽었다. 후손으로는 박치봉(朴致鳳)이 있다.

朴震興, 改名震豪, 字士豪, ①萬曆癸卯[1]生, ②咸陽人。③淸白吏遂智[2]六世孫。④天性至孝, 年十六, 奔父喪于京, 千里徒跣[3], 啜粥[4]三年。⑤ ⑥崇禎後丁未[5]卒。⑦有孫致鳳。

• 중간본의 변개

① 萬曆癸卯生 ⇒ 생략

② 咸陽人 ⇒ 號退隱, 咸陽人

③ 淸白吏遂智六世孫 ⇒ 淸白吏遂智六世孫, 縣監純仁[6]子, 承議郎安仁從子

---

1 萬曆癸卯(만력계묘) : 宣祖 36년인 1603년.

2 遂智(수지) : 朴遂智(생몰년 미상). 조부는 朴得時, 아버지는 朴鮮이다. 박선의 장남이다. 부인은 順興安氏 安從約의 둘째딸이다. 北評事와 敬差官을 역임하였다.

3 徒跣(도선) : 상을 당한 처음에 평소에 신었던 신발을 벗고 맨발 차림을 하는 것. 《예기》 〈問喪〉의 "어버이가 돌아가신 처음에는 관을 벗고 비녀와 머리 싸개만 남기며, 신발을 벗는다.(親始喪, 笄纚徒跣.)"에서 나온 말이다.

4 啜粥(철죽) : 3년상 동안 죽만을 마시는 것.

5 崇禎後丁未(숭정후정미) : 顯宗 8년인 1667년.

④ 天性至孝 ⇒ 생략

⑤ 삽입 ⇒ 嘗曰 : "科業學問末事, 富貴天公所命, 豈曰力求? 不如從吾所好." 以退隱二字, 扁其堂。丁卯從先生, 倡義募粟。丙子與叔父, 又募兵聚糧, 從先生至礪山, 聞媾和, 慟哭而歸。有詩曰 : "不幸躬當丙子年, 東方萬事最堪憐。大明天地今何處, 孤倚南窓涕淚連." 盖公之精舍, 舊是北窓, 改以南窓者, 不忘南京, 爲宗明之義, 與陶靖節北窓, 易地則同矣。

⑥ 崇禎後丁未卒 ⇒ 생략

⑦ 有孫致鳳 ⇒ 後孫琮漢·元英·汶英·瑞英·相珪

---

6 純仁(순인) : 朴純仁(1574~1618). 본관은 咸陽, 자는 和叔. 1612년 식년시 무과에 급제했다. 광해군 때 宣傳官으로서 간사하고 권세를 부리는 신하들을 물리치려고 하다가 결국 모함을 당해서 귀향을 가고, 그곳에서 죽었다.

김치서
金治西
(1608~?)

자는 수백(粹白), 호는 익재(益齋), 본관은 김해(金海)이다. 무신년(1608)에 태어났다. 좌찬성 김련(金璉)의 후손이고, 현감 김충하(金忠夏)의 손자이다. 효성을 하늘에서 타고났는데, 어머니의 병환이 위독할 때 두 차례나 손가락을 끊고 그 피를 드시게 하여 수명을 5년이나 연장하였다. 총명함이 남보다 뛰어나고 문장이 저절로 이루어져 이름이 온 나라에 가득하였다. 무예와 용맹을 아울러 갖추었는데 남한산성이 위급하자 떨쳐 일어나 의병을 일으켰다. 후손으로는 김석곤(金碩坤), 김재곤(金在坤), 김성해(金聖海)가 있다.

①金治西, 字粹白, ②戊申[1]生, 金海人, 號益齋。③左贊成璉[2]後, 縣監忠夏[3]孫。誠孝出天, 慈患之劇, 二次斷指[4], 延壽五齡。聰明過人, 文章自成, 名滿京鄉。武勇兼備, ④南漢危急, 奮起從義。⑤有孫碩坤·在坤·聖海。

---

1 戊申(무신) : 宣祖 41년인 1608년.

2 璉(련) : 金璉(생몰년 미상). 본관은 金海, 자는 丞華, 호는 農岩. 김해김씨 都事公派의 파조이다. 金世章의 다섯째아들이다. 李穡, 鄭夢周 등과 교제하였다. 고려 공민왕 때 급제하고, 尙書都省의 都事에 제수되었으나 나아가지 않았으며, 翰林에도 나아가지 않았다. 이성계가 조선을 건국하자 벼슬을 버리고 朗州山으로 남하하여 은둔하였다. 한편, 김해김씨 도사공파보에는 8대에 걸쳐 자손록이 손실되어 있다고 한다. 그리하여 이 책에 나오는 김련 후손들의 족보 기록은 확인할 수가 없었다.

3 忠夏(충하) : 金忠夏(생몰년 미상).

4 斷指(단지) : 손가락을 끊어 그 피를 죽어가는 부모에게 먹이는 것.

• 중간본의 변개

① 金治西 ⇒ 士人金治西
② 戊申生 ⇒ 생략
③ 左贊成璡後, 縣監忠夏孫 ⇒ 築隱先生[5]後, 縣監忠夏七世孫
④ 南漢危急, 奮起從義 ⇒ 聞南漢危急, 奮赴先生義旅
⑤ 有孫碩坤·在坤·聖海 ⇒ 有孫象一

---

5 築隱先生(축은선생) : 金方礪(생몰년 미상)의 호. 본관은 金海, 자는 汝用. 증조부는 金敬臣, 조부는 金元鉉, 아버지는 版圖判書 金台德이다. 김태덕의 장남이다. 아들은 金荀生이다. 문과 급제하여 栢堂材에 들어갔고 奉順大夫 判宗簿寺事에 이르렀다.

이장원
李章遠
(1613~1662)

본관은 광주(廣州)이다. 둔촌(遁村 : 이집)의 후손이다. 도량이 크고 정의심이 많았다. 어려서 우산 안방준에게 배웠고, 안방준은 매우 큰 인물로 여겼다. 병자호란을 당하여 의병을 일으켰을 때 음식물과 군량을 보내는 책임을 맡았는데, 군량을 운반한 문서가 있다. 후손으로 이상악(李象岳)이 있다.

①李章遠, ②廣州人。③遁村之後。④倜儻多大節。少學於牛山公, 公甚器之。⑤丙子擧義, 責餽餉[1], 有轉粮文牒。⑥有孫象岳。

- 중간본의 변개

① 李章遠 ⇒ 副司果李章遠
② 廣州人 ⇒ 字器甫, 號桐溪, 廣州人
③ 遁村之後 ⇒ 遁村集後, 藝文提學右議政忠僖公仁孫[2]七世孫

---

1 餽餉(궤향) : 음식물과 군량을 보냄.

2 仁孫(인걸) : 李仁孫(1395~1463). 본관은 廣州, 자는 仲胤, 호는 楓厓. 증조부는 李唐, 조부는 李集, 아버지는 참의 李之直이다. 1411년 생원시에 합격하고, 1417년 식년문과에 同進士로 급제, 검열에 발탁되었다. 그 뒤 사헌부감찰을 거쳐 1429년 千秋使의 서장관으로 명나라에 다녀왔고, 이어 형조좌랑·예조좌랑·집의·판군자감사·예조참의·경상도관찰사·형조참의·대사헌·한성부윤 등을 역임하였다. 1453년에는 한성부윤으로 聖節使가 되어 명나라에 다녀왔다. 그 뒤 형조참판을 거쳐, 1454년 首陽大君이 정권을 잡게 되자 호조판서에 승진되고, 1455년 세조의 즉위와 함께 原從功臣 2등에 봉하여졌다. 이어서 판중추부사로서 판호조사를 겸임하고 우찬성을 거쳐 1459년 우의정에 오른 뒤 곧 致仕하였다. 시호는 忠僖이다.

④ 倜儻多大節。少學於牛山公，公甚器之 ⇒ 天姿剛直，志慮深遠

⑤ 丙子擧義，責餽餉，有轉粮文牒 ⇒ 當丙子亂，公之考宣敎郎宗臣，赴完山，與李雲庵興浡倡義旅，公從先生義擧，爲糧餉募兵之任，轉輸調兵，未嘗絶乏，先生大喜敬歎。父子忠節，並載湖南義錄及三綱錄。沈祭酒錥撰行狀

⑥ 有孫象岳 ⇒ 생략

박유제
朴惟悌
(1546~?)

자는 공언(恭彦), 호는 우옹(愚翁), 본관은 진원(珍原)이다. 우문관 대제학(右文館大提學) 익양백(益陽伯) 박첨(朴瞻)의 10세손이고, 청백리(淸白吏) 예문관 직제학(藝文館直提學) 박희중(朴熙中)의 8세손이며, 직장(直長) 박문기(朴文基)의 6세손이고, 참봉 박계원(朴繼原)의 5세손이다.

공은 대대로 충의를 물려받아 적개심을 품었다. 병자호란을 당하여 나라를 위해 죽으려는 마음을 떨쳤는데, 4촌동생 박유충(朴惟忠)과 함께 척숙(戚叔) 안방준 선생을 따라서 의병을 일으켰으니 그 뜻과 기개가 서로 부합하였던 것이다. 화의가 이루어졌다는 소식을 듣고 고향으로 물러났다. 두문불출하다가 삶을 마감했다. 후손으로는 박진석(朴珍錫), 박수규(朴守奎), 박수근(朴守根)이 있다.

①朴惟悌, 字恭彦, 珍原人, 號愚翁。②右文舘大提學益陽伯瞻[1]十世孫, ③淸白吏藝文舘直提學熙中八世孫, ④直長文基[2]六世孫, ⑤參奉繼原五世孫。⑥ ⑦公世襲忠義, 心懷敵慨。⑧當丙子, 奮發殉國之心, 與從弟惟忠[3], 從戚叔安先生擧義, 盖其志氣相符也。和成而退。⑨杜門終

---

1 瞻(첨) : 朴瞻(생몰년 미상). 본관은 珍原. 朴進文의 현손이다. 우문관 대제학, 春秋館事 등을 역임한 후 純忠論道同德佐命功臣에 책록되어 三重大匡으로 門下侍中에 이르렀으며 益陽伯(익양은 경북 영천)에 봉해졌다.

2 文基(문기) : 朴文基(생몰년 미상). 본관은 珍原. 세종 때 진사가 되고 효행이 지극하였으며 司醞署直長에 천거되었다.

3 惟忠(유충) : 朴惟忠(?~1667). 본관은 珍原, 자는 孝元, 호는 松隱. 軍資監正으로 병자호란 때 창의하였다.

年。⑩有孫珍錫·守奎·守根。

· 중간본의 변개

① 朴惟悌 ⇒ 通德郎朴惟悌
② 右文舘大提學益陽伯瞻十世孫 ⇒ 생략
③ 淸白吏藝文舘直提學熙中八世孫 ⇒ 直提學熙中八世孫
④ 直長文基六世孫 ⇒ 생략
⑤ 參奉繼原五世孫 ⇒ 參奉繼原玄孫
⑥ 추가 ⇒ 判事樑宇[4]子
⑦ 公世襲忠義, 心懷敵慨 ⇒ 世襲忠孝, 志氣慷慨
⑧ 當丙子, 奮發殉國之心, 與從弟惟忠, 從戚叔安先生擧義, 盖其志氣相符也。和成而退 ⇒ 與從弟惟忠, 從先生擧義, 公之於先生爲外從侄。行到礪山, 聞和成慟哭而歸
⑨ 추가 ⇒ 遂絶意世事, 仍書大明二字於壁上
⑩ 有孫珍錫·守奎·守根 ⇒ 後孫桂煥·重龜·基鉉

4 樑宇(양우) : 朴樑宇(생몰년 미상). 고조부는 朴繼原, 증조부는 박계원의 장남 朴困, 조부는 박균의 장남 朴而徹, 아버지는 박이경의 장남 朴光雲이다. 박광운의 장남이다. 昌寧曺氏 曺景中이 매부이다.

임시윤
任時尹
(1604~?)

자는 신수(莘叟)이다. 관산군(冠山君) 임광세(任光世)의 5대손이고, 국담공(菊潭公) 임희중(任希重)의 현손이며, 산양 5현(山陽五賢)의 한 사람인 이계공(怡溪公) 임희(任喜)의 아들이다. 기개가 넓고 깊었으며 풍도(風度)가 엄중하였다. 태어나서 명나라 말기를 맞게 되자 《춘추》를 읽고 그 뜻을 밝힐 때는 늘 존주대의(尊周大義)에 엄격하였다.

병자호란(丙子胡亂)에 이르러 분연히 앞장서서 우산(牛山 : 안방준의 호) 선생과 함께 의병을 일으켰는데, 이때 나이 33세로서 모군별장(募軍別將)이 되어 열흘 사이에 수천의 병사를 모집하고 의리를 앞세워 서쪽으로 향해 가니 군의 기세가 크게 떨쳤지만, 성 밖으로 나와 항복했다는 수치스런 소식을 듣고는 통곡하며 의병을 해산하고 고향으로 돌아왔다. 호수나 산골짜기를 찾아 방랑하였다. 스스로의 호를 거곡(巨谷)이라 불렀다. 세상에 뜻을 끊고 은둔하며 자기 뜻대로 살다가 일생을 마쳤다. 높은 풍취와 맑은 운치는 사람들이 지금까지도 칭송하였다. 후손으로는 임경태(任鏡泰), 임익원(任翼源), 임장원(任長源), 임하재(任夏材), 임영재(任英材)가 있다.

①任時尹, 字莘叟。②冠山君光世[1]③五代孫, 菊潭公希重[2]玄孫, 山陽

---

1 光世(광세) : 任光世(1469~1541). 본관은 長興, 자는 顯叔, 호는 晦堂. 부인은 善山林氏로 진사 林千齡의 딸이다. 아들로 장남 任希駿(1487~1531), 3남 任希重, 5남 진도군수 任希聖

五賢之一，怡溪公喜[3]子。氣宇宏深，風儀嚴重。生丁明末，講讀春秋，常嚴於尊周大義。

④至丙子，奮然挺身，⑤與牛山先生，倡起義旅，時年三十三，以募軍別將，旬日之間，得士數千，仗義西上，軍聲大振，聞城下之羞，痛哭罷歸。放浪湖山。⑥自號巨谷。遯世肆志[4]，以終天年[5]。高風淸韻，人到今稱之。⑦有孫鏡泰·翼源·長源·夏材·英材。

• 중간본의 변개

① 任時尹 ⇒ 士人任時尹
② 추가 ⇒ 號巨谷，冠山人
③ 五代孫 ⇒ 五世孫
④ 至丙子 ⇒ 當丙子
⑤ 與牛山先生 ⇒ 與先生
⑥ 自號巨谷 ⇒ 생략
⑦ 有孫 ⇒ 後孫

(1498~1545) 등이 있다. 임희성의 2남이 任發英이다. 성종 때 통례원 좌통례를 지냈다.

2 希重(희중) : 任希重(1492~?). 본관은 長興, 자는 大受, 호는 菊潭. 명종 때 생원·진사시에 합격하고 左通禮를 역임하였으나, 관직에 뜻을 두지 않고 학문에만 전념하여 전남 寶城에 百千堂이란 학숙을 열고 후진을 양성하며 살았다. 4남이 任百英이고, 5남이 任啓英이다. 임진왜란 때 이 두 아들이 의병을 일으켰다.

3 喜(희) : 任喜(생몰년 미상). 본관은 長興, 자는 慶叔, 호는 怡溪. 어려서부터 학문에 전심, 특히 性理學에 조예가 깊었고, 諸子百家에도 정통했다. 學行으로 추천되어 벼슬은 軍資監正에 이르렀다.

4 肆志(사지) : 자기 뜻대로 살아감.

5 天年(천년) : 타고난 수명을 제대로 다 사는 나이.

종사랑 박진형
從仕郎 朴震亨
(1611~1672)

자는 진숙(晋叔), 호는 요천(蓼川), 본관은 진원(珍原)이다. 직제학(直提學) 위남공(葦南公) 박희중(朴熙中)의 8세손이다. 증조부 승지(承旨) 죽천공(竹川公) 박광전(朴光前)은 임진왜란 의병장이고, 조부 집의(執義) 만포공(晩圃公) 박근효(朴根孝)는 정유재란 때 의병을 일으켰다. 참의(參議) 아수공(我誰公) 박춘수(朴春秀)의 아들이다. 아수공은 병자호란 때 옥과현감(玉果縣監) 이흥발(李興浡)과 의병을 일으켰다.

공(公)은 기개가 넓고 깊었으며 집안의 명성을 이어받았는데, 병자호란을 만나 의기와 비분이 북받쳐서 의병에 참여하여 종사관이 되었으니, 세상에서는 가풍으로 충의를 전하는 집안이라고 일컬었다. 후손으로는 박수익(朴守益)이 있다.

從仕郎朴震亨, 字晋叔, 珍原人, 號蓼川。 直提學葦南公熙中八世孫。①曾祖承旨竹川公光前, 壬辰義兵將。②祖執義晩圃公根孝, 丁酉倡義。參議我誰公春秀[1]子。③我誰公丙子, 與李玉果興浡擧義。

---

1 春秀(춘수) : 朴春秀(1590~1641). 본관은 珍原, 자는 言實, 호는 我誰堂. 軍資監正 朴根孝의 아들이다. 金壽恒의 문인이다. 1627년 진사시에 합격하였다. 學行으로 추천되어 宗廟署直長을 거쳐 連原道察訪이 되고, 1627년 정묘호란 때 의병을 일으켜 金長生을 兩湖號召使로, 安邦俊을 의병장으로 하고, 자신은 從事官이 되어 전주에까지 이르렀다가 곧 和約이 성립되자 그만두었다. 1636년 병자호란 때 아우 朴春長, 아들 朴震亨 등과 함께 의병을 모집하여 寶城에서 청주에까지 이르렀으나, 講和의 소식을 듣고 통곡하면서 의병을 해산하고 軍糧을 모두 完營(全羅監營의 별칭)에 반품하였다. 그 뒤로는 죽을 때까지 후진양성에만 힘썼다. 타고난 성품이 순수하고 충효스러우며 할아버지 때부터 倡義活動을 하

④公器宇宏深, 襲承家聲。當是亂, 慷慨激勵, 赴義從事, 世稱傳家忠義。⑤有孫守益。

• 중간본의 변개

① 曾祖承旨竹川公光前, 壬辰義兵將 ⇒ 壬辰義兵將竹川文康公光前
② 祖執義晩圃公根孝, 丁酉倡義 ⇒ 執義晩圃公根孝孫, 丁酉倡義
③ 我誰公丙子, 與李玉果興浡擧義 ⇒ 當丙子亂, 父我誰公, 與玉果李雲庵興浡擧義
④ 公器宇宏深, 襲承家聲, 當是亂, 慷慨激勵, 赴義從事 ⇒ 公與先生擧義, 器宇宏深, 襲承家聲, 慷慨激勵, 赴亂從事
⑤ 有孫守益 ⇒ 後孫重洪

여 七賢이 한 집안에서 나왔다. 좌승지 겸 참찬관에 추증되었다.

안심지
安審之
(1600~1655)

안방준 선생의 둘째 아들이다. 효성과 우애, 충성과 절개는 가정으로부터 물려받았다. 병자호란을 당하여 아버지와 형들을 모시고 의병을 일으켰다. 후손으로는 안세룡(安世龍), 안처득(安處得)이 있다.

①安審之, 先生第二子。②孝友忠節, 襲得家庭。③當丙子, 陪父兄從義。④有孫世龍·處得。

• 중간본의 변개

① 安審之, 先生第二子 ⇒ 宣教郎安審之, 字擇夫, 先生第三子
② 孝友忠節, 襲得家庭 ⇒ 才識明敏, 體得庭訓, 勤於學問
③ 當丙子, 陪父兄從義 ⇒ 陪先生參書記
④ 有孫世龍·處得 ⇒ 생략

생원 이시원
生員 李時遠
(1611~1648)

본관은 광주(廣州)이다. 둔촌(遁村 : 이집)의 후손이다. 낙안(樂安)의 소모별유사(召募別有司)였다.

生員李時遠, ①廣州人。②遁村後。③ ④樂安召募別有司。⑤

• 중간본의 변개

① 廣州人 ⇒ 字汝中, 廣州人
② 遁村後 ⇒ 遁村集後
③ 추가 ⇒ 文章卓越, 性度嚴峻, 世以公輔之才, 稱之。
④ 樂安召募別有司 ⇒ 丙子亂, 以家僮三十, 庫米三百石, 從先生, 同起義旅, 傳檄樂安郡, 多抄軍兵, 辭氣嚴截, 行到礪山。天不與其年而卒[1]。
⑤ 추가 ⇒ 後孫漢伯·漢倬·漢倜·以泰·廷璨·象櫟

1 《기묘 사마방목》에 의하면, 29세 때인 1639년 식년시에 합격하여 생원이 된 것으로 나옴. 아버지는 忠義衛 李亮臣이다.

선영길
宣英吉
(1591~?)

자는 문빈(文彬), 본관은 보성(寶城)이다. 신묘년(1591)에 태어났다. 진사 선용신(宣用臣)의 후손이고, 현감 선방헌(宣邦憲)의 현손이다. 타고난 기질은 무엇에 얽매이지 않았으며, 재주는 문무를 겸하였다. 병자호란을 맞아 전적으로 군무(軍務)를 맡았으며, 몸을 돌보지 않고 의병에 참여하였다. 후손으로는 선진도(宣震道), 선진철(宣震喆), 선동효(宣東孝)가 있다.

①宣英吉[1], 字文彬, 寶城人。②辛卯[2]生。進士用臣[3]後[4], ③縣監邦憲[5]玄孫。氣禀倜儻[6], 才兼文武。④當丙子, 專任軍務, 忘身赴義。⑤有孫

---

1 宣英吉(선영길, 1591~?) : 조부는 宣廷傑, 할머니는 咸陽朴氏 朴繼成의 딸이다. 첫째부인은 竹山崔氏 崔琳의 딸이고, 둘째부인 廣州李氏 李順章의 딸이다.

2 辛卯(신묘) : 宣祖 24년인 1591년.

3 用臣(용신) : 宣用臣(생몰년 미상). 본관은 寶城. 진사로써 문과에 합격하여 고려 원종 때 벼슬하였다. 官閣門祗侯, 門下侍郎, 參知政事를 역임하였다. 특히 1270년 무신정권의 수장으로 국기를 문란시킨 林惟茂와 그 무리를 제거한 공로로 佐命功臣으로 책록되고 兵部尙書가 되었다. 변방을 어지럽힌 여진족을 토벌한 공으로 貝州(전남의 보성)의 지방장관으로 봉해졌다. 부인은 潭陽田氏이다.

4 後(후) : 宣用臣 → 宣儒 · (2자 宣佐) → 宣元祉 → 宣仲吉 → 宣以慶 → 宣漢 → 宣順孫 → 宣則 → 宣邦憲 → 宣廷傑 → 宣德明 → 宣英吉을 가리킴. 이 계통의 보성선씨(宣元祉) 후손들은 중시조를 선용신으로 받들고 있다. 반면, 宣儒의 둘째아들 宣元祉를 중시조로 받드는 보성선씨 후손들도 있다.

5 邦憲(방헌) : 宣邦憲(1507~1568). 본관은 寶城, 호는 慕賢齋. 1531년 진사시에 합격하고, 상서원 直長, 감찰, 南平縣監을 지냈다. 장남 宣廷傑(1540~1592)과 차남 宣廷敏이 임진왜란 때 의병을 일으켜 왜적과 싸우다 순절하였다. 원문에는 선영길과의 계대가 착종되어 있다.

震道·震喆·東孝。

- 중간본의 변개

① 宣英吉 ⇒ 士人宣英吉
② 辛卯生 ⇒ 생략
③ 縣監邦憲玄孫 ⇒ 朝散大夫行尙書院直長縣監邦憲曾孫, 通德郎德明[7]子
④ 當丙子, 專任軍務, 忘身赴義 ⇒ 忘身赴義, 專任軍務
⑤ 有孫震道·震喆·東孝 ⇒ 後孫震道·震喆·東孝·光彦·鍾采

6 倜儻(척당) : 무엇에 얽매이지 않음.

7 德明(덕명) : 宣德明(1566~1625). 본관은 寶城, 자는 允美. 부인은 金海金氏 金弘의 딸로 金九鼎의 손녀이다. 사헌부 감찰을 지냈다.

정영철
鄭英哲
(1602~1638)

자는 여보(汝保), 본관은 진주(晉州)이다. 청천군(菁川君) 정을보(鄭乙輔)의 후손이고, 임진왜란 전망공신(戰亡功臣) 정자(正字) 증수찬(贈修撰) 정사제(鄭思悌)의 손자이다. 한결같은 충성과 절의는 대대로 집안의 가르침을 이어받았다. 후손으로는 정무과(鄭武科), 정영복(鄭永復), 정동미(鄭東美), 정계엽(鄭啓燁)이 있다.

①鄭英哲[1], 字汝保, 晉州人。菁川君乙輔[2]後, ②壬辰戰亡功臣[3]正字贈修撰思悌[4]孫。③精忠節義, 世承家訓。④有孫武科·永復·東美·啓燁。

---

1 鄭英哲(정영철, 1602~1638) : 조부는 鄭思悌, 아버지는 鄭瓛이다. 어머니는 寶城宣氏 宣國衡의 딸이다. 부인은 晉州李氏 李邦稷의 딸이다.

2 乙輔(을보) : 鄭乙輔(1285~1355). 본관은 晉州, 자는 仲股, 호는 勉齋. 평장사를 지낸 鄭椽의 아들이다. 부인은 順興安氏 安文凱의 딸이다. 1320년 국자시에 합격하여 1345년 정당문학이 된 후 국정에 참여하였으며, 이어 菁川君에 봉해졌다. 1352년 당시의 권세가 趙日新 세력의 배경으로 찬성사가 되었으나 곧 조일신이 주살되자 그 일파가 함께 투옥되었다가 광양군수로 좌천당하였다. 古詩에 능하여 과거에 합격한 후 많은 시문을 남긴 대학자로 이름을 날렸다. 시호는 文良이다.

3 戰亡功臣(전망공신) : 전쟁터에서 싸우다가 죽음으로써 공을 세운 신하.

4 思悌(사제) : 鄭思悌(1556~1592). 본관은 晉州, 자는 幼仁, 호는 五峰. 증조부는 鄭淑仁, 조부는 정숙인의 장남 鄭麒孫, 아버지는 정기손의 둘째아들 鄭誠이다. 부인은 晉州蘇氏 蘇瑀의 딸이다. 사마시를 거쳐, 1591년 식년문과에 급제하였다. 1592년 임진왜란이 일어나자 의병장 任啓英의 종사관으로 장수에서 崔慶會와 함께 전공을 세우고 星寧에 나아갔다가 남원전투에서 전사하였다. 1754년 부수찬에 추증되었다.

- 중간본의 변개

① 鄭英哲 ⇒ 士人鄭英哲

② 壬辰戰亡功臣正字贈修撰思悌孫 ⇒ 文定公以吾[5]十世孫, 弘文館正字贈修撰五峯思悌孫。五峯公, 壬辰之亂, 戰亡於南原, 而臨絶有詩曰 : “未了人間忠孝願, 九原歸路恨悠悠.”

③ 精忠節義, 世承家訓 ⇒ 公世襲家聲, 當丙子, 奮赴先生義旅, 署爲軍官

④ 有孫武科·永復·東美·啓燁 ⇒ 後孫益模·奎烟·成模·炫淳

---

5 以吾(이오) : 鄭以吾(1347~1434). 본관은 晋州, 자는 粹可, 호는 郊隱·愚谷. 1374년 문과에 급제하여, 1376년 예문관검열이 된 뒤, 삼사도사, 공조·예조의 정랑, 典校副令 등을 역임하였다. 1394년 知善州事가 되었고, 1398년 9월 李詹·趙庸 등과 함께 군왕의 정치에 도움이 될 만한 經史를 간추려 올리고, 곧 奉常寺少卿이 되었다. 1398년 趙浚·河崙 등과 함께 《四書節要》를 찬진하였다. 1400년 成均館樂正이 되었으며, 兵曹議郎, 예문관의 직제학, 사성을 역임하였다. 1403년 대사성으로 승진하였고, 1405년 3월에 金科와 함께 생원시를 관장하였다. 1409년 兵書習讀提調를 거쳐 동지춘추관사를 겸임, 《태조실록》의 편찬에 참여하였다. 1413년 《태조실록》 편찬에 대한 노고로 예문관대제학이 되면서 知貢擧를 겸하였다.

鄭藝 → 鄭時陽 → 鄭裕 → 鄭守均 → 鄭仲紹 → 鄭洪旦 → 鄭安社 → 鄭需 → 鄭守珪 → 鄭椽 → 鄭乙輔 → 鄭天德 → 鄭臣重 → 鄭以吾 → 1자 鄭苯·2자 鄭蕁·3자 鄭茹·4자 鄭蘊으로 이어진다. 이 책의 晉州鄭氏는 정이오의 둘째아들 鄭蕁 후손들이다. 『晉州鄭氏持平公派譜』(1989, 遠厚齋)를 참고하였다.

정철종
鄭哲宗
(1612~1642)

자는 백우(栢友)이다. 임자년(1612)에 태어났다. 청천군(菁川君) 정을보(鄭乙輔)의 후손이고, 참판(參判) 정충효(鄭忠孝)의 6세손이며, 임진왜란 공신 정응남(鄭應男)의 손자이다. 젊어서부터 불의를 참지 못하고 절의와 용기는 남보다 뛰어났다. 의병에 참여하였다. 후손으로는 정홍린(鄭弘璘), 정수인(鄭守仁), 정홍교(鄭弘喬)가 있다.

①鄭哲宗[1], 字栢友。②壬子[2]生。③菁川君乙輔後, 參判忠孝[3]六世孫[4], 壬辰功臣應男[5]孫。④少有慷慨, 節勇過人。參赴義旅。⑤有孫弘璘·守仁·弘喬。

---

1 鄭哲宗(정철종, 1612~1642) : 鄭起宗으로 개명. 조부는 鄭應男, 아버지는 정응남의 장남 鄭瓘이다. 할머니는 金海金氏 金百鎰의 딸이고, 어머니는 海美白氏 白彦良의 딸이다. 부인은 寶城宣氏 宣德鳳의 딸로 宣大老의 손녀이다.

2 壬子(임자) : 光海君 4년인 1612년.

3 忠孝(충효) : 鄭忠孝(1443~1519). 본관은 晉州, 자는 百行. 증조부는 鄭尊, 조부는 정순의 장남 鄭得而, 아버지는 정득이의 장남 鄭國祥이다. 정국상의 장남이다. 성종 때 문과에 급제하고, 승문원 부제조와 예조참판을 지냈다.

4 六世孫(육세손) : 鄭忠孝 → 鄭元招 → 鄭淑仁 → 2자 鄭麟孫 → 鄭謙 → 鄭應男 → 鄭瓘 → 鄭哲宗을 가리킴. 원문에는 계대가 착종되어 있다.

5 應男(응남) : 鄭應男(1573~1614). 본관은 晉州, 자는 夢祥, 호는 望美亭. 조부는 鄭麟孫, 아버지는 정인손의 장남 鄭謙이다. 어머니는 恩津宋氏 宋繼祿의 딸이다. 부인은 金海金氏 金百鎰의 딸이다. 鄭奇男의 형이다. 무과에 급제하고, 龍驤衛左部將이 되었다. 임진왜란 때 宣祖를 의주까지 호종하였다. 1594년 訓鍊僉正 禦侮將軍이 되었고, 助羅浦萬戶 겸 防禦使에 제수되어 浦港을 지켰다. 1605년 宣武原從功臣에 녹훈되었다.

• 중간본의 변개

① 鄭哲宗, 字栢友 ⇒ 士人鄭起宗(初諱哲宗), 字友栢, 號梅隱, 晉州人
② 壬子生 ⇒ 생략
③ 菁川君乙輔後, 參判忠孝六世孫, 壬辰功臣應男孫 ⇒ 郊隱文定公以吾后, 參判忠孝七世孫, 宣武原從功臣應男孫
④ 少有慷慨, 節勇過人。參赴義旅 ⇒ 公少有志節, 嘗慕祖考勳業, 以忠義自期。當丙子, 募聚兵粮, 參謀安先生幕, 領兵到礪山, 聞和成痛哭而歸。杜門謝世。
⑤ 有孫弘璘·守仁·弘喬 ⇒ 後孫奎英·奎珩·衡模·永模·秉模

한경복

韓景福

(생몰년 미상)

역주자 주 : 원문에는 아무런 기록 없이 빈 여백 상태임. 중간본에도 사실이 없다.

조순립

趙舜立

(생몰년 미상)

역주자 주 : 원문에는 아무런 기록 없이 빈 여백 상태임.

• **중간본의 변개**

삽입 ⇒ 士人趙舜立[1], 淳昌人。與從叔弘國, 誓心起義

1 趙舜立(생몰년 미상) : 본관은 淳昌, 개명 君弼, 자는 恭仲. 고조부는 趙之漢, 증조부는 조지한의 장남 趙瓘, 조부는 조관의 장남 趙廷義, 아버지는 조정의의 둘째아들 趙季龍이다. 형은 趙舜弼(1617~1686)이다.

조홍국
趙興國
(생몰년 미상)

역주자 주 : 여기(원문 22면)에는 아무런 기록 없이 빈 여백 상태이나, 원문 25면에 다시 표제어로 나옴.

조창국
趙昌國
(생몰년 미상)

역주자 주 : 원문에는 아무런 기록 없이 빈 여백 상태임.

• 중간본의 변개

삽입 ⇒ 士人趙昌國[1], 淳昌人。與兄弘國, 慨然從戎

1 趙昌國(조창국, 생몰년 미상) : 증조부는 趙之漢, 조부는 조지한의 장남 趙瓘, 아버지는 조관의 둘째아들 趙廷美이다. 조정미의 셋째아들이다. 조홍국의 동생이다.

안휘지*

安徽之

(생몰년 미상)

역주자 주 : 원문에는 아무런 기록 없이 빈 여백 상태임.

• 중간본의 변개

삽입 ⇒ 安徽之，竹山人。文惠公元衡[1]後，郡守秀岑[2]四世孫，武兼宣傳邦憲[3]子。慷慨有志節，同赴義旅

* 『죽산안씨족보』(호남문화사, 1995)의 937면에는 작은 글씨로 '徽之' 이름자만 기록되어 있음. 安徽之로 되어 있는데, 安邦憲의 둘째아들이다. 첫째아들은 安纘之로 아들 둘만 등재되어 있다.

1 元衡(원형) : 安元衡(생몰년 미상). 본관은 竹山, 자는 敬甫, 호는 一湖. 고려 忠惠王 2년에 문과 급제하여 平章事에 이르고, 고려 말 門下侍中으로 佐命功臣이 되어 竹城君에 봉해져서 자손들이 竹山을 관향으로 삼았다고 한다. 長興의 萬壽祠에 배향되었다. 아들은 安勉이고, 손자는 安魯生이다.

2 秀岑(수잠) : 安秀岑(1486~?). 본관은 竹山, 자는 思危. 아버지는 安範이다. 형은 議政府司錄을 지낸 安秀崙이다. 1522년 식년시에 급제하고, 郡守를 지냈다.

3 邦憲(방헌) : 安邦憲(생몰년 미상). 宣傳官을 지냈다.

조순필
趙舜弼
(1617~1686)

자는 우백(虞伯), 본관은 순창(淳昌)이다. 옥천부원군(玉川府院君) 조원길(趙元吉)의 후손이고, 현감(縣監) 조지한(趙之漢)의 현손이다. 할아버지는 부장(部將) 조정의(趙廷義)인데 곧 임진왜란 때 골포(骨浦 : 경남 마산) 전투에서 안홍국(安弘國)과 함께 있는 힘을 다하여 계책을 도왔다. 공(公)도 또 병자호란 때 마음으로 맹세하고 의병에 나아갔으니 집안의 명성을 실추시키지 않았다. 후손으로는 조태현(趙泰賢), 조태두(趙泰斗)·조동협(趙東協)이 있다.

①趙舜弼, 字虞伯, 淳昌人。玉川府院君元吉後, 縣監之漢玄孫。祖部將廷義[1], 卽壬辰骨浦戰, 與安弘國[2], ②極力贊畫。公又丙子, 誓心赴義, 不墜家聲。③有孫泰賢·泰斗·東協。

---

1 廷義(정의) : 趙廷義(1576~1597). 본관은 淳昌, 자는 義之, 호는 釜谷. 조부는 조지한, 아버지는 조지한의 장남 趙瓘이다. 조관의 장남이다. 무과에 급제하고, 地勇校尉, 義興部將을 지냈다. 정유재란 때 安弘國과 의병을 일으켜 왜군과 싸우다가 安骨浦에서 순절하였다.

2 安弘國(안홍국, 1555~1597) : 본관은 順興, 자는 藎卿. 찬성사 安文凱의 9대손이다. 1583년 두 형과 더불어 무과에 급제하였다. 1592년 임진왜란 때에는 왕을 모시고 의주까지 따라갔으며 왕명을 받들어 각 鎭을 다니며 왕의 지시를 전달하였다. 같은 해 삼도수군통제사 李舜臣의 휘하에 들어가 선봉장 등으로 전공을 세웠다. 1597년 보성군수로 삼도수군통제사 元均의 휘하에 中軍으로 참전, 군무에 공을 세웠다. 정유재란이 일어나자 군선[舟師] 30여 척을 이끌고 安骨浦·加德島의 적주둔지를 공격하다가 안골포해전에서 큰 공을 세우고 전사하였다. 좌찬성에 추증되고, 순천의 忠愍祠, 보성의 旌忠祠에 배향되었다. 시호는 忠顯이다.

• 중간본의 변개

① 趙舜弼 ⇒ 士人趙舜弼
② 極力贊畫 ⇒ 中丸而死
③ 有孫泰賢·泰斗·東協 ⇒ 後孫泰斗·東一·炫龍·時益·時達·時赫

선시한

宣時翰

(생몰년 미상)

자는 자거(子擧), 본관은 보성(寶城)이다. 훈련첨정(訓鍊僉正) 선민중(宣敏中)의 아들이다. 지극정성으로 부모님을 모셨으며, 문장은 한 시대의 으뜸이었다. 의병을 일으켰을 때 참모관(參謀官)을 맡아서 지모와 힘을 다하였다. 후손으로는 선채동(宣采東)이 있다.

①宣時翰, 字子擧, 寶城人。②訓鍊僉正敏中子。③誠極二親, 文冠一代。④擧義時, 掌參謀官, 盡其智力。有孫采東。

・중간본의 변개

① 宣時翰 ⇒ 士人宣時翰
② 訓鍊僉正敏中子 ⇒ 通政大夫檢校戶曹參議仲義[1]後, 訓鍊僉正敏中子
③ 誠極二親, 文冠一代 ⇒ 事親極孝, 名擅文章
④ 擧義時, 掌參謀官, 盡其智力 ⇒ 赴義旅, 爲參謀之任, 盡其智力

---

1 仲義(중의) : 宣仲義(1358~1423). 증조부는 宣用臣, 조부는 선용신의 장남 宣儒, 아버지는 선유의 장남 宣元祉이다. 선원지의 둘째아들이다. 道村派의 파조이다. 호조참의를 지냈다. 宣元祉→2자 宣仲義→5자 宣庸道→6자 宣孝愼→宣孟智→2자 宣綎→宣敏中→宣時翰으로 이어진다.

주부 정영신
主簿 鄭英信
(1601~1662)

자는 여우(汝友), 본관은 진주(晉州)이다. 신축년(1601)에 태어났다. 청천군(菁川君) 정을보(鄭乙輔)의 후손이고, 문정공(文定公) 정이오(鄭以吾)의 10세손이며, 현학정 주인(玄鶴亭主人) 진사(進士) 정근(鄭謹)의 증손이다. 일찍이 문예(文藝)를 닦았고, 아울러 무용(武勇)도 갖추었다. 분연히 달려가 의병을 일으키고 의로운 명성을 잘 선양하였다. 후손으로는 정복(鄭復), 정동명(鄭東明), 정운일(鄭運一), 정흥엽(鄭興燁)이 있다.

主簿鄭英信[1], 字汝友, ①辛丑[2]生, 晉州人。菁川君乙輔後, ②文正公以吾[3]十世孫, ③ ④玄鶴亭主人進士謹[4]曾孫。早事文藝, 兼備武勇。⑤ ⑥奮赴倡旅, 克揚義聲。⑦有孫復·東明·運一·興燁。

---

1 鄭英信(정영신, 1601~1662) : 조부는 鄭思道, 아버지는 정사도의 장남 鄭敬祖이다. 첫째할머니는 昌寧曺氏 曺世亨의 딸로 曺好溫의 손녀이고, 둘째할머니는 海州吳氏 吳彦邦의 딸이다. 어머니는 礪山宋氏 宋�의 딸로 宋持衡의 손녀이고 宋禮貞의 증손녀이다.

2 辛丑(신축) : 宣祖 34년인 1601년.

3 以吾(이오) : 鄭以吾(1347~1434). 본관은 晉州, 자는 粹可, 호는 郊隱·愚谷. 1374년 문과에 급제하여, 1376년 예문관검열이 된 뒤, 삼사도사, 공조·예조의 정랑, 典校副令 등을 역임하였다. 1394년 知善州事가 되었고, 1398년 9월 李詹·趙庸 등과 함께 군왕의 정치에 도움이 될 만한 經史를 간추려 올리고, 곧 奉常寺少卿이 되었다. 1398년 趙浚·河崙 등과 함께《四書節要》를 찬진하였다. 1400년 成均館樂正이 되었으며, 兵曹議郞, 예문관의 직제학, 사성을 역임하였다. 1403년 대사성으로 승진하였고, 1405년 3월에 金科와 함께 생원시를 관장하였다. 1409년 兵書習讀提調를 거쳐 동지춘추관사를 겸임,《태조실록》의 편찬에 참여하였다. 1413년《태조실록》편찬에 대한 노고로 예문관대제학이 되면서 知貢擧를 겸하였다.

4 謹(근) : 鄭謹(1529~1621). 본관은 晉州, 자는 恭伯, 호는 松溪·玄鶴亭. 아버지는 鄭麒孫이고, 어머니는 濟州高氏 高彦成의 딸이다. 1549년 식년시에 합격하여 진사가 되었다.

· 중간본의 변개

① 辛丑生 ⇒ 생략

② 文正公以吾十世孫 ⇒ 文定公以吾十世孫

③ 추가 ⇒ 生員淑仁[5]玄孫

④ 玄鶴亭主人進士謹曾孫 ⇒ 進士謹曾孫

⑤ 추가 ⇒ 蔭行朝散大夫禮賓寺主簿

⑥ 奮赴倡旅, 克揚義聲 ⇒ 當丙子亂, 忠奮所激, 克發殉國之心, 與從叔進士琰, 三從英哲·哲宗, 赴先生義旅, 泣辭母夫人曰 : "忠孝汝家事, 且戰陣無勇非孝, 盡忠成孝." 敬受親命, 馳到礪山, 聞和成痛哭而歸。杜門謝世, 漁樵自適

⑦ 有孫復·東明·運一·興燁 ⇒ 後孫雲模·麟模·瓘模·台昊·斗昊

5 淑仁(숙인) : 鄭淑仁(1491~1562). 본관은 晉州, 자는 國仲, 호는 石圃. 1507년 성균관생원이 되었다. 조부는 鄭忠孝, 아버지는 정충효의 장남 鄭元招이다. 어머니는 咸陽朴氏이다. 부인은 金海金氏 金自河의 딸이다.

전희운

田熙運

(생몰년 미상)

대사헌(大司憲) 보리공신(輔理功臣) 야은선생(野隱先生) 전녹생(田祿生)의 후손이고, 감사 전예(田藝)의 7세손이다. 성품이 본디 충성스럽고 효성스러워 불의를 참지 못하고 절의를 숭상하였다. 분연히 의병을 모집하는데 달려갔고, 지혜와 용맹은 특출하였다. 후손으로는 전만국(田萬國)이 있다.

①田熙運[1]。大司憲輔理功臣野隱先生祿生[2]後，監司藝[3]七世孫[4]。性素忠孝，慷慨尙節。奮赴募義，智勇超異。②有孫萬國。

• 중간본의 변개

① 田熙運 ⇒ 士人田熙啓，潭陽人

② 有孫 ⇒ 後孫

---

1 田熙運(전희운, 생몰년 미상) : 부인은 南平文氏 文瑞霖의 딸임.

2 祿生(녹생) : 田祿生(생몰년 미상). 고려 恭愍王 때의 문신. 본관은 潭陽, 자는 孟耕, 호는 野隱. 忠惠王 때 문과에 급제, 원나라 征東鄕試에도 급제했다. 1375년 朴尙衷과 같이 사건에 관련되어, 매를 맞고 유배되던 길에 죽었다.

3 藝(예) : 田藝(생몰년 미상). 본관은 潭陽, 자는 春伯, 호는 竹堂. 조부는 田祿生, 아버지는 전녹생의 둘째아들 田恒이다. 1399년 식년시에 합격하여 진사가 되었다. 황해도 관찰사를 지냈다.

4 七世孫(칠세손) : 田藝→3자 田永利→田基→田繼曾→2자 田彭齡→2자 田汝霫→田漢龍→田熙運을 가리킴.

선춘난
宣春蘭
(1576~1672)

본관은 보성(寶城)이다. 현감(縣監) 선국형(宣國衡)의 증손이고, 임진왜란 때 호종공신(扈從功臣) 주부(主簿) 선대노(宣大老)의 손자이다. 국량이 넓고 지조와 절개가 독실하게 확고하였다. 분연히 일어나 의병을 일으켰다. 후손으로는 선태희(宣泰禧), 선태복(宣泰福)이 있다.

①宣春蘭[1], 寶城人。縣監國衡[2]曾孫, 壬辰扈從功臣主簿大老[3]孫。器局宏雅, ②志節篤確。奮起從義。③有孫泰禧·泰福。

• 중간본의 변개

① 宣春蘭 ⇒ 士人宣春蘭
② 志節篤確。奮起從義 ⇒ 志節敦確。奮赴義旅
③ 有孫 ⇒ 後孫

---

1 宣春蘭(선춘난, 1576~1672) : 본관은 寶城, 자는 時卿. 忠翊衛를 지냈다. 宣允祉 →宣安景 →2자 宣鶴齡 →宣斗默 →宣孝明 →宣致孫 →2자 宣國衡 →宣大老 →宣德鳳 →宣春蘭으로 이어진다.

2 國衡(국형) : 宣國衡(생몰년 미상). 본관은 寶城, 자는 若濟. 宣致孫의 둘째아들이다. 부인은 金海金氏 金晟有의 딸이다. 濟用監主簿, 橫城縣監을 지냈다.

3 大老(대노) : 宣大老(1537~1609). 본관은 寶城, 자는 德叟. 부인은 光山金氏 金聲振의 딸이다. 宣務郎, 軍資監主簿를 지냈다.

김종혁
金宗赫
(생몰년 미상)

자는 군필(君弼), 본관은 김해(金海)이다. 좌찬성(左贊成) 김련(金璉)의 10세손이고, 직장(直長) 김현(金俔)의 아들이다. 도량이 진득하고 지모와 힘을 겸비하였다. 병자호란 때 의기를 떨쳐 일어났고 군무(軍務)를 주관하여 맡았다. 후손으로는 김문해(金文海), 김우해(金宇海), 김두표(金斗杓)가 있다.

①金宗赫, 字君弼, ②金海人。③左贊成璉十世孫, 直長俔[1]子。④器度沈重, 智力兼備。⑤丙子奮義, 主事軍務。⑥有孫文海·宇海·斗杓。

• 중간본의 변개

① 金宗赫 ⇒ 士人金宗赫

② 추가 ⇒ 號節齋

③ 左贊成璉十世孫, 直長俔子 ⇒ 大司憲克儉[2]後, 寺正弘緖[3]孫, 原從功臣

---

1 俔(현) : 金俔(1560~1630). 본관은 金海, 호는 一松. 金弘緖의 아들이다. 박광전의 문인이다. 임진왜란 때 군문에 들어가 왕이 용만으로 피난 갈 때 호종하였다. 1603년 무과 급제하여 훈련원 첨정으로서 병사의 조련에 공을 세웠다.

2 克儉(극검) : 金克儉(1439~1499). 본관은 金海, 자는 士廉, 호는 乖崖. 조부는 金係熙, 아버지는 金剛毅이다. 1459년 식년문과에 급제하여 한림이 되었다. 1469년 成俔·柳洵 등과 함께 詩學門에 선발되었다. 이어 예문관대교에 올랐으며, 당시 발영시에 수석으로 합격하였다. 그 뒤 승문원교리로서 漕運使從事官으로 활약, 경상도 연변의 군량미 10만 석을 함경도로 운송하는 공로를 세웠다. 세조가 죽자 예문관부교리로서 《세조실록》 편찬에 참여했고, 장령·예문관응교를 역임하였다. 그 뒤 《예종실록》 편찬에 참여하고, 성종 초년에는 목민관으로 나가 뛰어난 치적을 보였다. 1477년 다시 장령을 역임하였고, 1482년 사

倪子

④ 器度沈重, 智力兼備 ⇒ 孝行卓異, 智勇過人。每讀史, 見節義之人, 必色動心, 慕踐履篤確, 造詣精硏, 累入剡薦。

⑤ 丙子奮義, 主事軍務 ⇒ 與諸從兄弟, 赴先生擧義, 主事軍務, 聞講和退歸。謝絶賓客, 大明云亡益無意於世, 或把酒自慰, 朗誦神宗皇帝褒贈遼東伯詔旨, 書崇禎二字於座右, 而養高全節.

⑥ 有孫文海·宇海·斗杓 ⇒ 後孫文海·周海·達五·洛必·洛賢·洛豹·駿植

간이 되어 충청도진휼사의 종사관으로 나가 빈민 구제에 힘썼다. 1487년 승정원으로 옮겨 동부승지·우부승지·좌부승지·우승지 등을 역임하고, 1491년 홍문관부제학에 올랐다. 이듬해 동지중추부사가 되고 정조사로서 명나라에 다녀왔는데, 조공의 방물을 도둑맞아 다시 고신을 환수 당하였다. 그 뒤, 한성부우윤을 거쳐 호조참판에 올랐고, 다시 동지중추부사가 되었으며, 성종이 죽자 《성종실록》편찬에 참여하였다.

3 弘緖(홍서) : 金弘緖(생몰년 미상). 아버지는 金九鼎이다. 寺正을 지냈다. 임진왜란 때 의병에 참가한 형 金弘業(1554~1593)에 대한 行錄을 저술하였다.

한득홍
韓得弘
(1599~1653)

역주자 주 : 원문에는 아무런 기록 없이 빈 여백 상태임.

• 중간본의 변개

삽입 ⇒ 士人韓得弘[1], 淸州人。與兄宗任, 同力赴義

김종간
金宗幹
(생몰년 미상)

역주자 주 : 원문에는 아무런 기록 없이 빈 여백 상태임.

• 중간본의 변개

삽입 ⇒ 士人金宗幹, 字君聖, 金海人。寺正弘緖孫, 通德郎健[2]子。慷慨有大節, 不事産業。從先生義旅。傍孫洛禧。

---

1 韓得弘(한득홍, 1599~1653) : 본관은 淸州, 자는 而遠, 호는 野翁. 韓季復의 10대손이다. 조부는 韓希适의 둘째아들 忠義衛 韓彭亨, 첫째조모는 草溪卞氏 卞孝忠의 딸, 둘째조모는 光山金氏 金世民의 딸이다. 아버지는 韓應昌이다. 韓南式에게 양자를 갔다. 양어머니는 水原白氏 白瑚의 딸이다. 부인은 光山盧氏 盧思允의 딸이다. 아들은 韓致福이다. 韓翊→韓承愈→1자 韓汝弼→2자 韓希适로 이어진다.

2 健(건) : 金健(생몰년 미상).

문진발
文震發
(1602~1678)

역주자 주 : 원문에는 아무런 기록 없이 빈 여백 상태임.

• 중간본의 변개

삽입 ⇒ 直長文震發, 改名榮發, 字華信, 南平人。參判貫道[1]孫, 兵使希聖[2]子。與再從叔希舜[3], 從先生倡義。後孫居星州[4]。

---

1 貫道(관도) : 文貫道(1550~?). 본관은 南平, 자는 重器, 호는 羈軒. 고조부는 文佑昌, 증조부는 文獻, 조부는 文彦光, 아버지는 문언광의 장남 文瑞雲이다. 부인은 礪山宋氏 宋純禮의 딸이다. 1584년 무과에 합격하고, 漆浦의 萬戶를 지냈다. 河陽縣監·경주판관의 임무를 수행하였다. 임진왜란이 일어나자 아들 文希聖·文希賢(1584생, 자는 景述, 호는 松齋)·文希哲(1589생, 자는 景進, 호는 筠齋)과 함께 의병을 일으켰고, 경상도의 巡營中軍에 이르렀으며 戶參에 추증되었다.

2 希聖(희성) : 文希聖(1576~1643). 본관은 南平, 자는 景修, 호는 愚峯. 文貫道의 장남이다. 1594년 무과에 급제하였으며, 1597년 정유재란 때 공을 세웠다. 이후 서생포첨사와 고령첨사를 거쳐 수원부사에 임명되었으나 사간원의 탄핵을 받고 관직에서 물러났다. 1614년 역모를 꾀하였다는 오해를 받기도 하였으나 1618년 비변사의 강력한 추천으로 정주목사에 임명되었다. 1619년 姜弘立의 휘하에서 分領編裨防禦使로 遼東의 後金을 토벌하였으나 이듬해 深河에서 패배하여 포로가 되었다가 풀려났다. 1625년 광주목사를 역임하였으며, 정묘호란 때에는 삼전도를 지키는 데 공을 세웠다. 이후 전주영장, 경상우수사, 부산첨사, 경상좌수사, 남한산성별장 등을 역임하였다. 1636년 安州防禦使로 임명되었다가 평안병사 柳琳과의 관계로 助防將이 되었다. 1640년 남한산성 축성의 공로가 인정되어 가의대부의 품계를 받았다. 문영발은 문희성의 셋째아들이다.

3 希舜(희순) : 文希舜(1597~1678). 본관은 南平, 자는 汝華, 호는 太古亭. 증조부는 文彦光, 조부는 문언광의 둘째아들 文瑞霖, 아버지는 문서림의 둘째아들 文載道이다. 부인은 淳昌趙氏 趙鳴國의 딸이고, 趙廷美의 손녀이다.

4 星州(성주) : 경상북도에 있는 지명.

김극성
金克成
(생몰년 미상)

역주자 주 : 원문에는 아무런 기록 없이 빈 여백 상태임.

• **중간본의 변개**

삽입 ⇒ 士人金克成, 金海人。築隱先生方礪後。赴義誓心殉國。

생원 제경창
生員 諸慶昌
(1597~?)

자는 선겸(善謙), 본관은 칠원(漆原)이다. 계유년(1573)에 태어났다. 선략장군(宣畧將軍) 행충무위(行忠武衛) 직장(直長) 제여원(諸汝元)의 아들이다. 효성과 우애는 타고났으며, 문장을 일찌감치 깨쳤다. 우산(牛山 : 안방준) 선생의 문하에서 배웠는데, 병자호란을 당하여 함께 의병을 일으키고 군량을 조달하는 일을 맡았다. 후손으로는 제하승(諸夏承), 제영보(諸永輔), 제영택(諸永澤), 제홍갑(諸汞甲)이 있다.

生員諸慶昌[1], 字善謙, 漆原人。①癸酉[2]生。②宣畧將軍行忠武衛直長好元[3]子。孝友根天, 文章夙成。③遊學牛山門庭, 當丙子, 同赴義旅, 主調餉。④有孫夏承·永輔·永澤·汞甲。

• 중간본의 변개

① 癸酉生 ⇒ 생략

② 宣畧將軍行忠武衛直長好元子 ⇒ 兵曹判書忠壯公沫[4]後, 宣畧將軍行忠

---

1 諸慶昌(제경창, 1597~?) : 본관은 漆原, 호는 大隱. 동생은 諸慶達, 諸慶懿, 諸慶岦, 諸慶漢이다.

2 癸酉(계유) : 宣祖 6년인 1573년. 《계유(1633) 식년 사마방목》에 의하면 1597년생으로 나온다. 생년은 이를 따랐다.

3 好元(호원) : 汝元의 오기. 諸汝元(생몰년 미상). 본관은 漆原, 호는 晩悔堂. 1592년 임진왜란이 일어나자 의병을 일으켜 왜적을 대파했으며, 벼슬을 그만두고 고향인 보성에 내려가 성리학 연구에 일생을 다하였다.

4 沫(말) : 諸沫(1552~1593). 본관은 漆原, 자는 成汝, 호는 柯溪. 아버지는 諸祖謙이다. 1583년 무과에 올라 임진왜란을 당하여 창의하였는데, 맏형 諸灝의 아들인 諸弘祿과 함께

武衛部將好元子

③ 遊學牛山門庭, 當丙子, 同赴義旅, 主調餉 ⇒ 受業先生門, 當丙子, 奮赴義旅, 主調餉

④ 有孫夏承·永輔·永澤·秉甲 ⇒ 後孫夏承·致馥·致侯·泰權·性翼·尙默

곤양, 진주, 의령, 정암 등에서 왜적을 대파하였다. 김성일의 褒啓로 星州목사에 제수되어 현풍, 무계의 왜적을 무찌르다가 순절하였다. 1792년 병조판서에 추증되고, 忠壯이라는 시호가 내려졌다.

문희순
文希舜
(1597~1678)

자는 여화(汝華), 본관은 남평(南平)이다. 병자호란 때 아버지 수사(水使) 문재도(文載道)는 대가를 남한산성까지 호위하였고, 공은 안방준 선생을 좇아서 의병을 일으키고 남한산성으로 가는 도중에 화의가 이루어졌다는 소식을 듣고 고향으로 돌아왔다. 보성군 북쪽에 정자를 짓고 자연 속에서 유유자적하다가 죽었다. 후손으로는 문동필(文東弼), 문홍갑(文汞甲)이 있다.

①文希舜, 字汝華, ②南平人。③丙子亂, 父水使載道[1], 護駕南漢, ④公從安先生, 起義中道, 聞和成而歸。⑤作亭郡北, 逍遙而終。有孫東弼·汞甲。

• 중간본의 변개

① 文希舜 ⇒ 贈司僕寺正文希舜

② 추가 ⇒ 號太古亭

③ 丙子亂, 父水使載道, 護駕南漢 ⇒ 忠宣公益漸[2]十一世孫, 牧使佑昌[3]五

---

1 載道(재도) : 文載道(1575~1643). 본관은 南平, 자는 戒器, 호는 休軒. 아버지는 文瑞霖(1539~1594)이다. 1597년 정유재란 때 백의로 관군에 참가하여 공을 세웠다. 1603년 무과에 급제하였으며, 이괄의 난 때 참전하였으며, 병자호란 때 왕을 호종한 공으로 3군 수령을 거쳐 慶尙左道水軍節度使가 되었다. 문집으로 《休軒文集》이 있다. 아들은 文希舜, 文希稷, 文希卨, 文希奭 등이 있다.

2 益漸(익점) : 文益漸(1329~1400). 본관은 南平, 초명은 益瞻, 자는 日新, 호는 思隱·三憂堂. 시호는 忠宣이다. 문과에 급제한 후 金海府司錄과 諄諭博士 등을 거쳐 1363년 사간

世孫[4], 節度使載道子

④ 公從安先生, 起義中道, 聞和成而歸 ⇒ 世篤忠孝, 學問名世。從師先生, 同倡義旅, 作募義文, 至礪山, 聞媾城, 痛哭而還。

⑤ 作亭郡北, 逍遙而終 ⇒ 遂廢擧業, 慷慨有詩曰 : "憶昨蒼黃南原事, 臣民有口人有言. 如何崇德元年號, 忘却神宗皇帝恩. 無罪人間三學士, 傷心塞外兩王孫. 男兒虛負平生志, 仗義歸來未喪元." 築亭于本郡, 天皇臺上亭凡三間, 東聯曰 : "崇禎日月." 西聯曰 : "皇明山水." 遺逸自終。世稱皇明處士。有文集, 行于世。行蹟亦載尊周錄 · 湖南義錄 · 山陽誌。後裔夔烈 · 在洙 · 在衡。

원 좌정언으로 재직 중 원나라에 사신으로 다녀왔으며, 충선왕의 서자 德興君을 지지하였다가 파면당하였다. 그 뒤 고향에서 목화 재배를 하다가 우왕 즉위 후 典儀監注簿를 거쳐 성균관 대사성에 이르렀다. 그는 이성계, 정도전, 조준 일파에 의하여 추진된 田制改革에 반대했다가 조준의 탄핵으로 관직에서 물러났다. 사후 조선 태종 때 참지의정부사 江城君에 증직되었다.

3 佑昌(우창) : 文佑昌(1482~1574). 증조부는 文琰, 조부는 文尙能, 아버지는 文賀이다. 부인은 幸州奇氏 奇彦邦의 딸이다. 驪州牧使를 지냈다. 능주에서 보성으로 이거하였다.

4 五世孫(오세손) : 文佑昌 → 文獻 → 文彦光 → 文瑞霖 → 文載道 → 文希舜을 가리킴.

조정형

趙廷亨

(생몰년 미상)

본관은 순창(淳昌)이다. 옥천부원군(玉川府院君) 조원길(趙元吉)의 후손이고, 현감 조지한(趙之漢)의 손자이다. 공(公)의 성품은 불의를 참지 못하고 충직하며 순수하였다. 병자호란을 만나 의병을 일으키기 위하여 모집하는데 응하였다. 후손으로는 조일배(趙日培), 조덕배(趙德培), 조명진(趙明珍)이 있다.

①趙廷亨[1], 淳昌人。玉川府院君元吉後, 縣監之漢孫。公性慷慨忠純。當丙子, 應募從義。②有孫日培·德培·明珍。

• 중간본의 변개

① 趙廷亨 ⇒ 士人趙廷亨

② 有孫 ⇒ 後孫

1 趙廷亨(조정형, 생몰년 미상) : 본관은 淳昌, 자는 義卿. 조부는 趙之漢, 아버지는 조지한의 둘째아들 趙琪이다. 동생은 趙廷顯이다.

조정현
趙廷顯
(1592~?)

본관은 순창(淳昌)이다. 옥천부원군(玉川府院君) 조원길(趙元吉)의 후손이고, 현감 조지한(趙之漢)의 손자이다. 공(公)의 성품은 충성스럽고 정직하였다. 병자호란 때 의병을 일으켰다. 후손으로는 조홍배(趙秈培), 조찬배(趙鑽培), 조양배(趙良培)가 있다.

①趙廷顯[1], ②淳昌人。③玉川府院君元吉後, 縣監之漢孫。④公稟性忠直。⑤丙子擧義。⑥有孫秈培·鑽培·良培。

• 중간본의 변개

① 趙廷顯 ⇒ 察訪趙廷顯
② 추가 ⇒ 號採蘋
③ 玉川府院君元吉後, 縣監之漢孫 ⇒ 玉川府院君元吉後, 參奉由信曾孫, 縣監之漢孫, 僉正琪子
④ 公稟性忠直 ⇒ 世襲忠義, 講明文學, 著名當世
⑤ 丙子擧義 ⇒ 與兄廷亨, 赴先生義旅, 到礪山而歸。恬世自適
⑥ 有孫秈培·鑽培·良培 ⇒ 後裔星弼·鎭基

1 趙廷顯(조정현, 1592~?) : 본관은 淳昌, 자는 臬卿, 호는 彩蘋. 趙廷亨의 동생이다. 桃源道察訪을 지냈다.

조홍국*

趙興國

(생몰년 미상)

본관은 순창(淳昌)이다. 옥천부원군(玉川府院君) 조원길(趙元吉)의 후손이고, 현감(縣監) 조지한(趙之漢)의 증손이며, 판관(判官) 조정식(趙廷式)의 아들이다. 병자호란 때 격문에 응하여 의병을 일으켰다. 후손으로는 조태의(趙泰義), 조태지(趙泰智)가 있다.

①趙興國, 淳昌人。玉川府院君元吉後, 縣監之漢曾孫, 判官廷式[1]子。②丙子應檄赴義。有孫泰義·泰智。

• 중간본의 변개

① 趙興國 ⇒ 士人趙興國

② 丙子應檄赴義 ⇒ 與從兄弘國, 同倡赴義

* 앞에서 사실 없이 이름만 있었음. 따라서 표제어로 2번 수록된 셈이다.

1 廷式(정식) : 趙廷式(생몰년 미상). 증조부는 趙由信, 조부는 趙之漢, 아버지는 조지한의 장남 趙瓘이다. 조관의 셋째아들이다. 禦侮將軍 訓鍊判官을 지냈다.

선태안

宣泰安

(생몰년 미상)

자는 평중(平仲), 본관은 보성(寶城)이다. 부사(府使) 선안경(宣安景)의 7세손이고, 주부(主簿) 선익룡(宣翼龍)의 아들이다. 타고난 성품이 충성스럽고 정직하였으며, 문예를 일찌감치 깨우쳤다. 병자호란을 당하여 의병을 일으켰다가 화의가 이루어졌다는 소식을 듣고 고향으로 돌아왔다. 후손으로는 선덕권(宣德權), 선광종(宣光宗)이 있다.

①宣泰安[1], 字平仲, 寶城人。府使安景[2]七世孫[3], 主簿翼龍[4]子。天性忠直, 文藝早成。②當丙子赴義, 和成而退。③有孫德權·光宗。

• 중간본의 변개

① 宣泰安 ⇒ 士人宣泰安

② 當丙子赴義, 和成而退 ⇒ 當丙子, 赴先生義幕, 聞和成而退

③ 有孫 ⇒ 後孫

---

1 宣泰安(선태안, 생몰년 미상) : 부인은 礪山宋氏 宋德元의 딸임.

2 安景(안경) : 宣安景(생몰년 미상). 아버지는 宣儒의 둘째아들 宣允祉이다. 부인은 昌原黃氏 黃明河의 딸이다. 定宗 때 문과 급제하고, 南原府使와 安東府使를 지냈다.

3 七世孫(칠세손) : 宣允祉 → 宣安景 → 宣龜齡 → 宣時中 → 2자 宣尙信 → 2자 宣秉 → 宣應臣 → 宣廷進 → 宣翼龍 → 宣泰安을 가리킴. 원문에는 계대가 착종되어 있다.

4 翼龍(익룡) : 宣翼龍(생몰년 미상). 본관은 寶城, 자는 雲卿. 부인은 密陽朴氏 朴應祿의 딸이다. 무과에 급제하고 僉正을 지냈다.

염득순
廉得淳
(1612~1672)

자는 이후(而厚), 본관은 파주(坡州)이다. 충경공(忠敬公) 염제신(廉悌臣)의 후손이고, 현감 염재(廉縡)의 7대손이며, 제용감 봉사(濟用監奉事) 염의원(廉義元)의 아들이다. 타고난 성품이 두텁고 후하였으며, 대대로 집안의 가르침을 이어받았다. 병자호란을 만나 의병을 일으켰다. 후손으로는 염태혁(廉泰赫), 염태신(廉泰臣), 염달신(廉達信)이 있다.

①廉得淳[1], 字而厚, ②坡州人。③忠敬公悌臣[2]後, 縣監縡[3]七代孫, 濟用監奉事義元[4]子。④天姿敦厚, 世承家訓。⑤當是亂, 從旅。⑥ ⑦有孫泰赫·泰臣·達信。

---

1 廉得淳(염득순, 1612~1672) : 본관은 坡州. 첫째부인은 礪山宋氏 宋尙敬의 딸이고, 둘째부인은 晉州姜氏 姜後光의 딸이다. 司僕經歷을 지냈다.

2 悌臣(제신) : 廉悌臣(1304~1382). 본관은 瑞原(경기도 파주), 아명은 佛奴, 자는 愷叔. 충숙왕의 신임을 받았으며, 충목왕 때 三司左使에 輸誠翊戴功臣으로 봉해졌다가 都僉議評理가 되었고, 1349년 贊成事가 되었다. 공민왕 3년(1354) 좌정승·우정승을 지내고, 曲城府院君이 되었다. 그해 7월 원나라 요청으로 원의 내란을 평정하기 위해 柳濯 등과 함께 2000명의 군사를 이끌고 원나라에 갔다가 10월 공민왕의 부름을 받고 귀국하였다. 1356년 친원파 奇轍 일당을 숙청한 뒤 서북면도원수가 되어 원나라의 공격에 대비하였고, 그해 守門下侍中을 겸하였다. 1358년 門下侍中이 되었으며, 권신 辛旽에게 자신의 소신을 굽히지 않고 아부하지 않아 한때 파직되기도 하였으나 1371년 曲城伯에 봉해졌고 또 딸이 愼妃로 책봉되었으며, 우왕 때 領三司事, 領門下府事를 지냈다. 시호는 忠敬이다.

3 縡(재) : 廉縡(생몰년 미상). 조부는 微谷 廉怡, 아버지는 염이의 둘째아들 廉順恭이다. 부인은 咸陽朴氏 朴煥의 딸이다. 외할아버지 광산김씨 金德龍의 집에서 자랐으며, 궁벽하게 살면서 출세는 바라지 않고 학문에만 독실하였다. 그러다가 성종 때 생원이 되었고, 松禾縣監을 거쳐 持平에 이르렀다.

4 義元(의원) : 廉義元(생몰년 미상). 본관은 坡州, 자는 士宣. 아버지는 廉禋이다.

• 중간본의 변개

① 廉得淳 ⇒ 軍資監正廉得淳

② 추가 ⇒ 號松圃

③ 忠敬公悌臣後, 縣監緯七代孫, 濟用監奉事義元子 ⇒ 曲城伯悌臣十二世孫, 縣監緯七世孫, 參奉浩[5]五世孫[6], 參奉宇[7]玄孫, 奉事義元子

④ 天姿敦厚, 世承家訓 ⇒ 自幼穎悟, 志節雄偉

⑤ 當是亂, 從旅 ⇒ 聞虜賊充斥, 奮然曰 : "必得死所." 赴先生義旅, 聞和成而歸

⑥ 추가 ⇒ 隱世不出, 書大明二字於座隅, 以寓風泉之悲耳。

⑦ 有孫泰赫·泰臣·達信 ⇒ 後裔彰漢·達鉉·奎鉉·玉鉉·秉善

---

5 浩(호) : 廉浩(생몰년 미상). 본관은 坡州, 자는 浩然, 호는 淡湖. 靖陵參奉을 지냈다.

6 五世孫(오세손) : 廉浩 → 廉宇 → 廉世範 → 廉昶 → 廉義元 → 廉得淳을 가리킴.

7 宇(우) : 廉宇(생몰년 미상). 본관은 坡州, 자는 宇之. 淑陵參奉을 지냈다.

첨추 채입협*

僉樞 蔡立協

(1594~?)

자는 화보(和甫), 본관은 평강(平康)이다. 평장사(平章事) 경평공(景平公) 채송년(蔡松年)의 후손이고, 현감 채황(蔡晄)의 아들이다. 문장과 학행은 집안의 가르침을 이어받았다. 대의를 좇아 의병을 일으켰다. 후손으로는 채윤덕(蔡潤德), 채응우(蔡膺祐), 채종수(蔡宗壽)가 있다.

①僉樞蔡立協, 字和甫, 平康人。平章事景平公松年[1]後, ②縣監晄[2]之子。③文章學行[3], 服承家訓。④赴義從旅。⑤有孫潤德·膺祐·宗壽。

---

* 蔡立協(채입협, 1594~?) : 『평강채씨 대동보』(2001) 권1의 753면에는 蔡承協으로 되어 있음. 호는 春齋. 고조부는 蔡延祚, 증조부는 蔡希玉, 조부는 蔡庭海이다. 조모는 珍原朴氏로 朴囦의 딸이자 朴繼原의 손녀이다. 1630년 식년시에 급제하여 진사가 되었고, 通德郎·通禮院 贊義을 지냈다.

1 松年(송년) : 蔡松年(?~1251). 자는 天老, 시호는 景平. 御殿行首로 낭장이 되었으나, 아버지보다 먼저 조정에 나가는 것을 꺼려 부임하지 않다가 그 연고를 알게 된 崔忠獻의 배려로 아버지가 參職에 오르자 비로소 출사하였다. 최충헌의 신임을 받아 樞密承宣이 되고, 崔瑀 집권 때인 1228년 병마사로서 淸塞鎭 戶長 등의 반란을 사전에 탐지하여 진무하였고, 1230년 최충헌의 아들 崔珦이 崔怡에게 반란을 일으키자 이를 평정하고 대장군에 올랐으며, 金紫光祿大夫로 門下侍郎平章事를 지냈다. 그 후손들이 대대로 平康에 세거하면서 관향으로 삼게 되었다.

2 晄(황) : 蔡晄(1557~?). 본관은 平康, 자는 德亨, 호는 守愚堂. 아버지는 蔡庭海이다. 1585년 진사시에 합격하였다. 敬陵參奉, 軍資監 直長을 지냈고, 사헌부 감찰을 거쳐 長水현감이 되었다.

3 원문에는 '文章學行, 縣監晄之子.'로 되어 있으나 문맥이 맞지 않아 바로잡은 것임.

• 중간본의 변개

① 僉樞蔡立協 ⇒ 僉樞蔡立協改名承協

② 추가 ⇒ 奉事延祚五世孫, 參奉希玉[4]玄孫, 參奉庭海孫

③ 文章學行 ⇒ 學業文章

④ 赴義從旅 ⇒ 慷慨有氣節, 北望心誓曰 : "此吾成仁取義之秋." 赴先生義旅

⑤ 有孫潤德·膺祐·宗壽 ⇒ 後裔潤德·膺祐·宗壽·純默·殷暎

---

4 蔡希(희옥) : 蔡希玉(생몰년 미상). 1546년경 생원시에 급제하고, 군자감 참봉을 지냈다. 외손자로 丁運熙가 있다.

채명헌
蔡明憲
(생몰년 미상)

자는 장보(章甫), 본관은 평강(平康)이다. 경평공(景平公) 채송년(蔡松年)의 후손이고, 진사 채연조(蔡延祚)의 5세손이며, 참봉 채은남(蔡殷男)의 아들이다. 참봉공은 힘이 아주 뛰어났고 지략이 출중하였다. 임진년에 왜구가 크게 들이닥쳤을 때, 왜적 수백 명을 만나 칼을 휘두르며 계속 몰아쳐서 죄다 목을 베고 왜장[倭酋]의 신검(神劍)까지 빼앗았다. 벤 목을 진장(鎭將)에게 바치니 대궐에까지 알려져서 훈부(勳府)에 이름을 기록하고, 행경릉참봉(行敬陵參奉)을 내린 직첩(職帖)과 녹권(錄券)은 지금까지도 여전히 보존되어 있다.

공(公)은 집안의 가르침을 이어받아서 의병을 모집하는데 응했으나 병 때문에 돌아왔다. 아우 채래춘(蔡萊春)이 약관(弱冠)도 되지 않은 나이에 형을 대신하여 의병의 행군에 따라갔다가 화의가 이루어졌다는 소식을 듣고 고향으로 돌아왔다. 임진왜란과 병자호란 양난에 부자(父子)간 세 사람이 충성을 분발하여 의병에 달려간 것은 지금에 이르러서도 칭송하였다.

후손으로는 채응규(蔡膺奎), 채응철(蔡膺哲)(이상은 보성에 산다.), 채덕상(蔡德祥), 채덕창(蔡德昌), 채덕징(蔡德徵), 채덕흥(蔡德興), 채덕린(蔡德麟), 채동상(蔡東相)(이상은 영광에 산다.)이 있다.

①蔡明憲, 字章甫, 平康人。景平公松年後, ②進士延祚[1]孫, 參奉殷男[2]子。參奉公, 膂力絶倫, 智畧過人。壬辰, 倭寇大至, 遇賊數百, 奮

釖長驅, 盡斬之, 奪倭酋神釖。獻馘鎭將, 以達天門[3], 錄名勳府[4], 行敬陵[5]參奉, 職帖[6]錄券[7], 至今尙存。

公服襲家訓, 應募病歸。弟萊春[8]以未冠, 代兄從行, 聞和成而退。壬丙兩亂, 父子三人, 奮忠赴義, 至今稱之。③有孫膺奎·膺哲(居寶城), ④有孫德祥·⑤德昌·德徵·德興·德麟·東相(居雪光)。

• 중간본의 변개

① 蔡明憲 ⇒ 士人蔡明憲
② 進士延祚孫 ⇒ 奉事延祚五世孫, 進士容海孫
③ 有孫 ⇒ 後裔
④ 有孫 ⇒ 생략
⑤ 德昌·德徵 ⇒ 생략

---

1 延祚(연조) : 蔡延祚(생몰년 미상). 본관은 平康, 자는 茂膺, 호는 盤溪. 1555년에 생원이 되었다. 『평강채씨 대동보』(2001) 권1의 765면에 의하면 채명헌의 5대조이다. 곧, 蔡延祚→蔡希吉→菜容海→蔡殷男→蔡明憲이다. 원문에는 계대가 착종되어 있다.

2 殷男(은남) : 蔡殷男(생몰년 미상). 본관은 平康, 자는 汝亨. 참봉을 지냈다. 임진왜란 의병을 일으켜 싸우다가 綾州에서 순절했다.

3 天門(천문) : 대궐의 문을 높여 이르는 말로, 여기서는 임금을 일컫는 말.

4 勳府(훈부) : 忠勳府. 조선시대에, 功臣의 훈공을 기록하는 일을 맡아 하던 관아.

5 敬陵(경릉) : 조선 세조의 맏아들인 德宗과 그의 비 昭惠王后의 능. 경기도 고양군 신도읍에 있다.

6 職帖(직첩) : 조정으로부터 내리는 벼슬아치의 임명장.

7 錄券(녹권) : 공신의 훈공을 새긴, 쇠로 만든 패.

8 萊春(래춘) : 蔡萊春(생몰년 미상). 본관은 平康, 자는 仙齡.

충의위 송결
忠義衛 宋馻
(생몰년 미상)

자는 계룡(季龍), 본관은 남양(南陽)이다. 정사공신(靖杜功臣) 첨지중추부사(僉知中樞府事) 진남군(鎭南君) 송영망(宋英望)의 현손이고, 공신(功臣) 송윤(宋倫)의 증손이다. 공(公)은 충성과 효심이 남보다 뛰어났고 지략이 출중하여 세상 사람들이 장군이라 불렀다. 병자호란 때 의병을 모집하는데 참여하였다. 수직(壽職)으로 가의대부(嘉義大夫) 동지중추부사(同知中樞府事)를 받았다. 후손으로는 송동혁(宋東赫), 송덕휘(宋德輝), 송광욱(宋光旭), 송석필(宋錫弼)이 있다.

①忠義衛宋馻, 字季龍, 南陽人。靖杜功臣僉知中樞府事鎭南君英望[1]玄孫, 功臣倫[2]曾孫, 公忠孝過人, 智畧超等, 世稱將軍。② ③丙子參募義。壽職[3]④嘉義大夫, 同知中樞府事。⑤有孫東赫·德輝·光旭·錫弼。

---

1 英望(영망) : 宋英望(1578~?). 본관은 鎭川, 자는 子眞. 인조반정에 공을 세워 정사공신 3등으로 鎭南君에 봉해지고, 황해 감사 등을 거쳐 충청도 병마절도사로 임지에서 죽었다. 그런데 중간본에서 宋琛으로 대체된 것으로 보아 초간본이 착종된 사실을 기록한 것으로 짐작된다.

2 倫(윤) : 宋倫(1407~1468). 본관은 礪山. 문과에 급제하여 啓功郎廣興倉丞을 지낼 때 세조가 왕위를 찬탈하자 아들 宋克昌(1431~1476)과 함께 지금의 김제시 금구면 낙성리에 은거하였다. 이 인물 또한 착종된 것으로 보인다.

3 壽職(수직) : 해마다 정월에 80세 이상의 벼슬아치와 90세 이상의 백성에게 恩典으로 주던 벼슬.

• 중간본의 변개[4]

① 忠義衛宋駃, 字季龍, 南陽人。靖杜功臣僉知中樞府事鎭南君英望玄孫, 功臣倫曾孫 ⇒ 同知宋駃, 字思遠, 號馬谷, 南陽人。銀青光祿大夫南陽君琛[5]七世孫, 杏亭公寅[6]六世孫, 參奉承周孫, 萬戶忠[7]子。

② 추가 ⇒ 宣廟朝登武科, 除訓鍊副正

③ 丙子參募義 ⇒ 當丙子亂, 與先生, 倡義赴難, 特署義兵別將, 行到礪山, 聞和成, 痛哭而還

④ 嘉義大夫 ⇒ 嘉善大夫

⑤ 有孫東赫·德輝·光旭·錫弼 ⇒ 後裔碩弼·啓錫·允行·允聖·泰俊·衡俊

---

4 중간본에서는 興陽지역의 인물로 수록됨.

5 琛(침) : 宋琛(생몰년 미상). 본관은 南陽. 문과에 급제한 후에 監司를 거쳐 銀靑光祿大夫門下侍中에 이르렀으며 南陽君에 봉해졌다. 송침의 아들은 松村 宋寅, 송인의 현손은 宋浩로 문장이 뛰어나고 덕행이 높아 사림의 존경을 받은 인물이었으며 경북 고령에서 전남 고흥으로 이주했다. 송호의 현손인 宋瑄은 선조 때 軍器寺僉正으로 임진왜란에 왜적의 전함이 고흥 녹도에 침입하자 아우와 아들, 조카 등을 이끌고 창의하여 많은 공을 세웠다.

6 寅(인) : 宋寅(1356~1432). 본관은 南陽, 호는 松村. 조부는 宋公節, 아버지는 宋琛. 1374년에 공민왕 때 진사가 되었고 恭讓王 때 版圖判書·正堂文學 등을 역임하고 門下侍中에 이르렀다. 조선이 개국되자 杜門洞에 들어가 종신토록 벼슬에 나아가지 않았으며 漢江을 건너지 않았다고 한다.

7 忠(충) : 宋忠(1553~?). 본관은 南陽, 자는 誠叔. 아버지는 宋承周이다. 1580년 무과에 급제하였다. 임진왜란 때 왕을 의주로 호종한 공이 있어 훈련원판관에 제수되었다. 형으로는 宋仁, 宋義, 宋禮, 宋智가 있고, 동생으로는 宋愿, 宋恪이 있다.

채명익*

蔡明翼

(1605~1667)

자는 국보(國甫), 본관은 평강(平康)이다. 을미년(1595)에 태어났다. 고려(高麗) 광록대부(光祿大夫) 중서시랑(中書侍郞) 평장사(平章事) 경평공(景平公) 채송년(蔡松年)의 후손이고, 참봉 채연조(蔡延祚)의 현손이다. 타고난 성품이 순수하였고, 효성과 우애는 가정의 전통에서 얻었다. 병자호란을 만나 의병 일으키는 일을 하였으나 화의가 이루어졌다는 소식을 듣고 고향으로 돌아왔다. 분한 마음을 품고 살다가 죽었다. 후손으로는 채형복(蔡衡福), 채형도(蔡衡度), 채형두(蔡衡斗)가 있다.

①蔡明翼, 字國甫, ②乙未[1]生, 平康人。③高麗光祿大夫中書侍郞平章事景平公松年後, 參奉延祚玄孫。天姿純粹, ④孝友家庭。⑤當是亂, 赴義從事, 和成而退。含憤而終。⑥有孫衡福·衡度·衡斗。

- 중간본의 변개

① 蔡明翼 ⇒ 士人蔡明翼
② 乙未生 ⇒ 생략
③ 高麗光祿大夫中書侍郞平章事景平公松年後, 參奉延祚玄孫 ⇒ 平章事景平公松年後, 奉事延祚五世孫, 參奉希玉玄孫, 郡守觀海[2]孫, 主簿賚[3]子

---

* 蔡明翼(채명익) : 蔡溟翼(1605~1667)의 오기. 『평강채씨 대동보』(2001) 권1의 750면에는 宣祖 을사년에 태어나고 향년 63세로 되어 있다. 호는 葵軒. 증조는 蔡希玉, 조부는 蔡觀海, 아버지는 蔡賚이다.

1 乙未(을미) : 宣祖 28년인 1595년. '평강채씨 대동보'에는 宣祖 을사년(1605)으로 되어 있어, 시비를 가려야할 필요가 있다. 우선 대동보의 기록을 따랐다.

④ 孝友家庭 ⇒ 地步卓犖, 孝友絶義, 青氈舊業

⑤ 當是亂, 赴義從事, 和成而退。含憤而終 ⇒ 慨然赴先生義旅

⑥ 有孫衡福·衡度·衡斗 ⇒ 後孫衡福·衡度·永源·忠錫

2 觀海(관해) : 蔡觀海(생몰년 미상). 부인은 南陽宋氏로 할아버지가 宋昌이라 하나, 宋忠이 아닌가 한다.

3 脊(척) : 蔡脊. 『평강채씨 대동보』에는 蔡賚로 되어 있다.

황유중
黃有中
(1604~1663)

자는 공숙(公叔), 본관은 장수(長水)이다. 익성공(翼成公) 황희(黃喜)의 10세손이고, 대사간(大司諫) 황성창(黃誠昌)의 7세손이며, 임진(壬辰) 한후장(捍後將) 원종공신(原從功臣) 훈련원 정(訓鍊院正) 황원복(黃元福)의 아들이다. 불의를 참지 못하고 절개가 있어 나라를 위해 목숨을 바치는데 뜻이 있었다. 갑진년(1604)에 태어나 계묘년(1663)에 죽었다. 후손으로는 황하식(黃河湜), 황익현(黃翼玄), 황의전(黃宜傳), 황익진(黃翼振)이 있다.

①黃有中，字公叔，長水人。②翼成公喜[1]十世孫，大司諫誠昌[2]七世孫，壬辰捍後將[3]原從功臣訓鍊院正元福[4]子。③慷慨有節，志在殉國。

---

1 喜(희) : 黃喜(1363~1452). 본관은 長水, 초명은 壽老. 자는 懼夫, 호는 厖村. 고려가 망하자 杜門洞에 은거하다 조선 조정의 요청으로 관직에 나오게 되었다. 고려 말기부터 조선 초기의 여러 요직을 두루 거치면서 문물과 제도의 정비에 노력했고, 세종 연간에는 19년간 의정부 최고의 관직인 영의정에 재직하면서 세종 성세에 가장 큰 업적을 남긴 인물로 평가되고 있다. 시호는 翼成이다.

2 誠昌(성창) : 黃誠昌(1454~1518). 본관은 長水, 자는 實之. 증조부는 영의정 黃喜, 조부는 영의정 黃守身, 부친은 黃育이다. 1485년 宣政殿에 나아가 유생 10인과 함께 《書傳》을 講하였다. 1491년 별시문과에 급제하였다. 연산군 대에 사헌부의 지평, 執義 등을 지냈으며, 1504년 폐비 윤씨의 謚號 및 陵號를 추가로 올리는 일에 반대하다가 장 80대 및 유배형에 처해졌다. 이후 중종 대에 복권되어 判決事, 병조참지 등을 지냈다. 1516년 사간원 대사간에 제수되었으나 같은 날 사헌부에서 그가 합당한 인물이 아님을 아뢰자 왕이 체직을 윤허하였다.

3 捍後將(한후장) : 후방의 방어를 도맡은 장수.

4 元福(원복) : 黃元福(1573~1647). 본관은 長水, 초명은 彦福, 자는 伯綏. 부인은 光山金氏 金大民의 딸이다. 정유재란 때 崔大晟, 宋大立, 全方朔, 金德邦 등과 함께 순천, 광양,

④生于甲辰[5], 終于癸卯[6]。⑤有孫河湜·翼玄·宜傳·翼振。

• 중간본의 변개

① 黃有中 ⇒ 士人黃有中

② 翼成公喜十世孫, 大司諫誠昌七世孫, 壬辰捍後將原從功臣訓鍊院正元福子 ⇒ 翼成公喜后, 烈成公守身[7]九世孫, 司諫誠昌七世孫, 訓鍊院正元福子

③ 慷慨有節, 志在殉國 ⇒ 偉軀美鬚, 勇力絶人, 性剛志大。赴先生義幕

④ 生于甲辰, 終于癸卯 ⇒ 생략

⑤ 有孫河湜·翼玄·宜傳·翼振 ⇒ 後孫琪顯·在旭

고흥, 보성 등 20여 곳에서 전공을 세웠다.

5 甲辰(갑진) : 宣祖 37년인 1604년.

6 癸卯(계묘) : 顯宗 4년인 1663년.

7 守身(수신) : 黃守身(1407~1467). 본관은 長水, 자는 秀孝(세종실록에는 季孝로 되어 있음), 호는 懦夫. 아버지는 세종 때 영의정을 지낸 黃喜이다. 판서 黃致身의 아우이다. 蔭敍로 감찰·지평·장령 등을 지냈다. 1447년 도승지로 있을 때 派黨을 만든다는 무고를 받아 한때 삭직되었으나, 그 후 관직에 복귀하여 동지중추부사·한성부윤·형조참판·경상도관찰사 등을 역임하였다. 1455년 세조의 즉위에 기여한 공로로 佐翼功臣 3등으로 南原君에 봉해졌으며, 좌참찬·좌찬성 등을 거쳐 1464년 우의정으로 헌종의 동극을 축하하는 進賀使가 되어 명나라에 다녀왔다. 1466년 좌의정에 오르고 이듬해 영의정에 올라 2대에 걸쳐 영의정이 되었다.

이시
李時
(생몰년 미상)

역주자 주 : 원문에는 아무런 기록 없이 빈 여백 상태임.

강응
姜應
(생몰년 미상)

역주자 주 : 원문에는 아무런 기록 없이 빈 여백 상태임.

안일지
安逸之
(1613~1643)

안방준 선생의 다섯째 아들이다. 성품이 본디 충성스럽고 효성스러워 집안의 아름다운 명성을 그대로 이어받았다. 후손으로는 안창순(安昌順), 안창징(安昌徵)이 있다.

①安逸之, ②先生第五子。③性素忠孝, 趾美家聲。④ ⑤有孫昌順·昌徵。

• 중간본의 변개

① 安逸之 ⇒ 宣教郎安逸之
② 추가 ⇒ 字靜叔
③ 추가 ⇒ 天姿卓異, 幼而好學
④ 추가 ⇒ 陪親赴難
⑤ 有孫昌順·昌徵 ⇒ 생략

이성신
李誠臣
(1604~1654)

자는 성지(誠之), 본관은 광주(廣州)이다. 둔촌(遁村 : 이집)의 후손이다. 갑진년(1604)에 태어나서 갑오년(1654)에 죽었다. 후손으로는 이정립(李廷立), 이상일(李象一), 이상구(李象九)가 있다.

①李誠臣[1], 字誠之, 廣州人。②遁村之後。③生于甲辰[2], 卒于甲午[3]。④ ⑤有孫廷立·象一·象九。

• 중간본의 변개

① 李誠臣 ⇒ 士人李誠臣
② 遁村之後 ⇒ 遁村集後
③ 生于甲辰, 卒于甲午 ⇒ 생략
④ 추가 ⇒ 慷慨有志節, 奮義所激, 從先生義旅
⑤ 有孫廷立·象一·象九 ⇒ 有孫廷立·象一

---

1 李誠臣(이성신, 1604~1654) : 증조부는 李秀莞, 조부는 이수관의 셋째아들 李惟蕃, 아버지는 이유번의 장남 李應男이다. 이응남의 넷째아들이다. 李懋臣의 동생이다. 아들은 李興遠, 李雄遠이다.

2 甲辰(갑진) : 宣祖 37년인 1604년.

3 甲午(갑오) : 孝宗 5년인 1654년.

이철신
李哲臣
(1609~1653)

자는 명백(明伯), 본관은 광주(廣州)이다. 둔촌(遁村) 이집(李集)의 8세손이다. 후손으로는 이정익(李廷翼), 이상휘(李象彙)가 있다.

①李哲臣[1], 字明伯, 廣州人。②遁村集八代孫。③ ④有孫廷翼·象彙。

• 중간본의 변개

① 李哲臣 ⇒ 士人李哲臣
② 遁村集八代孫 ⇒ 遁村集后
③ 추가 ⇒ 氣偉宏確, 膂力過人, 憤慨赴難
④ 有孫 ⇒ 後裔

---

1 李哲臣(이철신, 1609~1653) : 증조부는 李秀莞, 조부는 이수관의 셋째아들 李惟蕃, 아버지는 이유번의 셋째아들 李命男이다. 이명남의 셋째아들이다. 형은 李沃臣·李景臣이다. 아들은 李培遠이다.

최현
崔峴
(생몰년 미상)

역주자 주 : 원문에는 아무런 기록 없이 빈 여백 상태임.

• 중간본의 변개

삽입 ⇒ 士人崔峴[1], 字敬夫, 慶州人。壬辰殉節功臣贈參議大晟[2]孫。誓心國家之羞, 與從弟崗, 奮赴先生義幕。後孫興來·興弼。

---

1 崔峴(최현, 생몰년 미상) : 『경주최씨대동보』(1981)에 의하면 1권 309면 世系圖에 絕孫된 것으로 되어 있어 4권 395면에는 등재되어 있지 않음. 아마도 아버지는 崔大晟의 둘째 아들 崔名立인 듯하다. 병자호란 때 崔崗·崔崑과 함께 의병을 일으켰다.

2 大晟(대성) : 崔大晟(1553~1598). 본관은 慶州, 자는 大洋. 증조부는 曼思亭 崔潤地, 조부는 都事 崔繼田, 부친은 僉正 崔漢孫이다. 모친은 廣州李氏 李有廷의 딸이다. 첫째부인은 珍原朴氏 군수 朴而誠의 딸이고 진사 朴胤原의 손녀이다. 박광전의 4촌 여동생이다. 둘째부인은 光山金氏 玉山察訪 金琉의 딸이다. 무예가 뛰어나 1585년에 무과에 급제하였다. 그 뒤 여러 차례 벼슬을 거쳐 訓鍊院正이 되었다. 1592년 임진왜란이 일어나자, 훈련원정의 신분으로 충무공 李舜臣을 따라 捍後將이 되어 거제·옥포·한산·합포·마산포·가덕도·당항포·웅포의 해전 등 남해 여러 전투에서 뛰어난 전공을 세웠다. 그 뒤 1597년 정유재란 때 조선의 관군마저도 무너진 상태에서 의병을 결성하기 위해 아들 崔彦立·崔厚立 및 집안 노비들까지 동원하여 의병 수천여 명을 모아 募義將軍이란 旗幟를 달고 의병장으로 나섰다. 특히 순천·광양·고흥·보성 등 20여 곳에서 宋大立·全方朔·金德邦·黃元福 등과 함께 크고 작은 전투에서 전공을 세우고 백성들을 구출하였다. 그러나 다음 해 6월 전라남도 보성의 鴈峙戰鬪에서 적을 추적하던 중 적의 유탄을 맞아 전사하였다.

강후상

姜後尙

(생몰년 미상)

역주자 주 : 원문에는 아무런 기록 없이 빈 여백 상태임.

이옥신

李沃臣

(1588~1651)

자는 계백(啓伯), 본관은 광주(廣州)이다. 둔촌(遁村 : 이집)의 후손이다. 후손으로는 이상중(李象重)이 있다.

①李沃臣[1], 字啓伯, 廣州人。②遁村之後。③ ④有孫象重。

• 중간본의 변개

① 李沃臣 ⇒ 掌樂院李沃臣
② 遁村之後 ⇒ 遁村集後
③ 추가 ⇒ 慷慨有大節, 直赴先生義旅
④ 有孫象重 ⇒ 後裔基守·基模·秉純

---

1 李沃臣(이옥신) : 증조부는 李秀莞, 조부는 이수관의 셋째아들 李惟蕃, 아버지는 이유번의 셋째아들 李命男이다. 이명남의 첫째아들이다. 동생은 李景臣·李哲臣이다. 아들은 李祐遠이다.

임경설

任景卨

(생몰년 미상)

역주자 주 : 원문에는 아무런 기록 없이 빈 여백 상태임.

선홍주

宣弘宙

(생몰년 미상)

역주자 주 : 원문에는 아무런 기록 없이 빈 여백 상태임.

- 중간본의 변개

삽입 ⇒ 士人宣弘宙, 寶城人。按廉使允祉[1]後。

---

1 允祉(윤지) : 宣允祉(생몰년 미상). 魯나라 대부 宣伯의 후손이며, 명나라 문연각 학사로서 1382년 사신으로 고려에 왔다가 귀화하여 전라도 안렴사가 되고 유교의 발전과 인재 양성에 힘썼다. 그 후에 조선을 개국하자 절의를 지키고 보성에 은거하였다. 그리하여 후손들이 보성을 본관으로 삼았다.

황득영
黃得榮
(1576~?)

역주자 주 : 원문에는 아무런 기록 없이 빈 여백 상태임.

• **중간본의 변개**

삽입 ⇒ 寢郞黃得榮, 字正輝, 長水人, 號恥邑。列成公守身六世孫, 參奉琳[1]曾孫, 縣監夢憲[2]孫, 宣傳瑩[3]子。志行高潔, 膂力超類, 事親至孝。壬辰從李統制, 竭力討賊, 爲倭所虜, 抗節不屈, 幸而得脫, 戰于曳校尖山·露梁鷹峙等地, 多有虜獲之功。甲子, 從鄭錦南忠信, 奏鞍峴之捷。丙子, 擧義募兵粟, 赴先生幕下, 行到礪山, 聞媾成慟哭, 而挈眷南下。結廬于天澄山下, 因號恥邑, 而自稱大明處士。事聞除寢郞不受。謝世而卒。後孫洛顯(移居長興)。

---

1 琳(임) : 黃琳(1526~1587). 본관은 長水, 자는 琳眞. 증조부는 黃誠昌, 조부는 황성창의 장남 黃度, 아버지는 황도의 장남 黃師善이다. 황사선의 셋째아들이다.

2 夢憲(몽헌) : 黃夢憲(1544~1605). 본관은 長水, 자는 天賚. 黃琳의 둘째아들이다. 현감을 지냈다.

3 瑩(형) : 黃瑩(1560~1611). 본관은 長水, 자는 應聲, 호는 佰谷. 黃夢憲의 장남이다. 1585년 무과에 급제하였다. 임진왜란 때 왕을 의주로 호종하였다.

황시민
黃時敏
(1606~1657)

자는 영숙(永叔), 본관은 장수(長水)이다. 진사 황순(黃珣)의 5세손이고, 참봉 황경삼(黃慶參)의 증손이다. 타고난 성품이 충직하고 지혜와 용맹이 남보다 뛰어났다. 병자호란 때는 의병을 일으키고 병사를 모집하였으며, 군무(軍務)를 주관하여 맡았다. 후손으로는 황익중(黃翼重)이 있다.

①黃時敏, 字永叔, 長水人。進士珣[1]五世孫[2], 參奉慶參[3]曾孫。氣稟②忠直, 智勇過人。③丙子, 倡義募兵, 主事軍務。④有孫翼重。

• 중간본의 변개

① 黃時敏 ⇒ 士人黃時敏
② 忠直 ⇒ 忠愼
③ 丙子, 倡義募兵 ⇒ 募兵赴義
④ 有孫 ⇒ 後孫

---

1 珣(순) : 黃珣(1524~1593). 본관은 長水, 자는 聲遠. 부인은 廣州李氏 李慶元의 딸이다. 1558년 진사가 되었다.

2 五世孫(오세손) : 黃珣 → 黃慶參 → 黃嗣憲 → 黃克謙 → 黃時敏을 가리킴. 원문에는 계대가 착종되어 있다.

3 慶參(경삼) : 黃慶參(1546~1603). 본관은 長水, 자는 敬祥. 黃珣의 둘째아들이다. 光陵參奉을 지냈다.

김종원
金宗遠
(생몰년 미상)

자는 군망(君望), 본관은 김해(金海)이다. 좌찬성(左贊成) 김련(金璉)의 10세손이고, 원종공신(原從功臣) 김홍업(金弘業)의 손자이며, 참봉 김정(金侹)의 아들이다. 도량이 넓고 컸으며 사물을 헤아리는 능력이 남보다 뛰어났다. 병자호란을 당하여 종제(從弟) 김종혁(金宗赫)과 함께 의병을 일으키고 군무(軍務)를 주관하는 책임을 도맡았다. 후손으로는 김덕광(金德洸), 김용수(金龍壽), 김창운(金昌雲)이 있다.

①金宗遠, 字君望, ②金海人。③左贊成璉十世孫, 原從功臣弘業[1]孫, 參奉侹[2]子。④ ⑤氣局[3]恢弘, 智力邁人。⑥當是亂, 與從弟宗赫倡義, 主軍都任。⑦有孫德洸·龍壽·昌雲。

• 중간본의 변개

① 金宗遠 ⇒ 士人金宗遠
② 추가 ⇒ 號秋浦

---

1 弘業(홍업) : 金弘業(1554~1593). 본관은 金海, 자는 善述, 호는 純齋. 임진왜란이 일어나자, 조카 金俊과 더불어 창의, 의병을 모아 정병 7백여 명을 인솔하고 順天과 南原 지방을 평정하였다. 그리고 長水에 진군하여 左義將 任啓英, 우의장 崔慶會 등과 합세하여 金山과 撫州에 있는 적을 대파하였다. 이어 영남으로 진군하여 居昌, 咸陽 등지의 전투에서 연전연승하였고, 陜川으로 진을 옮겨 위세를 떨쳤으며, 계속해서 扶桑峴에서는 적 4백여 명을 사살하였다. 그러나 開寧으로 진격하다가 적탄에 맞아 말에서 떨어져 사망하였다.

2 侹(정) : 金侹(생몰년 미상).

3 氣局(기국) : '器局'의 오기. 사람의 재능과 도량을 아울러 이르는 말.

③ 左贊成璉十世孫, 原從功臣弘業孫 ⇒ 壬辰殉節原從功臣弘業孫
④ 추가 ⇒ 敦行力學, 通貫理氣
⑤ 氣局恢弘, 智力邁人 ⇒ 器局恢弘, 智勇兼全, 世皆推服
⑥ 當是亂, 與從弟宗赫倡義, 主軍都任 ⇒ 從先生倡義, 措畫軍務
⑦ 有孫德洸·龍壽·昌雲 ⇒ 後孫德洸·達榮·達模·漢奎·元杓

승의랑 박안인
承議郎 朴安仁
(1602~1655)

자는 인숙(仁叔), 본관은 함양(咸陽)이다. 청백리(淸白吏) 박수지(朴遂智)의 5세손이고, 지족당(知足堂) 양주목사(楊州收使) 박성인(朴成仁)의 동생이다. 타고난 자질이 영특하였고 학문은 대단히 넓었다. 평소에 불의를 참지 못하고 정의심이 많았다. 병자호란을 당하여 안방준 선생과 맨 먼저 의리를 외쳤으며, 자신의 몸을 잊고 의병을 일으켰다. 후손으로는 박사동(朴思東), 박사형(朴思衡), 박세엽(朴世燁)이 있다.

承議郎朴安仁[1], 字仁叔, ①咸陽人。淸白吏遂智②五世孫, ③知足堂楊州收使成仁[2]弟。④天姿穎悟, 學問超博。平生慷慨多大節。⑤當丙子, 與安先生, 首倡義聲, 忘身赴旅。⑥有孫思東·思衡·世燁。

• 중간본의 변개

① 추가 ⇒ 號谷隱

1 朴安仁(박안인, 1602~1655) : 본관은 咸陽. 아버지는 朴苐이다. 형으로 朴成仁, 朴純仁, 朴弘仁, 朴由仁이 있다.

2 成仁(성인) : 朴成仁(생몰년 미상). 본관은 咸陽. 일찍이 무과에 급제하였으나, 광해군 때 李爾瞻이 정권을 잡고 난정을 하자 이를 통박하다가 그의 무고로 10년간 鐵山에 유배되었다. 1623년 10월 인조반정으로 특별히 기용되어 양주목사에 제수되었다가 그 해 12월에 진도군수로 부임하였다. 1624년 이괄의 난 때 공을 세워 振武原從功臣 1등에 녹훈되었다. 진도군수로 재임 중 지력산 목장의 말을 잘 관리하여 번식시킨 공을 인정받아 1625년 상을 받았다. 1634년 中和縣監에 제수되었으나 곧바로 지평 李惕然의 계에 따라 체직되었다. 1649년 예조좌랑 李陽復이 喪을 당하자 致祭하기 위해 興陽으로 파견되었다.

② 五世孫 ⇒ 五代孫

③ 추가 ⇒ 贈判書苓[3]子

④ 天姿穎悟, 學問超博。平生慷慨多大節 ⇒ 學識高明, 志操剛毅, 含章韜名, 不見知而無悶, 故自號谷隱

⑤ 當丙子, 與安先生, 首倡義聲, 忘身赴旅 ⇒ 與姪震豪, 從先生倡義, 至淸州, 聞和成而歸。有詩曰 : "魯連有足蹈東日, 秦檜無顔向北時"之句

⑥ 有孫思東·思衡·世爗 ⇒ 後孫必粹·正漢·昌英·俊英·章炫

3 苓(영) : 朴苓(생몰년 미상). 첫째부인은 昌寧曺氏, 둘째부인은 全州崔氏이다.

손각

孫玨

(생몰년 미상)

자는 이길(二吉), 이름은 방윤(邦胤)으로 고쳤으며, 본관은 밀양(密陽)이다. 승정원 정자(承政院正字) 진주목사(晉州牧使) 손귀린(孫貴麟)의 7세손이고, 선전관(宣傳官) 손여정(孫汝挺)의 아들이다. 일찍이 안방준 선생의 문하에서 배워 문학(文學)을 일찌감치 깨쳤다. 기질이 순수하고 마음이 후덕하였으며, 충효와 절의는 평생 지녔다. 병자호란 때는 안방준 선생을 좇아 의병을 일으켰고 대장(大將)의 서기(書記)가 되었는데, 안방준 선생이 매우 큰 인물로 여겼다. 후손으로는 손명수(孫命壽), 손명신(孫命臣), 손명휴(孫命休), 손명기(孫命基), 손명로(孫命老), 손명룡(孫命龍)이 있다.

①孫玨[1], 字二吉, 改名邦胤, 密陽人。②承政院正字晉州牧使貴麟[2]七世孫, 宣傳官汝挺[3]子。③ ④早登安先生門, 文學夙成。氣質純厚, 忠孝節義, ⑤平生長物。⑥至丙子, 從先生擧義, ⑦爲大將所記室[4], 先生甚器之。⑧有孫命壽·命臣·命休·命基·命老·命龍。

---

1 孫玨(손각, 생몰년 미상) : 본관은 密陽, 호는 梧隱. 孫汝挺의 둘째아들이다.

2 貴麟(귀린) : 孫貴麟(생몰년 미상). 아버지는 孫若海이다. 아들은 孫策·孫筊·孫智이다. 『密陽孫氏牧使公派世譜』(2004) 1권 12면에 의하면 고려 때 宜州牧使를 지냈다.

3 汝挺(여정) : 孫汝挺(생몰년 미상). 본관은 密陽, 자는 以述. 孫振銀의 첫째아들이다. 무과에 급제하고 部將을 지냈다.

4 記室(기실) : 기록에 관한 사무를 맡아본 사람.

• 중간본의 변개

① 孫珏, 字二吉, 改名邦胤 ⇒ 士人孫珏, 改名邦胤, 字二吉
② 承政院正字晉州牧使貴麟七世孫 ⇒ 牧使貴麟七世孫
③ 추가 ⇒ 器宇恢弘, 多有大度
④ 早登安先生門 ⇒ 早登先生門
⑤ 平生長物 ⇒ 爲本
⑥ 至丙子 ⇒ 至丙子亂, 慷慨奮勵曰 : "當君父之急, 豈可晏然渴火之? 赴白刃之蹈, 此其時也."
⑦ 爲大將所記室, 先生甚器之 ⇒ 署爲記室
⑧ 有孫命壽·命臣·命休·命基·命老·命龍 ⇒ 後孫僔·基澤·禧澤·仁澤

오명발

吳命發

(생몰년 미상)

역주자 주 : 원문에는 아무런 기록 없이 빈 여백 상태임.

오철

吳哲

(생몰년 미상)

역주자 주 : 원문에는 아무런 기록 없이 빈 여백 상태임.

김취인
金就仁
(생몰년 미상)

자는 취지(就之), 본관은 낙안(樂安)이다. 낙안군(樂安君) 양혜공(襄惠公) 김광습(金光襲)의 후손이요, 판전교시사(判典校寺事) 김인관(金仁琯)의 10세손이고, 좌찬성(左贊成) 김빈길(金贇吉)의 9세손이며, 참봉 김담수(金聃壽 : 金萬壽의 오기)의 증손자이다. 성품이 효도하고 우애하였으며, 자제들에게 충절이 으뜸이라고 가르치니, 고을사람들로부터 칭송되었다.

병자호란 때 대가(大駕)가 피란하였다는 소식을 듣고 한 손으로 하늘을 떠받들려는 뜻이 있어 동생 김근인(金近仁)과 함께 의병을 일으키는데 달려갔고 나라를 위해 죽으리라 맹세하였지만, 남한산성을 나와 항복하였다는 소식을 듣자 분개하여 눈물 흘리다가 고향으로 돌아왔다. 이로부터 세상사에 뜻이 없었고, 어떤 사람이 화의(和議)한 일을 말이라도 하면 그때마다 개탄하면서 혀 차기를 마지않았다. 마침내 산골짜기에 거처를 정하여 스스로 은포(隱圃)라 부르며 밭 갈고 낚시하다가 삶을 마쳤다. 후손으로는 김응후(金應垕), 김규현(金圭鉉), 김일현(金一鉉), 김양현(金良鉉)이 있다.

①金就仁, 字就之, 樂安人。②樂安君謚襄惠光襲[1]後, 判典校寺事仁琯[2]九世孫, 左贊成贇吉[3]五世孫, 參奉聃壽孫[4]。性孝友, 訓子弟以忠節

---

1 光襲(광습) : 金光襲(생몰년 미상). 고려의 명종·신종 양조에 벼슬살이를 하며 檢詳舍人·左侍中檢校·金吾衛大將軍에 올랐다. 시호가 武烈이다.

爲先, 見稱于鄕人。③丁丙子, 聞大駕播越, 有隻手擎天之志, 與弟近仁, ④同赴義擧, 誓心殉國, 聞城下之盟, ⑤憤泣而歸。自是, 無意世慮, 有人語及和事, 則輒爲之慨然, 嘖舌不已。⑥遂卜居溪山, 自號隱圃, ⑦耕釣以終。⑧有孫應垕·圭鉉·一鉉·良鉉。

• 중간본의 변개

① 金就仁 ⇒ 士人金就仁
② 樂安君謚襄惠光襲後, 判典校寺事仁琯九世孫, 左贊成贇吉五世孫 ⇒ 樂安君光襲後, 判典校寺事仁琯九世孫, 左贊成襄惠公贇吉五世孫
③ 丁丙子 ⇒ 생략
④ 同赴義擧 ⇒ 同赴先生義旅
⑤ 憤泣而歸 ⇒ 奮泣而歸
⑥ 遂卜居溪山 ⇒ 遂卜溪山
⑦ 耕釣以終 ⇒ 耕種以終
⑧ 有孫應垕·圭鉉·一鉉·良鉉 ⇒ 後孫履秀·履茂

---

2 仁琯(인관) : 金仁琯(생몰년 미상). 고려 忠穆王 3년(1347) 문과에 급제하였고, 判典校寺事寶文 直提學에 이르렀다.

3 贇吉(빈길) : 金贇吉(1370~?). 본관은 낙안, 자는 大健, 호는 竹岡. 아버지는 金仁琯이다. 삼도수군도절제사를 지냈는데, 낙안읍성을 축성하여 왜구를 토벌하는데 공을 세웠다. 『낙안김씨세보』(1986)에 의하면, 김빈길은 낙안김씨 8세손이고, 김취인은 17세손이다. 따라서 김취인은 김인관의 10세손이요, 김빈길의 9세손이다. 원전은 이에 대해 착종을 보인다. 번역은 세보를 따랐다.

4 參奉聃壽孫(참봉담수손) : 『낙안김씨세보』(1986)에 의하면, '金萬壽 증손'의 오기. 金萬壽→金應龍→金德利→2자 金就仁·3자 金近仁으로 이어진다. 김만수는 낙안김씨의 보성 入鄕祖이며, 그의 부인은 長興任氏 任忠輔의 딸이다. 김취인의 부인은 光州崔氏 崔光世의 딸이며, 김근인의 부인은 金海金氏 金義源의 딸이자 金光鍊의 손녀이다.

김근인
金近仁
(생몰년 미상)

자는 근지(近之), 김취인(金就仁)의 동생이다. 불의를 참지 못하고 큰 절개가 있었으며, 《춘추》 읽기를 좋아하여 대의(大義)를 자기의 임무로 여겼다. 병자호란 때 남한산성의 위급함을 듣고 관직이 없는 포의(布衣)의 신분이라도 충성을 다하려는 뜻이 있었는데, 안방준 선생이 의병을 모집하자 마침내 주먹을 불끈 쥐고 말하기를, "진실로 내가 죽어야 할 곳을 찾았다." 하고는 형님을 따라 함께 달려갔으나, 화의가 이루어졌다는 소식을 들었다. 그리고 시를 지었으니 다음과 같다.

차마 어찌 존주의 의리를 가지고도	忍將尊周義
적 진회에 의해서 망하니 부끄러라.	恥爲賊檜亡
외로운 신하는 오늘날 서러워하노니	孤臣今日淚
명나라 신종황제께 절할 곳이 없어라.	無地拜神皇

후손으로는 김중현(金重鉉), 김필현(金必鉉)이 있다.

①金近仁, 字近之, 就仁弟。慷慨有大節, 好讀春秋, 以大義自任。②丙子, 聞南漢危急, 有白衣勤王之志, ③安先生募義, 遂奮拳曰 : "誠得吾死所." ④從兄同赴, 聞和成。有詩曰 : "忍將尊周義, 恥爲賊檜[1]亡. 孤

1 賊檜(적회) : 秦檜. 처음 金나라에 갔다가 돌아와서 송·금 두 나라 사이에 和議를 주장하여, 충신 岳飛를 죽이고, 斥和主戰하는 신하를 전부 몰아내고, 화의가 성립된 후에 정승으로 19년간 있다가 죽었다.

臣今日淚, 無地拜神皇." ⑤有孫重鉉·必鉉。

• 중간본의 변개

① 金近仁 ⇒ 士人金近仁
② 丙子, 聞南漢危急 ⇒ 聞南漢圍急
③ 安先生募義 ⇒ 생략
④ 從兄同赴 ⇒ 與兄同赴先生義旅
⑤ 有孫重鉉·必鉉 ⇒ 後孫履行·履基·履順

임대유
任大有
(1562~?)

자는 자허(子虛), 호는 이암(耳巖)이다. 관산군(冠山君) 임광세(任光世)의 6세손이다. 타고난 성품이 효성스럽고 우애가 있었고, 혼정신성(昏定晨省)의 여가에 경서와 역사를 두루 읽어 문장이 광대하였다. 나이 30살 때 신묘년(1591) 사마시에 합격하였다. 병자호란 때 분연히 앞장서서 안방준과 함께 의병을 일으켰지만, 화의가 이루어지자 통곡하고 고향으로 돌아왔다. 후손으로는 임관빈(任冠彬)이 있다.

①任大有, 字子虛, 號耳巖。②冠山君光世六世孫。天性孝友, 晨昏之暇[1]。涉獵經史, 文章浩汗。年三十, 中辛卯[2]司馬。丙子, 奮然挺身, ③與安公倡起義旅, 媾成痛哭而歸。④有孫冠彬。

• 중간본의 변개

① 任大有 ⇒ 進士任大有
② 추가 ⇒ 冠山人
③ 與安公倡起義旅, 媾成痛哭而歸 ⇒ 與先生倡起義旅, 聞媾成, 痛哭而歸
④ 有孫 ⇒ 後孫

---

1 晨昏之暇(신혼지가) : 昏定晨省의 여가. 저녁에는 잠자리를 보아드리고 아침에는 문안을 드림. 곧 부모를 섬기는 도리를 다하였다는 말이다.

2 辛卯(신묘) : 宣祖 24년인 1591년. 《辛卯(1651년)式年司馬榜目》에 '본관은 長興, 자는 子虛, 생년은 1607년, 아버지는 任楫, 동생은 任大謙·任大晉·任大益·任大恒'으로 적혀 있다. 따라서 그 시비를 가릴 필요가 있다. 생년은 사마방목을 따르면 내용이 훼손되어 따르지 않았다.

임경설
任景說
(생몰년 미상)

역주자 주 : 원문에는 아무런 기록 없이 빈 여백 상태임.

박진영
朴震英
(생몰년 미상)

역주자 주 : 원문에는 아무런 기록 없이 빈 여백 상태임.

박인강
朴仁綱
(1624~1654)

역주자 주 : 원문에는 아무런 기록 없이 빈 여백 상태임.

• 중간본의 변개

삽입 ⇒ 進士朴仁綱, 改名仁剛[1], 字子顯, 號節巖, 珍原人。直提學熙中九世孫, 縣監公楨孫。性賦純粹, 篤志剛正, 德業文章, 爲世所推。忠憤所激, 不勝慷慨, 從先生倡義, 誓心殉國, 聞和成痛哭。有詩曰 : "明仗尊周義, 第期賊刃亡." 隱居鄕里, 奬進後學。無意於世, 終於林泉。後孫重玟·重淳·純鎭。

1 仁剛(인강) : 朴仁剛(1624~1654). 6대조는 朴文基의 첫째아들 朴興原, 고조부는 朴之樞, 증조부는 박지추의 장남 朴應斗, 조부는 박응두의 셋째아들 朴公楨, 아버지는 박공정의 장남 朴夢日이다. 박몽일의 장남이다. 성균관 진사이다.

선우해
宣羽海
(생몰년 미상)

역주자 주 : 원문에는 아무런 기록 없이 빈 여백 상태임.

- 중간본의 변개

삽입 ⇒ 士人宣羽海[1], 寶城人。按廉使贈兵曹判書允祉後。

윤흥립
尹興立
(생몰년 미상)

역주자 주 : 원문에는 아무런 기록 없이 빈 여백 상태임.

---

1 宣羽海(선우해, 1612~?) : 본관은 寶城, 자는 南爲. 아버지는 宣綏遠이다. 형은 宣翼海, 宣翰海이다.

김종기
金宗起
(생몰년 미상)

역주자 주 : 원문에는 아무런 기록 없이 빈 여백 상태임.

• 중간본의 변개

삽입 ⇒ 士人金宗起, 字君輔, 金海人。寺正弘緖孫, 僉正俶[1]子。恢弘度略有大節。早從先覺講磨道義。從先生倡義, 聞和成而歸。傍孫龍璞。

1 俶(숙) : 金俶(생몰년 미상).

손수헌
孫守憲
(1609~?)

자는 도경(度卿), 본관은 밀양(密陽)이다. 기유년(1609)에 태어났다. 밀성군(密城君) 손긍훈(孫兢訓)의 후손이고, 참봉 손축(孫軸)의 현손이다. 문예를 일찌감치 깨쳤고, 재주와 지략을 아울러 갖추었다. 병자호란 때 의병을 일으켰다. 후손으로는 손명서(孫命瑞), 손극효(孫克孝), 손영효(孫永孝)가 있다.

①孫守憲[1], 字度卿, ②己酉[2]生, 密陽人。③密成君兢訓[3]後, 參奉軸[4]玄孫。④文藝早成, 才智兼備。⑤丙子, 從義旅。⑥有孫命瑞·極孝·永孝。

---

1 孫守憲(손수헌) : 본관은 密陽, 자는 慶鄕. 증조부는 孫軸의 장남 孫應祿, 증조모는 光山金氏이다. 할아버지는 孫應祿의 장남 孫汝興, 할머니는 寶城宣氏 宣五倫의 딸이다. 아버지는 손여흥의 장남 孫重胤, 어머니는 驪興閔氏 閔俊의 딸이다. 부인은 竹山安氏 安命男의 딸이다.

2 己酉(기유) : 光海君 1년인 1609년.

3 孫兢訓(손긍훈, 생몰년 미상) : 문충공 孫道良의 아들이다. 신라의 국운이 기울어짐을 깨닫고 송도로 가서 고려 태조를 만났는데, 태조가 이를 가상히 여겨 군무를 맡겼다. 그때 후백제의 神劒이 그의 아버지 견훤을 가두고 스스로 왕이 되려 하였는데, 견훤이 탈출하여 태조에게 구원을 청하자 왕이 허락하고 손긍훈에게 남정을 명함으로 군수가 되어 기병을 거느리고 金式希, 王式廉 등과 함께 황산군에서 신검의 군대를 대파하고 신검을 사로잡았다. 그 공으로 廣理君에 봉해졌다. 密城君은 孫贇이므로, 원문은 착종된 것으로 보인다.

4 軸(축) : 孫軸(생몰년 미상). 본관은 密陽, 자는 定路. 84세를 살았다. 부인은 珍原朴氏이다. 折衝將軍을 역임하고, 同知中樞府事를 지냈다.

• 중간본의 변개

① 孫守憲 ⇒ 士人孫守憲

② 己酉生 ⇒ 생략

③ 密成君兢訓後, 參奉軸玄孫 ⇒ 密成君贇[5]後, 嘉善汝興[6]孫, 重胤[7]子

④ 文藝早成, 才智兼備 ⇒ 世篤至孝, 見孚於鄕里。自髫齕習, 熟見聞以孝成性, 人皆推許。氣節慷慨, 文藝超類, 早從先生, 學業德望, 重於一世。

⑤ 丙子, 從義旅 ⇒ 意切殉國, 赴先生義旅, 聞和成而歸。隱於耕樵, 遺命子孫, 不赴擧業

⑥ 有孫命瑞·極孝·永孝 ⇒ 後孫文國·峻國

---

5 贇(빈) : 孫贇(생몰년 미상). 1251년 과거에 급제하고, 元宗 때 榮祿大夫 正堂文學 修文殿大學士 監修國史에 승배되고, 忠烈王 때 征北大將軍으로서 司徒에 오르고 密城君에 봉작되었다.

6 汝興(여흥) : 孫汝興(1562~1646). 본관은 密陽, 자는 彦述. 손응록의 장남이다. 부인은 寶城宣氏 宣五倫의 딸이다. 同知中樞府事를 지냈다.

7 重胤(중윤) : 孫重胤(생몰년 미상). 본관은 密陽, 자는 顯承. 孫汝興의 장남이다. 부인은 驪興閔氏 閔俊의 딸이다.

손후윤
孫後胤
(1572~1666)

자는 현장(顯章), 본관은 밀양(密陽)이다. 임신년(1572)에 태어났다. 밀성군(密城君) 손긍훈(孫兢訓)의 후손이고, 참봉 손축(孫軸)의 증손이다. 도량이 진득하고 문무의 재주를 겸비하였다. 병자년 의병에 참가하였다. 후손으로는 손명덕(孫命德), 손명항(孫命恒), 손달효(孫達孝)가 있다.

①孫後胤[1], 字顯章, ②壬申[2]生, ③密陽人。④密城君兢訓後, 參奉軸曾孫。⑤器宇沈重, 文武兼備。⑥參義於丙子。⑦有孫命德·命恒·達孝。

• 중간본의 변개

① 孫後胤 ⇒ 士人孫後胤
② 壬申生 ⇒ 생략
③ 추가 ⇒ 號玉峯
④ 密城君兢訓後, 參奉軸曾孫 ⇒ 主簿汝揚[3]子, 錫胤[4]從弟
⑤ 器宇沈重, 文武兼備 ⇒ 器宇沈重, 志節慷慨, 文狀贍敏, 智勇超邁, 孝友學問, 見推於當世
⑥ 參義於丙子 ⇒ 募聚義糧, 直赴義旅, 聞和成, 北望慟哭, 而有詩曰 : "願將腰下劍, 直向建州城." 所募義穀, 盡納于官, 歸臥田里, 杜門謝世
⑦ 有孫命德·命恒·達孝 ⇒ 後孫永國·昹國·秉奎·秉馹

1 孫後胤(손후윤, 1572~1666) : 할아버지는 孫應祿, 할머니는 光山金氏이다. 아버지는 손응록의 셋째아들 孫汝揚, 어머니는 南平文氏 南山能의 딸이다. 손여양의 둘째아들이다.

2 壬申(임신) : 宣祖 5년인 1572년.

3 汝揚(여양) : 孫汝揚(?~1632). 본관은 密陽, 자는 仲述. 孫應祿의 셋째아들이다. 禦侮將軍, 訓鍊院 主簿를 지냈다.

4 錫胤(석윤) : 孫錫胤(1600~1663). 본관은 密陽, 자는 顯得, 호는 錦隱·日慕齋. 아버지는 孫應祿의 둘째아들 孫汝益이다. 부인은 礪山宋氏 宋應奎의 딸이다.

김여련
金汝璉
(1589~1654)

역주자 주 : 원문에는 아무런 기록 없이 빈 여백 상태임.

• 중간본의 변개

삽입 ⇒ 士人金汝璉[1], 字猗之, 光山人。文正公台鉉[2]後, 掌令孝愼[3]五世孫, 參奉德民[4]子。孝友卓異, 慷慨有志節。與七從兄弟, 從先生擧義, 聞和而來。

---

1 金汝璉(김여련, 1598~1654) : 본관은 光山, 자는 君實, 호는 松齋. 부인은 南陽洪氏 洪基漢의 딸이다.

2 台鉉(태현) : 金台鉉(1261~1330). 본관은 光山, 자는 不器, 호는 快軒·雪庵. 조부는 金鏡亮, 아버지는 金須이다. 1275년 국자감시에 장원급제하고, 1276년 문과에 급제하고, 殿試에도 합격해 左右衛參軍直文翰署를 제수되고, 左倉別監判鷹坊事가 되었다. 얼마 뒤 版圖摠郎이 되어 銓注를 맡았고, 우승지를 거쳐 밀직부사로 승진하면서 聖節使로 원나라에 다녀왔다. 1303년에는 밀직사사로서 지공거가 되어 동지공거인 祕書尹 金祐와 함께 朴理 등 33인의 진사를 선발하였다. 충렬왕 말기에는 원나라로부터 征東行中書省左右司郎中을 제수받았고, 知僉議司事로 승진하였다. 1321년 僉議評理로 복직하고 判三司事로 승진하였다. 이때 원나라에 의해 충선왕은 吐蕃으로 귀양가고, 충숙왕은 원나라에 억류되었으나, 그의 노력으로 국사가 잘 유지되었다. 시호는 文正이다. 아들은 金光軾, 金光轍, 金光載, 金光輅 등이다.

3 孝愼(효신) : 金孝愼(생몰년 미상). 조부는 金承祖, 아버지는 김승조의 장남 晉州牧使 金玉淵이다. 河陽縣監을 지냈다.

4 德民(덕민) : 金德民(1552~1625). 본관은 光山, 자는 而得. 증조부는 金孝愼의 둘째아들 金琩, 조부는 김창의 셋째아들 金錫伯, 아버지는 김석백의 둘째아들 金沅(1527~1551)이다. 軍資監參奉을 지냈다.

선암철

宣巖鐵

(생몰년 미상)

역주자 주 : 원문에는 아무런 기록 없이 빈 여백 상태임.

선만길

宣萬吉

(생몰년 미상)

역주자 주 : 원문에는 아무런 기록 없이 빈 여백 상태임.

김취지
金就砥
(1612~1683)

자는 연평(鍊平), 본관은 광산(光山)이다. 쾌헌(快軒) 문정공(文正公) 김태현(金台鉉)의 후손이고, 목사(牧使) 김옥연(金玉淵)의 7대손이며, 임진왜란이 일어나 진주가 함락될 때의 전망공신(戰亡功臣) 김대민(金大民)의 손자이다. 충성과 효도는 하늘로부터 타고났고, 재주와 용기는 남보다 뛰어났다. 병자호란이 일어나 의병을 일으켰는데, 이때의 나이가 35세였다. 후손으로는 김필선(金弼善), 김성조(金聖祖)가 있다.

①<u>金就砥</u>[1], 字鍊平, ②光山人。快軒文正公台鉉後, ③<u>牧使玉淵</u>[2]<u>七代孫, 壬辰晉州陷城時戰亡功臣大民</u>[3]<u>孫</u>。④<u>忠孝出天, 才勇絶人</u>。⑤<u>丙子赴義, 時年三十五</u>。⑥<u>有孫弼善·聖祖</u>。

• 중간본의 변개

① 金就砥 ⇒ 贈參議金就砥

② 추가 ⇒ 號慕軒

③ 牧使玉淵七代孫, 壬辰晉州陷城時戰亡功臣大民孫 ⇒ 牧使玉淵七世孫, 興陽縣監錫侯[4]玄孫, 壬辰殉節功臣大民孫

---

1 金就砥(김취지, 1612~1683) : 본관은 光山, 자는 鍊平, 호는 慕軒. 조부는 金大民, 아버지는 김대민의 장남 金德一이다. 어머니는 寶城宣氏 宣信南의 딸이다.

2 玉淵(옥연) : 金玉淵(생몰년 미상). 金承祖의 장남이다. 晉州牧使를 지냈다.

3 大民(대민) : 金大民(1564~1593). 본관은 光山, 자는 邦彦, 호는 默菴. 將仕郎을 지냈다. 임진왜란 때 전공을 세우다가 1593년 진주성이 함락될 때 순절하였다.

4 錫侯(석후) : 金錫侯(생몰년 미상). 고조부는 金承祖, 증조부는 김승조의 장남 金玉淵,

④ 忠孝出天, 才勇絶人 ⇒ 自幼誠孝出天, 才勇絶人, 受學于先生門下矣
⑤ 丙子赴義, 時年三十五 ⇒ 値丙子亂, 感慕祖考殉忠之事, 而協贊神謀, 與從叔義精·得善六人募義, 誓心家國之讎, 忘身赴義, 進到礪山, 聞和媾, 北向拜哭而還。時年三十五, 志學平生, 杜門以終。參奉鄭在勉撰狀
⑥ 有孫弼善·聖祖 ⇒ 後裔世浩·珪翰·道煥

조부는 김옥연의 장남 金孝愼, 아버지는 김효신의 둘째아들 金琩이다. 김창의 둘째아들이다. 興陽縣監을 지냈다.

김기원
金基遠
(생몰년 미상)

역주자 주 : 원문에는 아무런 기록 없이 빈 여백 상태임.

김안신
金安信
(생몰년 미상)

자는 달중(達仲), 본관은 기성(箕城 : 전남 함평)이다. 대사헌 김지(金墀)의 후손이고, 사헌부 지평 김수의(金守義)의 5세손이다. 성품은 본디 온순하여 인정이 두터웠고 부모를 섬김에 효도를 극진히 하였다. 저녁에는 잠자리를 보아드리고 새벽에는 문안을 드리는 예(禮)와, 따뜻하게 해드리고 시원하게 해드리는 도리를 비록 몹시 추운 때나 더위와 장마에도 전혀 게을리하지 아니하고 더욱 부지런히 하였다. 재주는 문무를 겸비하였다. 안방준 선생이 의병을 일으켰을 때 더욱 불의를 참지 못하고 따랐다. 후손으로는 김동직(金東直), 김동언(金東彦), 김동옥(金東玉)이 있다.

①金安信, 字達仲, 箕城[1]人。大司憲墀後, 司憲府持平守義五世孫。②性素淳厚, 奉親極孝。③定省之禮[2], 溫凊之節[3], 雖祈寒暑雨, 愈勤不怠。才兼文武。④先生倡義日, 益增慷慨而從。⑤有孫東直·東彦·東玉。

---

1 箕城(기성) : 전남 咸平의 별호. 함평김씨의 후손들은 현재 전국 1000여 명 정도라고 한다. 참고할 만한 문헌이 없는 것으로 파악된다.

2 定省之禮(정성지례) : 昏定晨省. 저녁에는 잠자리를 보아드리고 새벽에는 잠자리를 살펴보는 마음. 곧 부모를 섬기는 도리를 다하였다는 말이다.

3 溫凊之節(온청지절) : 겨울이면 부모를 따뜻하게 해드리고 여름이면 부모를 시원하게 해드리는 마음가짐.

• 중간본의 변개

① 金安信 ⇒ 士人金安信
② 性素淳厚, 奉親極孝 ⇒ 性素粹厚, 養親極孝
③ 定省之禮 ⇒ 省定之禮
④ 先生倡義日, 益增慷慨而從 ⇒ 先生倡義之日, 益增敵愾而從
⑤ 有孫東直·東彦·東玉 ⇒ 後孫東直·東彦

손석윤
孫錫胤
(1600~1663)

자는 현득(顯得), 본관은 밀양(密陽)이다. 밀성군(密城君) 손긍훈(孫兢訓)의 후손이고, 참봉 손축(孫軸)의 증손이다. 성질이 온순하여 인정이 두터웠고, 지조와 절개가 있어 불의를 참지 못했다. 병자호란 때 의병을 일으켰는데, 지혜와 용기가 특출하였다. 후손으로는 손명운(孫命雲), 손명준(孫命峻), 손명우(孫命佑)가 있다.

①孫錫胤, 字顯得, ②密陽人。③密城君兢訓後, 參奉軸曾孫。④性質淳厚, 志節慷慨。⑤丙子奮義, 智勇超異。⑥有孫命雲·命峻·命佑。

• 중간본의 변개

① 孫錫胤 ⇒ 士人孫錫胤
② 추가 ⇒ 號錦隱
③ 密城君兢訓後, 參奉軸曾孫 ⇒ 密城君贇後, 牧使策[1]七世孫, 判事汝益[2]子
④ 性質淳厚, 志節慷慨 ⇒ 自幼, 誠孝根天, 資質絶人。十九受業于先生門, 先生甚器重之, 授以性理, "近思錄曰:'必成碩儒者.' 孫某也." 爲士林之所推服。曾侍親患, 嘗糞禱天, 斷指延壽。及遭內外艱, 六年廬墓
⑤ 丙子奮義, 智勇超異 ⇒ 率家僮百餘, 勇赴義幕, 先生敬歎稱謝, 特爲記室, 行到光州, 東溪朴春長曰:"孫某, 文武備具, 當爲前鋒." 先生曰:

1 策(책) : 孫策(생몰년 미상). 본관은 密陽. 아버지는 孫若海의 장남 孫貴麟이다. 아들은 孫儉敬이다. 문과에 급제하고, 樹州牧使를 지냈다.

2 汝益(여익) : 孫汝益(1564~1643). 본관은 密陽, 자는 君述. 同知中樞府事, 軍資監 正을 지냈다.

"領軍之日，記室最重，臨戰之時，前鋒爲重，今日之記室，卽後日之前鋒." 到礪山，聞城下之羞，痛哭而歸。構一齋于先墓下，扁之曰永慕，晨夕省掃，朔望聚門。子侄鄕子弟，講六藝之課，修六德之行，累登剡薦。鄕人尊慕，議以立祠。任進士龍材撰狀

⑥ 有孫命雲·命峻·命佑 ⇒ 後裔鎭昊·鎭爀·光澤·粹澤

최사룡
崔泗龍
(생몰년 미상)

역주자 주 : 원문에는 아무런 기록 없이 빈 여백 상태임.

박동건
朴東建
(생몰년 미상)

본관은 진원(珍原)이다. 직제학(直提學) 박희중(朴熙中)의 7세손이다. 도량이 넓고 컸으며 지혜와 힘이 남보다 뛰어났다. 병자호란을 맞이하여 동생 박동수(朴東秀)와 함께 피눈물을 흘리며 죽음을 무릅쓰고 의병을 일으켰다. 방손으로 박건석(朴建錫)이 있다.

①朴東建, ②珍原人。③直提學熙中七世孫。④哭宇恢弘, 智力過人。⑤當丙子, 與弟東秀[1], 沫血[2]奮義。⑥傍孫健錫。

- 중간본의 변개

① 朴東建 ⇒ 士人朴東建
② 추가 ⇒ 字培之, 號竹林
③ 直提學熙中七世孫 ⇒ 直提學葦南公熙中七世孫, 參奉繼原玄孫, 進士困曾孫, 參奉光先子
④ 哭宇恢弘, 智力過人 ⇒ 天性正直, 慷慨有大節
⑤ 當丙子, 與弟東秀, 沫血奮義 ⇒ 當丙亂, 以親命, 與弟東秀, 沫血赴先生義旅
⑥ 傍孫建錫 ⇒ 後孫守敬·國相·英相·明煥·重翎

---

1 東秀(동수) : 朴東秀(생몰년 미상). 고조부는 朴繼原, 증조부는 박계원의 장남 朴困, 조부는 박균의 넷째아들 朴而俊, 아버지는 박이준의 장남 朴光先이다. 박광선의 셋째아들이다. 박동건의 동생이다.

2 沫血(말혈) : 피눈물을 흘리며 죽음을 무릅쓰고 적과 싸우려는 마음. 前漢 때 李陵이 匈奴에게 포위되어 많은 군대가 죽고 화살도 다 떨어지자 피눈물을 흘리며 적진으로 들어가 사투한 고사에 근거한 것이다.

문존도
文存道
(1602~1670)

역주자 주 : 원문에는 아무런 기록 없이 빈 여백 상태임.

- 중간본의 변개

삽입[1] ⇒ 士人文存道[2], 字聖器, 號仁智堂, 南平人。忠宣公江城君益漸後, 驪州牧使佑昌玄孫[3], 副護軍雲龍[4]子。公事親至孝, 行著鄕隣。自少好學, 受業於先生門下。當丙子亂, 同倡義旅, 行到礪山, 聞和成, 痛哭而歸。仍廢科業, 築室于元峯之下, 漁樵而養親, 耕讀而樂道。有遺集。後孫永老·桂采·桂斗。

---

1 초간본에는 보성지역에 등재되어 있으나, 중간본에는 능주지역에 등재되어 있음.

2 文存道(문존도) : 文雲龍의 둘째아들이다. 부인은 竹山安氏 安震의 딸이고, 安思達의 손녀이다.

3 佑昌玄孫(우창현손) : 문우창 → 文獻 → 文彦寬 → 文雲龍 → 文存道를 가리킴.

4 雲龍(운룡) : 文雲龍(1575~?). 본관은 南平, 자는 澤夫. 文彦寬의 둘째아들이다.

박동수
朴東秀
(생몰년 미상)

본관은 진원(珍原)이다. 직제학(直提學) 박희중(朴熙中)의 7세손이다. 도량이 넓고 컸으며 지혜와 힘이 남보다 뛰어났다. 병자호란을 맞이하여 형님 박동건(朴東建)과 함께 마음을 같이하여 의병을 일으켰다. 방손으로 박건석(朴建錫)이 있다.

①朴東秀, ②珍原人。③直提學熙中七世孫。④器宇恢弘, 智力過人。⑤當是亂, 與弟[1]東建, 同心赴義。⑥傍孫健錫

• 중간본의 변개

① 朴東秀 ⇒ 士人朴東秀
② 추가 ⇒ 字益之, 號石泉
③ 直提學熙中七世孫 ⇒ 大提學益陽伯瞻九世孫, 直提學葦南公熙中七世孫, 參奉繼原玄孫, 進士困曾孫, 參奉光先子
④ 器宇恢弘, 智力過人 ⇒ 天性至孝, 文章著世
⑤ 當是亂, 與弟東建, 同心赴義 ⇒ 以親命, 與兄東建, 勇赴先生義旅, 到礪山, 聞和成而還。杜門謝世, 以終餘年
⑥ 傍孫健錫 ⇒ 傍孫殷相·國煥·重泰·重徽

---

1 與弟(여제) : '與兄'의 오기.

김전
金銓
(생몰년 미상)

자는 여평(汝平), 본관은 김해(金海)이다. 진사 남추공(南湫公) 김선(金銑)의 동생이다. 충성과 효성을 겸하였고, 문무를 갖추었다. 병자호란을 당하여 형님 진사공 김선과 함께 안방준 선생을 좇아서 마음으로 맹세하고 의병을 일으켰으나 화의가 이루어지자 고향으로 돌아왔다. 후손으로는 김규관(金奎觀), 김수중(金守重), 김여신(金汝信)이 있다.

①金銓, 字汝平, 金海人。②進士南湫公銑之弟。忠孝兼全, ③文武俱。④至是亂, 與弟[1]進士公, 從安先生, 誓心起義, 和成而退。有孫奎觀·守重·汝信。

• 중간본의 변개

① 金銓 ⇒ 士人金銓
② 進士南湫公銑之弟 ⇒ 縣監希說子
③ 文武俱 ⇒ 文武兼備
④ 至是亂, 與弟[2]進士公, 從安先生, 誓心起義, 和成而退 ⇒ 與兄進士銑, 從先生, 誓心起義旅

1 與弟(여제) : '與兄'의 오기.
2 與弟(여제) : '與兄'의 오기.

이강
李橿
(생몰년 미상)

자는 경직(擎直), 본관은 경주(慶州)이다. 월성군(月城君) 이알평(李謁平 : 李之秀의 오기)의 후손이고, 행참의(行參議) 이욱(李郁)의 증손이며, 훈련첨정(訓鍊僉正) 이방직(李邦稷)의 손자이다. 타고난 성품이 충직하고 담력이 남보다 뛰어났다. 병자호란을 당하여 용맹을 떨쳐 의병을 일으키고 군무(軍務)를 전담하였지만 화의가 이루어졌다는 소식을 듣고 가슴을 치며 통곡하다가 고향으로 돌아왔다. 후손으로는 이정곤(李挺坤), 이중곤(李重坤), 이익곤(李益坤)이 있다.

①李橿, 字擎直, 慶州人。月城君[1]謁平[2]後, ②行參議郁[3]曾孫, 訓鍊僉正邦稷[4]孫。稟性忠直, 膽力過人。③當丙子, 勇奮赴義, 專任軍務,

---

1 月城君(월성군) : 慶州李氏 21세 李之秀(생몰년 미상)의 봉호. 李謁平의 57대손이자 신라 蘇判 李居明의 21대손이다. 아버지는 병부상서를 지낸 이충요, 할아버지는 진사 이분, 증조부는 진사 이창규, 고조부는 이극랑이다. 三重大匡 光祿大夫를 지내고 월성군에 봉군되었으며 匡靖大夫 尙書左僕射에 이르렀다. 따라서 본문에서 이알평을 월성군이라 한 것은 착종이다.

2 謁平(알평) : 李謁平(생몰년 미상). 신라의 佐命功臣이었다. 朴赫居世 때 阿粲에 올랐고, 32년(유리왕 9) 楊山村 李氏로 賜姓 받았다고 한다. 536년(법흥왕 23)에 文宣公으로 시호를 받았고 656년(무열왕 3)에 恩烈王으로 추봉되었다고 한다.

3 郁(욱) : 李郁(1530~1578). 본관은 慶州, 자는 文仲, 호는 保閒堂. 아버지는 李亨昌이다. 문과에 급제하고, 濟州敎授를 지냈다. 이조참의에 증직되었다.

4 邦稷(방직) : 李邦稷(생몰년 미상). 본관은 慶州, 자는 舜輔, 호는 松菴. 李郁의 손자이다. 임진왜란 때 당포, 노량진싸움에서 공을 세웠다. 광해군대 등과하여 훈련원첨정이 되고 병조참의가 증직으로 내려졌다. 원문에는 李郁과 李邦稷 사이의 계대가 착종되어 있다.
한편, 『礪山宋氏元尹公派內虎崎派家系譜』에 의하면 여산송씨 宋侃의 6세손(宋侃 → 5자 宋淑儒 → 宋思文 → 3자 宋俊 → 宋元柱 → 宋五蓮 → 宋栢)이 송백인데, 이방직이 그의

聞和成, 鼓心痛哭而退。④有孫挺坤·重坤·益坤。

• 중간본의 변개

① 李櫺 ⇒ 士人李櫺
② 行參議郁曾孫 ⇒ 參議郁曾孫
③ 當丙子, 勇奮赴義, 專任軍務, 聞和成, 鼓心痛哭而退 ⇒ 勇奮赴義, 專任軍務, 署爲軍官
④ 有孫挺坤·重坤·益坤 ⇒ 後孫相弘·相和·相賢

맏사위로, 둘째 사위가 丁連熙로, 셋째사위가 朴命誼로, 넷째 사위가 安巘로 나온다. 그런데 박명의는 安巘의 딸이 珍原朴氏 朴公翰과 결혼하여 낳은 아들이므로, 어느 자료일지 모르겠으나 착종된 사실이 기록되어 있는 셈이다. 그렇지만 이 혼맥은 보성지역 인물들 간의 중요한 혼맥 지점임을 알게 한다.

임망지
任望之
(생몰년 미상)

후손으로는 임석당(任錫堂)이 있다.

任望之。有孫錫堂。

문희경
文希慶
(1615~?)

자는 경보(慶甫), 본관은 남평(南平)이다. 을묘년(1615)에 태어났다. 충선공(忠宣公) 문익점(文益漸)의 후손이고, 정언(正言) 문석부(文碩富)의 6세손이다. 무예가 남보다 뛰어났고 일찍이 무과에 급제하였다. 관직은 만호(萬戶)에 이르렀다. 병자호란 때 동생 문시경(文時慶)과 함께 의병을 일으켰다. 후손으로는 문윤창(文潤昌), 문채동(文采東)이 있다.

①文希慶[1], 字慶甫, ②乙卯[2]生, 南平人。忠宣公益漸後, 正言碩富[3]六世孫[4]。武技超衆, ③早登武科。官至萬戶。④丙子, 與弟時慶, 同赴義旅。⑤有孫潤昌·采東。

• 중간본의 변개

① 文希慶 ⇒ 萬戶文希慶　　② 乙卯生 ⇒ 생략
③ 早登武科。官至萬戶 ⇒ 생략　　④ 丙子 ⇒ 생략　　⑤ 有孫 ⇒ 後孫

---

1 文希慶(문희경) : 《甲申(1644)別試文武科榜目》에 의하면, 본관은 南平, 자는 悠遠, 생년은 1613년, 아버지는 訓鍊院參奉 文岦으로 되어 있음. 증조부는 文榮琈, 조부는 문영부의 차남 文大湘, 아버지는 문대상의 장남 文山立이다. 문산립의 장남이다. 부인은 竹山安氏 安大衡의 딸이다. 생년에 대해 시비를 가려야 한다.

2 乙卯(을묘) : 光海君 7년인 1615년.

3 碩富(석부) : 文碩富(1420~1501). 본관은 南平, 자는 連善. 부인은 密陽朴氏 朴泰永의 딸이다. 생원을 지내고, 司正副司直을 역임했다. 文益漸 → 文中誠 → 文和 → 文琰 → 文尙儉 → 文碩富로 이어진다.

4 六世孫(육세손) : 文碩富 → 文致鵾 → 文佑齡 → 文榮琈 → 2자 文大湘 → 文山立 → 文希慶을 가리킴.

문시경
文時慶
(1617~?)

자는 도원(道遠), 본관은 남평(南平)이다. 정사년(1617)에 태어났다. 충선공(忠宣公) 문익점(文益漸)의 후손이고, 정언(正言) 문석부(文碩富)의 6세손이다. 공은 무(武)에 있어서 가장 날랬고 문(文)에 있어서도 뛰어났다. 남한산성이 위급하였을 때 안방준 선생을 좇아서 의병을 일으켰다. 후손으로는 문세범(文世範), 문도범(文道範), 문명각(文命珏), 문명옥(文命玉)이 있다.

①文時慶[1], 字道遠, ②丁巳[2]生, 南平人。忠宣公益漸後, 正言碩富六世孫。③公於武最勇, 於文亦超。④南漢之急, 從安先生起義。⑤有孫世範·道範·命珏·命玉。

• 중간본의 변개

① 文時慶 ⇒ 士人文時慶
② 丁巳生 ⇒ 생략
③ 公於武最勇, 於文亦超 ⇒ 文武超勇
④ 南漢之急, 從安先生起義 ⇒ 與兄希慶, 忘身赴義
⑤ 有孫世範·道範·命珏·命玉 ⇒ 後孫世範·道範·命珪·命玉

---

1 文時慶(문시경, 1617~?) : 본관은 南平, 초명은 希弼, 자는 德元. 족보에 의하면 1574년에 태어났고, 1636년에 죽은 것으로 되어 있음. 文山立의 셋째아들이다. 생몰년에 대해 시비를 가려야 한다.

2 丁巳(정사) : 光海君 9년인 1617년.

김득선
金得善
(1570~1650)

자는 군원(君元), 본관은 광산(光山)이다. 쾌헌(快軒) 문정공(文正公) 김태현(金台鉉)의 후손이고, 장령(掌令) 김효신(金孝愼)의 5대손이며, 현감(縣監) 김석후(金錫侯)의 증손이다.

어려서부터 자질이 아름다웠고, 평소에 기백이 있었는데 종숙 김대민(金大民)이 임진왜란 때 순절한 뒤로 더욱 분개심을 다졌다. 병자호란 때 종질(從侄) 김취지(金就砥), 김정생(金廷生), 김정망(金廷望), 김여련(金汝璉), 김의정(金義精)과 함께 마음을 합쳐 의병에 나아갔다. 나중에 사복정(司僕正)에 증직되었다. 후손으로는 김서하(金瑞河), 김진효(金鎭孝), 김진문(金鎭文)이 있다.

①金得善, 字君元, ②光山人。快軒文正公台鉉後, 掌令孝愼五代孫, 縣監錫侯曾孫。幼有美質, 素多氣節, 從叔大民, 壬辰殉節, 後益勵奮慨。③丙子, 與從侄就砥·廷生[1]·廷望·汝璉·義精, 協心應募。④ ⑤後贈司僕正。⑥有孫瑞河·鎭孝·鎭文。

• 중간본의 변개

① 金得善 ⇒ 司僕僉正金得善　② 추가 ⇒ 號松庵　③ 丙子 ⇒ 생략
④ 추가 ⇒ 誓心殉國, 時年三十二, 聞和成而歸。杜門終世
⑤ 後贈司僕正 ⇒ 생략
⑥ 有孫瑞河·鎭孝·鎭文 ⇒ 後孫箕璨·斗浹·在瑞

---

1 廷生(정생) : 金廷生(생몰년 미상). 『光山金氏 議郎公派譜』에는 등재되어 있지 않다.

오중윤
吳中尹
(1624~?)

자는 군신(君莘), 본관은 보성(寶城)이다. 개국공신 오몽을(吳蒙乙)의 10세손이고, 진사(進士) 오호례(吳好禮)의 6세손이다. 공의 의리는 병자호란 때 극히 드날렸다.

①吳中尹[1], 字君莘, 寶城人。開國公臣蒙乙[2]十世孫, 進士好禮[3]六世孫[4]。②惟公之義, 克揚丙子。贈軍資監正子天戴, 贈參議孫采明, 贈參判曾孫資憲, 同中樞壽東玄孫運彙·運昌[5]。③

---

1 吳中尹(오중윤, 1624~?) : 본관은 寶城, 자는 致賢, 호는 莘叟. 軍資監正을 지냈다.

2 蒙乙(몽을) : 吳蒙乙(?~1398). 본관은 寶城. 시조 吳賢弼의 11세손으로, 아버지는 少府監令 吳豫이다. 1380년 생원으로 식년문과에 급제하여 고려 말에 관직이 대장군에 이르렀다. 1392년 태조 이성계를 추대하는 데 공을 세워 개국공신 1등에 책록되어 150결의 공신전을 받았다. 1394년 고려의 王氏 일족을 제거하기 위하여 왕씨들을 강화도·거제도 등 해도에 유배하였는데, 그는 강화에 유배하는 책임을 맡았다. 1396년 延山府의 수령을 겸임하고, 이듬해는 강원도도관찰출척사에 임명되었으며, 1398년 寶城君에 봉하여졌다. 같은 해 이른바 제1차 왕자의 난에 연루되어 巡軍에 투옥되었다가 곧 伊山鎭으로 유배되었으며, 謝帖(임금이 내린 임명 사령장)이 몰수되고 토지와 노비가 국가에 환수되었으며, 10월에 伏誅(형벌에 복종하여 죽임을 받음)되었다.

3 好禮(호례) : 吳好禮(생몰년 미상). 본관은 寶城. 부인은 慶州李氏 李永植의 딸이다. 진사가 되었고, 執義를 지냈다.

4 六世孫(육세손) : 吳好禮 → 2자 吳崇齡 → 吳世柳 → 2자 吳應武 → 吳德洙 → 吳日興 → 吳中尹을 가리킴.

5 "贈軍資監正子天戴, 贈參議孫采明, 贈參判曾孫資憲, 同中樞壽東玄孫運彙·運昌"은 문맥을 알 수 없으나, '증군자감정의 아들 천대, 증참의의 손자 채명, 증참판의 증손 자헌, 동중추 수동의 현손 운휘·운창'으로 풀이가 됨. 번역문에 포함하지 않았다.

• 중간본의 변개

① 吳中尹 ⇒ 士人吳中尹

② 惟公之義, 克揚丙子。贈軍資監正子天戴, 贈參議孫采明, 贈參判曾孫資憲, 同中樞壽東玄孫運彙·運昌 ⇒ 膂力過人, 武藝出類, 慷慨有志節, 奮義赴亂

③ 추가 ⇒ 後孫相奎·灃·相武

최계헌
崔繼憲
(1590~1643)

자는 백술(伯述), 본관은 해주(海州)이다. 문헌공(文憲公) 최충(崔冲)의 후손이고, 임진(壬辰) 계의병장(繼義兵將) 최경장(崔慶長)의 손자이다. 세상에서 산양(山陽)의 5현을 칭송하는데, 그 한 사람으로 읍지(邑誌)에 상세히 나타나 있다. 만력 경인년(1590)에 태어나 숭정 계미년(1643)에 죽었다.

①崔繼憲, 字伯述, 海州人。②文憲公冲[1]之後, ③壬辰繼義兵將慶長[2]孫。④世稱山陽五賢, 卽其一也, 詳見邑誌。⑤萬曆庚寅[3]生, 崇禎癸未[4]卒。⑥

---

1 冲(충) : 崔冲(984~1068). 본관은 海州, 자는 浩然, 호는 惺齋·月圃·放晦齋. 아버지는 崔溫이다. 문장과 글씨에 능해 해동공자로 불렸다. 1013년 국사수찬관으로《칠대실록》편찬에 참여했다. 1047년 법률관들에게 율령을 가르쳐 고려 형법의 기틀을 마련했다. 농번기의 공역 금지 등을 상소하여 시행했고, 동여진를 경계하여 국방을 강화했다. 벼슬에서 물러나 송악산 아래 사숙을 열고 많은 인재를 배출했는데 이를 文憲公徒라 했다. 곧 私學十二徒의 하나였다.

2 慶長(경장) : 崔慶長(1529~1601). 본관은 海州, 자는 善林, 호는 竹溪. 崔慶會의 형이다. 梁應鼎의 문인이다. 1549년 사마시에, 1564년 문과에 급제하였다. 掌樂院正을 지냈다. 임진왜란 때, 제2차 진주성 싸움에서 그는 아우 최경회가 순국하자 의병을 일으켰다. 이에 宣祖는 繼義兵將의 명칭과 印을 내렸다. 그가 副將 宣義問, 從事官 金允明과 함께 南原의 적을 물리쳤다. 1594년 김덕령이 담양에서 의병을 일으켰다는 소식을 듣고, 노쇠한 몸을 이끌고 조정의 명령에 따라 의병과 軍糧을 인계하고 홀로 義州로 가서 大駕를 호종하였다.

3 萬曆庚寅(만력경인) : 宣祖 23년인 1590년.

4 崇禎癸未(숭정계미) : 仁祖 21년인 1643년.

• 중간본의 변개

① 崔繼憲 ⇒ 士人崔繼憲

② 추가 ⇒ 號石門

③ 壬辰繼義兵將慶長孫 ⇒ 贈領議政天符[5]曾孫, 贈吏曹判書慶長孫, 通德郎弘有[6]子

④ 추가 ⇒ 性度安靜, 志氣高潔

⑤ 萬曆庚寅[7]生, 崇禎癸未[8]卒 ⇒ 생략

⑥ 추가 ⇒ 當丙子亂, 糾合義旅, 馳赴於先生義廳, 規畫軍務, 鳩集糧餉, 以助軍需。和成後, 杜門謝世。配五賢祠。後孫時燁·喜秀·翼秀·炳樺·炳奎

5 天符(천부) : 崔天符(1502~1552). 靈光訓導를 지냈다. 나주에서 살다가 화순으로 입향한 인물이다. 아들로는 崔慶雲, 崔慶長, 崔慶會가 있다.

6 弘有(홍유) : 崔弘有(1572~1601). 아버지는 崔慶長이다. 형으로는 崔弘宇, 동생으로는 崔弘寧, 崔弘城, 崔弘遠이 있다. 부인은 珍原朴氏 朴根孝의 딸이다. 곧 朴春秀, 朴春長의 매부이다.

7 萬曆庚寅(만력경인) : 宣祖 23년인 1590년.

8 崇禎癸未(숭정계미) : 仁祖 21년인 1643년.

소호
蘇浩
(생몰년 미상)

역주자 주 : 원문에는 아무런 기록 없이 빈 여백 상태임.

• 중간본의 변개

삽입 ⇒ 士人蘇浩, 字大淵, 號逸湖, 晉州人。吏曹參判禧[1]六世孫, 大提學文靖公世讓[2]從孫, 壬辰死節功臣贈參議尙眞[3]從孫。自幼穎悟, 特超凡彙,

---

1 禧(희) : 蘇禧(?~1446). 조부는 판도판서 蘇乙卿(1325~1385), 아버지는 사재감 소윤 蘇遷(1352~1396)이다. 아들은 한성부판관 蘇效軾, 손자는 求禮縣監 蘇自坡, 증손자는 蘇世溫, 蘇世良, 蘇世恭, 蘇世儉, 蘇世讓, 蘇世得, 蘇世臣이다.

2 世讓(세양) : 蘇世讓(1486~1562). 본관은 晉州, 자는 彦謙, 호는 陽谷·退齋·退休堂. 1504년 진사가 되고, 1509년 식년문과에 급제하여 承文院 벼슬을 거쳐 正字·注書·副修撰·정언을 역임하고 수찬이 되어 단종의 어머니인 顯德王后의 복위를 건의하여 顯陵에 이장케 했다. 1514년 사가독서를 했고, 이조정랑·장악원첨정·장령·직제학을 지내고 司成이 되어 1521년 영접사 李荇의 종사관으로 명나라 사신을 맞았다. 그 후 직제학·동부승지·王子師傅 등을 지내고 전라도관찰사로 나갔다가 1530년 왜구의 침입을 당했다. 1531년 다시 승진되어 형조참판·형조판서·충청도관찰사·한성부판윤을 지내고, 1533년 지중추부사에 올라 進賀使로 명나라에 다녀왔다. 1537년 병조판서·이조판서를 거쳐 右贊成이 되어 兩館大提學을 역임, 이듬해에는 星州의 史庫가 불타자 왕명으로 春秋館의 實錄을 등사해서 봉안했다. 1545년 인종이 즉위하자 大尹인 尹任 일파의 탄핵을 받고 사직했으며, 을사사화로 윤임 등이 제거된 후 다시 기용되어 좌찬성을 지내다가 사직하고 益山에 은거했다.

3 尙眞(상진) : 蘇尙眞(1548~1592). 본관은 晉州, 자는 實甫, 호는 書庵. 옥연호 만호 蘇珪의 장남이다. 부인은 南平文氏 文準의 딸이다. 1590년 司宰監 主簿를 지냈다. 1592년 임진왜란이 일어나자 全州에서 金誠一을 만나 의병을 모집한 후, 영남에 갔다가 眞寶군수 任啓英의 휘하에서 別將이 되어 항시 紅衣를 입고 선두에서 돌격하여 적을 무찌르다가 星州 싸움에서 의병 수백 명으로 수천 명의 왜적과 분전 끝에 순절하였다. 이에 대해서는 『호남의록·삼원기사』(신해진 역주, 안방준 편찬, 역락, 2013)의 40~43면에 자세히 수록되어 있다.

孝友卓異，律身以度，經學敦博，識見高明。嘗遊先生門庭，涵泳薰炙，頗有德望。當丙子板蕩之世，直赴義旅，至礪山而旋歸。築一堂於小溪之上，與同志飮詠自適，遁世而終。後裔洙七·龍述。

주부 오견철
主簿 吳堅鐵
(생몰년 미상)

영할(英䂞)로 개명하였고, 본관은 보성(寶城)이다. 개국공신(開國公臣) 오몽을(吳蒙乙)의 8세손이고, 현감 오영화(吳永和)의 6세손이다. 불의를 참지 못하며 지혜롭고 용맹스러워 세상 사람들로부터 추앙을 받았다. 병자호란을 당하여 무릎을 치며 의병을 일으켜서 자신의 몸을 잊고 국란에 달려갔다. 후손으로는 오수춘(吳壽春), 오수천(吳壽天), 오수해(吳壽海)가 있다.

主簿吳堅鐵, 改名英䂞, 寶城人。開國公臣蒙乙八世孫, 縣監永和[1]六世孫。慷慨智勇, 爲世所推。①當丙子, 擊節奮義, 忘身赴亂。②有孫壽春·壽天·壽海。

• 중간본의 변개

① 當丙子 ⇒ 생략

② 有孫壽春·壽天·壽海 ⇒ 後孫明和·潤基·相七

---

1 永和(영화) : 吳永和. 『보성오씨 족보』(1990)에 의하면, 吳蒙乙 후손 중에 '永和'라는 이름자가 있지 않다. 현재로서는 확인할 수가 없다.

윤구
尹球
(생몰년 미상)

자는 구지(球之), 본관은 평해(平海 : 해평의 오기)이다. 우의정 영의공(英毅公) 윤석(尹碩)의 10세손이고, 기묘명현(己卯名賢) 판서(判書) 윤은필(尹殷弼)의 증손이다. 병자호란이 닥치자 의병을 모집하여 군진에 달려갔으나 화의가 이루어지자 고향으로 돌아왔다. 후손으로는 윤경원(尹景源), 윤도원(尹道源)이 있다.

①尹球[1], 字球之, 平海人。右揆[2]英毅公碩[3]十世孫, 己卯名賢判書殷弼[4]曾孫。至丙子, ②募義赴陣, 和成而退。③有孫景源·道源。

---

1 尹球(윤구) : 증조부 尹殷弼은 외아들이 있었으니 바로 尹弘彦이다. 조부 윤홍언과 조모 全州李氏 長臨守 李舜民의 딸은 네 아들 尹承慶(1523~1583), 尹承吉(1540~1616), 尹承緖(1544~1602), 尹承勳(1549~1611)을 두었으나, 윤승경과 윤승서는 절손된 듯하다. 윤승길은 아들로 尹𤧚(1568~1624), 尹璾, 尹瑂, 尹璥, 尹瓛(1579~1637)와 軍器寺僉正 李忭과 任城君 李珙에게 시집간 딸 2명이 있었고, 윤승훈은 尹珙(1574~1617), 尹璛(1581~?), 백강 李敬輿와 생원 許國에게 시집간 딸 2명이 있었다. 이렇게 되면 윤구가 누구인지 확인할 수가 없다. 다만, 윤승훈이 측실에서 낳은 아들 尹珩이 있었다.

2 右揆(우규) : 우의정.

3 碩(석) : 尹碩(?~1348). 본관은 海平. 아버지는 副知密直司事 尹萬庇이다. 충선왕 때 별장이 되었는데, 충숙왕이 세자로 있을 때부터 총애를 받았다. 1324년 評理에 오르고, 1326년 원나라가 고려를 없애고 省으로 만들려는 책동을 저지한 공로로 1등 공신에 책봉되었다. 이듬해 왕의 禪位 기도를 제지한 뒤 僉議政丞으로 다시 1등 공신에 올랐다. 1328년 海平府院君에 봉해졌다.

4 殷弼(은필) : 尹殷弼(생몰년 미상). 본관은 海平, 자는 商老. 증조부는 수원부사 尹處誠, 조부는 승문원참교 尹洒, 아버지는 첨정 尹萱이다. 어머니는 현감 金模의 딸이다. 형은 靖成公 尹殷輔이다. 1504년 문과에 장원으로 급제하고 부교리, 장령, 부응교 등을 거쳐 1517년 대사간이 되었다. 이듬해 직제학을 거쳐 1519년 예조참의·승지가 되었다. 이때 기묘사화가 일어나 趙光祖 등이 죽음을 당하게 되자 그를 옹호하였다. 1522년 첨지중추부사

• 중간본의 변개

① 尹球 ⇒ 士人尹球

② 募義赴陣, 和成而退 ⇒ 募義赴先生幕下

③ 有孫 ⇒ 後裔

를, 이듬해 황해도관찰사를, 1527년에는 충청도관찰사를 역임하였다. 1530년 도승지, 부제학 등을 역임하였으며, 1532년 동지중추부사로서 冬至使가 되어 명나라에 다녀오고 다음해 대사성을 거쳐 경상도관찰사가 되었다. 벼슬은 이조참판에 이르렀다.

송홍선
宋弘善
(1587~1649)

역주자 주 : 원문에는 아무런 기록 없이 빈 여백 상태임.

• 중간본의 변개

삽입 ⇒ 士人宋弘善[1], 改名弘賢, 字善夫, 礪山[2]人。忠剛公侃[3]六世孫, 忠襄公純禮[4]孫, 察訪宇祥[5]子。膂力超人, 氣節卓犖。事親至孝, 爲國盡忠。從先生擧義。

---

1 宋弘善(송홍선, 1587~1649) : 본관은 礪山, 자는 善夫. 이름을 弘賢으로 고쳤다. 부인은 幸州奇氏이다. 1587년 무과에 급제하고 訓鍊院 僉正을 지냈다.

2 礪山(여산) : 지금의 전라북도 익산.

3 侃(간) : 宋侃(생몰년 미상). 본관은 礪山, 호는 西齋. 조부는 고려 중랑장 宋仁忠이다. 세종·문종·단종의 3조를 섬겨 벼슬이 嘉善大夫로서 형조참판에 이르렀다. 1455년 왕명으로 남방을 순시하고 돌아오려는데, 단종이 영월로 쫓겨 갔다는 소식을 듣고 즉시 영월에 가서 복명하고, 고향 여산으로 돌아가 두문불출하다가 단종이 죽었다는 소식을 듣자 鷄龍山에 들어가 3년상을 마치고, 興陽(지금의 고흥) 馬輪村 山亭에 숨어 지냈다. 1793년에 忠剛이라는 시호가 내려졌다.

4 純禮(순례) : 宋純禮(1528~1597). 본관은 礪山, 자는 文伯. 증조부는 宋侃의 둘째아들 宋仲儒, 조부는 송중유의 장남 宋思平, 아버지는 송사평의 장남 宋玉孫이다. 1566년 무과에 급제하였고, 1583년 阿山鎭을 지킬 때 여진인이 쳐들어오자 이를 격퇴하여 동방의 飛將軍이라 불렸다. 같은 해 尼湯介의 침입을 물리쳐 그 공으로 선조로부터 岳飛(중국 남송의 충신)의 《精忠錄》을 하사받고 이산군수가 되었다. 1588년 탐오하다 하여 군수직에서 파직되었으나, 그 뒤 다시 제주목사·전라도방어사 등을 지냈다. 興陽(지금의 高興)의 世忠祠에 제향되고 병조판서에 추증되었다. 시호는 忠襄이다.

5 宇祥(우상) : 宋宇祥(?~1620). 본관은 礪山, 자는 太虛. 宋純禮의 둘째아들이다. 부인은 光山金氏 金沉의 딸이고, 金錫伯의 손녀다. 省峴道察訪을 지냈다. 형제는 宋天祥, 宋宙祥, 宋慶麟, 宋得麟이다.

장운식
張雲軾
(생몰년 미상)

자는 공식(公式), 본관은 흥덕(興德)이다. 통훈대부(通訓大夫) 선공감정(繕工監正) 태종조 예장(太宗朝禮葬) 초곡공(楚谷公) 장합(張合)의 7세손이고, 참봉 장위(張偉)의 증손이다. 성품이 지극히 효성스러웠다. 힘써 배우고도 과거에 응시하지 않았는데 여묘살이를 끝내지 못했기 때문이었으니, 고을사람들은 효자라고 일컬었다. 후손으로는 장두극(張斗極), 장석희(張錫禧)가 있다.

①張雲軾, 字公式, 興德人。通訓大夫繕工監正太宗朝禮葬②號楚谷合[1]之七世孫, ③參奉偉[2]之曾孫。④性至孝。力學不赴擧業, 廬墓不以終, 鄕人以孝稱。⑤ ⑥有孫斗極·錫禧。

• 중간본의 변개

① 張雲軾 ⇒ 士人張雲軾

② 號楚谷 ⇒ 號芝谷

③ 參奉偉之曾孫 ⇒ 參奉偉玄孫, 贈參判以武[3]曾孫, 奉事天翰[4]子

---

1 合(합) : 張合(생몰년 미상). 본관은 興德, 호는 楚谷. 아버지는 靈光郡事 張軒이다. 문과에 급제한 후 繕工監役 등을 지냈다. 太宗의 총애를 받아 함께 자주 술을 마셨는데, 하루는 소주를 과음하여 궁궐에서 죽으니 왕이 측은히 여겨 禮葬을 명하여 그의 죽음을 안타깝게 여겼다고 한다.

2 偉(위) : 張偉(1488~1551). 본관은 興德, 자는 德成, 호는 東菴.

3 以武(이무) : 張以武(1524~?). 본관은 興德, 자는 德中. 張偉의 둘째아들이다.

4 天翰(천한) : 張天翰(생몰년 미상). 본관은 興德, 자는 翰之. 張綺의 둘째아들이다.

④ 性至孝。力學不赴擧業, 廬墓不以終, 鄕人以孝稱 ⇒ 氣貌魁偉, 智勇過人, 平居韜晦, 未嘗自矜

⑤ 추가 ⇒ 丙子, 奮袂勇赴, 與先生共議兵事, 募士兵, 出家僮, 以助軍聲, 和成痛哭而歸

⑥ 有孫斗極·錫禧 ⇒ 後裔守豐·守曄·守範

심항수
沈恒壽
(1596~1657)

자는 자구(子久), 본관은 청송(青松)이다. 좌의정(左議政) 청성백(青城伯) 정안공(定安公) 심덕부(沈德符)의 9세손이고, 정랑(正郎) 심구(沈溝)의 7세손이다. 처음으로 보성에 살았다. 불의를 참지 못하고 절개가 많아 충의(忠義)를 자부하였다. 안방준 선생을 좇아 의병을 일으켰지만 화의가 이루어지자 고향으로 돌아왔다. 문을 닫아걸고 스스로 지조를 지켰다. 후손으로는 심정윤(沈廷尹), 심사중(沈師中)이 있다.

①沈恒壽, 字子久, 青松人。②左議政青城伯定安公德符[1]九世孫, 正郎溝[2]之七世孫。③始居寶城。④慷慨多節, 忠義自許。⑤從安先生起義旅, 媾成而退。杜門自守。⑥有孫廷尹·師中。

• 중간본의 변개

① 沈恒壽 ⇒ 士人沈恒壽

---

1 德符(덕부) : 沈德符(1328~1401). 본관은 青松, 자는 得之, 호는 蘆堂·虛堂. 沈洪孚(생몰년 미상)의 증손. 고려 우왕 때인 1385년 門下贊成事로서 北青에 침략한 왜구를 평정하고, 같은 해 겨울 賀正使로서 명나라를 다녀온 후 青城府院君에 봉해졌다. 공양왕 때에는 중흥 9공신의 한 명으로 門下左侍中이 되어 青城郡忠義伯에 봉해져서 후손들이 본관을 青城(청송)으로 하였다. 그 뒤 이성계를 도와 1392년 조선 건국 때 공을 세우고 青城伯에 봉해졌으며, 판문하부사, 領三司事를 지내고, 정종 즉위년에 문하부 좌정승을 지냈다.

2 溝(구) : 沈溝(1394~1493). 본관은 青松, 자는 湑叟, 호는 面巖亭. 조부는 심덕부, 아버지는 의금부판사 沈義龜이다. 부인은 全義李氏 李瀅의 딸이다. 아들은 沈由訥·沈由剛이다. 工曹·禮曹·吏曹의 좌랑을 지냈으며, 成昌·鴻山·洪川·泰仁 등의 수령을 지냈다. 단종이 遜位했다는 소식을 듣고서는 桂舫山 속에 은둔하면서 세조가 불러도 나아가지 않았다.

② 左議政靑城伯定安公德符九世孫, 正郞溝之七世孫 ⇒ 靑城伯左議政定安公德符後, 僉正喜淑[3]孫, 直長濟[4]子

③ 始居寶城 ⇒ 생략

④ 慷慨多節, 忠義自許 ⇒ 學行篤實, 慷慨多志節

⑤ 從安先生起義旅, 媾成而退。杜門自守 ⇒ 丙子, 從先生擧義

⑥ 有孫廷尹·師中 ⇒ 後孫東臣·東燁

---

3 喜淑(희숙) : 沈喜淑(1540~?). 본관은 靑松, 자는 希遠, 호는 鶴峯. 1562년 무과에 급제하여, 五衛司勇, 訓鍊院奉事, 軍器寺判官을 거쳐 尙衣院僉正에 이르렀다. 임진왜란 때 竹川 朴光前을 따라 의병을 일으켰고, 霽峯 高敬命의 義幕으로 군량미를 보냈다.

4 濟(제) : 沈濟. 沈仁濟(1568~1639)의 오기. 본관은 靑松, 자는 濟夫, 호는 雪山. 아버지는 沈喜淑, 어머니는 密陽孫氏이다. 임진왜란 때 어가를 따라 의주에 이르러서 兵糧을 조달하고 공급하였다. 난리가 끝나고 우의정 沈喜壽가 병조참의에 천거하였으나 사양하였다.

이경신
李景臣
(1601~1659)

본관은 광주(廣州)이다. 둔촌(遁村 : 이집)의 후손이다. 후손으로는 이상연(李象淵)이 있다.

①李景臣[1], 廣州人。②遁村之後。有孫象淵。

• 중간본의 변개

① 李景臣 ⇒ 士人李景臣
② 遁村之後 ⇒ 遁村集後

1 李景臣(이경신, 1601~1659) : 증조부는 李秀莞, 조부는 이수관의 셋째아들 李惟蕃, 아버지는 이유번의 셋째아들 李命男이다. 이명남의 둘째아들이다. 李沃臣의 동생이고, 李哲臣의 형이다.

김정일

金挺一

(생몰년 미상)

본관은 김해(金海)이다. 성품은 본디 충성스럽고 효성스러웠다. 병자호란 때 의병을 일으키고 마음으로 나라를 위해 죽기로 맹세하였다. 후손으로는 김덕광(金德洸)이 있다.

①金挺一, 金海人。性素忠孝。②丙子赴義, 誓心殉國。③有孫德洸。

• 중간본의 변개

① 金挺一 ⇒ 士人金挺一
② 丙子赴義, 誓心殉國 ⇒ 勇赴先生幕下
③ 有孫德洸 ⇒ 생략

최강
崔崗
(1590~1671)

본관은 해주(海州)이다. 문헌공(文憲公) 최충(崔沖)의 후손이고, 임진(壬辰) 모의장군(募義將軍) 전망공신(戰亡功臣) 증참의(贈參議) 최대성(崔大晟)의 손자이다. 무한한 충성, 지조와 절개는 절로 한 집안의 가풍이 되었다. 병자호란을 당하여 국난에 달려가기로 맹세하고 칼을 잡고서 의병을 일으키니 사람들은 '삼대절의가(三代節義家)'라 일컬었다. 후손으로는 최진권(崔振權), 최신권(崔愼權)이 있다.

①崔崗[1], ②海州人。 ③文憲沖後, 壬辰募義將軍戰亡功臣贈參議大晟[2]之孫。 ④精忠[3]志節, 自成家範。 當丙子, ⑤誓心赴亂, 仗釰從義, 人

---

1 崔崗(최강, 1590~1671) : 본관은 慶州, 자는 汝央, 호는 沙隱. 아버지는 崔大晟의 장남 崔彦立, 어머니는 金海金氏 副司正 金彦良의 딸이다. 원문에는 본관이 착종되어 있다.

2 大晟(대성) : 崔大晟(1553~1598). 본관은 慶州, 자는 大洋. 조부는 都事 崔繼田, 아버지는 僉正 崔漢孫이다. 모친은 廣州李氏 李有廷의 딸이다. 첫째부인은 珍原朴氏 군수 朴而誠의 딸이고 진사 朴胤原의 손녀이다. 둘째부인은 光山金氏 玉産察訪 金玧의 딸이다. 1585년에 무과에 급제하였다. 그 뒤 여러 차례 벼슬을 거쳐 訓鍊院正이 되었다. 1592년 임진왜란이 일어나자, 훈련원정의 신분으로 충무공 이순신을 따라 捍後將이 되어 거제·옥포·한산·합포·마산포·가덕도·당항포·웅포의 해전 등 남해 여러 전투에서 뛰어난 전공을 세웠다. 그 뒤 1597년 정유재란 때 조선의 관군마저도 무너진 상태에서 의병을 결성하기 위해 아들 崔彦立·崔厚立 및 집안 노비들까지 동원하여 의병 수천여 명을 모아 募義將軍이란 旗幟를 달고 의병장으로 나섰다. 특히 순천·광양·고흥·보성 등 20여 곳에서 宋大立·全方朔·金德邦·黃元福 등과 함께 크고 작은 전투에서 전공을 세우고 백성들을 구출하였다. 그러나 다음 해 6월 전라남도 보성의 鴈峙戰鬪에서 적을 추적하던 중 적의 유탄을 맞아 전사하였다. 1646년 11월에 호남 당대의 거유인 은봉 안방준을 소두로 한 上書가 올라갔다. 이후 여러 차례에 걸쳐 공의 충절에 대하여 벼슬을 더하고 정려를 세워야 한다는 사림의 청원이 이어졌다. 그러기를 백여 년, 1752년 4월에 들어 주장이 받아들여지고 '통

稱三代節義家。⑥有孫振權·愼權。

• 중간본의 변개

① 崔崗 ⇒ 士人崔崗
② 海州人 ⇒ 字君尖，慶州人
③ 文憲冲後，壬辰募義將軍戰亡功臣贈參議大晟之孫 ⇒ 壬辰募義將軍戰亡功臣贈參議大晟孫
④ 精忠 ⇒ 貞忠
⑤ 誓心赴亂，仗釰從義 ⇒ 與從兄峴，誓心赴亂
⑥ 有孫振權·愼權 ⇒ 後裔興鳳

정대부 형조참의'로 증직하는 교지가 내려졌다. 그리고 旌忠祠에 배향하였다.
3 精忠(정충) : 자기를 돌보지 않는 순수한 충성.

임진걸
任震傑
(생몰년 미상)

역주자 주 : 원문에는 아무런 기록 없이 빈 여백 상태임.

선초문*
宣超文
(생몰년 미상)

역주자 주 : 원문에는 아무런 기록 없이 빈 여백 상태임.

* 宣超文(선초문, 생몰년 미상) : 증조부는 宣邦憲, 조부는 선방헌의 둘째아들 宣廷敏, 아버지는 宣俊南임.

정두명
鄭斗明
(1601~1656)

역주자 주 : 원문에는 아무런 기록 없이 빈 여백 상태임.

• 중간본의 변개

삽입 ⇒ 士人鄭斗明[1], 改名奎明, 字聚元, 河東人。吏曹判書文景公招[2]六世孫, 河原君文節公守忠[3]五世孫[4], 進士號蘭谷佶[5]子。蘭谷時以山陽五現

---

1 鄭斗明(정두명) : 鄭奎明(1601~1656). 부인은 光山金氏 金西潤의 딸이다.

2 招(초) : 鄭招(?~1434). 본관은 河東, 자는 悅之, 鄭熙의 둘째아들이다. 鄭夢周의 문인이다. 1405년 문과에 급제하여 檢閱이 되고, 1407년 문과중시에 합격하여 左正言이 되었다. 공조참의·예조참의·左右代言 등을 지낸 뒤 함길도관찰사로 나갔다가 돌아와 여러 관직을 두루 역임하고 이조판서·대제학을 지냈다. 세종 초의 과학사업에 중요한 소임을 맡아 鄭麟趾·鄭欽之와 함께 大統通軌를 연구, 《七政算內篇》을 편찬하고, 簡儀臺를 제작, 설치하는 일을 관장하였다. 그밖에도 왕명에 의하여 《農事直說》·《會禮文武樂章》·《삼강행실도》 등을 편찬하였다. 시호는 文景이다. 정수충의 백부인데, 원문에는 착종되어 있다.

3 守忠(수충) : 鄭守忠(1401~1469). 본관은 河東, 자는 敬夫. 증조부는 鄭台輔, 조부는 鄭熙, 아버지는 정희의 셋째아들 감찰 鄭提이다. 鄭招의 조카이다. 어머니는 光州金氏 관찰사 金若采의 딸이다. 부인은 礪興閔氏이다. 1453년 行司勇으로서 수양대군이 단종의 보좌세력인 皇甫仁·金宗瑞 등 원로대신을 살해, 제거하는 데 가담하여 6품직에서 4품직으로 승진되고, 1455년 세조의 즉위를 도운 공으로 佐翼功臣 3등에 책록되었다. 이듬해 성균관 사성이 되고, 1457년 집현전직제학으로 승진, 河原君에 봉하여졌다. 1457년 첨지중추원사가 되고 崇政大夫에 승진하였고, 奉朝賀가 되었다. 시호는 文節이다.

4 五世孫(오세손) : 하동정씨 시조 鄭道正 → 鄭石崇 → 3자 鄭得甲 → 鄭膺 → 鄭晟 → 鄭檠 → 鄭承慶 → 鄭台輔 → 鄭熙 → (1자 鄭抱·3자 鄭提) 2자 鄭招 → 鄭守忠으로 이어짐. 鄭守忠 → 8자 鄭稅 → 鄭光治 → 鄭璜 → 2자 鄭惟一 → 鄭佶 → 鄭斗明을 가리키는데, 원문의 계대가 착종되어 있다. 참고로 이 문헌의 다른 하동정씨 계통은 鄭道正 → 鄭石崇 → 鄭卓甲 → 鄭義均 → 鄭廷叙 → 鄭國龍 → 鄭芝衍 → 鄭翊 → 3자 鄭乙珍 → 鄭賢佑 → 鄭仁貴 → 鄭由周 → 2자 鄭之英 → 鄭汝諧이다.

5 佶(길) : 鄭佶(1566~1619). 본관은 河東, 자는 子正, 호는 蘭谷. 아버지는 첨지중추부사

之首，當壬辰亂，從竹川先生光前·金綾城益福[6]，任眞寶啓英[7]，倡募義旅，公陪親隨之。其後丙子亂，克承家訓，從先生擧義，以爲勤王之行，至礪山，聞和媾，慷慨太息曰："君父一體，忠孝一般，主辱不救，何以爲人?" 因流涕而還。後孫東馨·東九·顯默·在琪

鄭惟一(1525~?), 어머니는 竹山安氏 安秀嶔의 딸이다. 朴光前의 문하에서 수학하였다. 1589년 李珥·成渾·朴淳 등을 탄핵하는 時論이 일어나자 이에 실망하여 벼슬에 나아갈 것을 체념하고 학문에만 전념하였다. 1592년 임진왜란 때에는 스승인 박광전과 의병을 일으켜 여러 곳에서 적과 싸워 전공을 세웠고, 전쟁이 끝난 뒤에는 여러 뜻있는 선비들과 함께 경전 수백 부를 간행하여 士習의 진작에 힘썼다. 1606년 생원시에 합격하여 太學에 들어갔으며, 1611년 鄭仁弘이 李彦迪과 李滉의 문묘종사를 논핵하자 태학생인 李楘·吳竱 등 200여 명과 함께 상소를 올려 정인홍을 배척하는 데 앞장섰으며, 이로 인하여 금고에 처하는 형을 받았다가 安邦俊 등의 도움으로 풀려났다. 그 뒤 龍山書院의 창건에 힘썼고, 박광전의 사적인 〈竹川事實〉을 지었다.

6 益福(익복) : 金益福(1551~?). 본관은 扶安, 자는 季膺. 증조부는 金後孫, 조부는 金錫良, 아버지는 찰방 金光이다. 1573년 진사가 되고 1580년 별시문과에 급제, 도사·군수를 역임하였다. 1592년 임진왜란이 일어나자 영광군수로 현감 任啓英과 함께 인근의 여러 고을에 격문을 돌려 의병을 모아 여러 차례 전공을 세우고 결국 군중에서 전사하였다. 어려서는 盧禛으로부터 학문을 익혔다.

7 啓英(계영) : 任啓英(1528~1597). 본관은 長興, 자는 弘甫, 호는 三島. 1576년 별시문과에 급제하여 진보현감을 지냈다. 임진왜란 때 전 현감 朴光前, 능성현령 金益福, 진사 文緯世 등과 보성에서 의병을 일으켰다. 당시 와병 중이던 박광전 대신 의병장으로 추대되고, 순천에 이르러 張潤을 부장으로 삼았다. 다시 남원에 이르기까지 1,000여 명을 모집하여 전라좌도 의병장이 되었다. 전라우도 의병장 崔慶會와 함께 장수·거창·합천·성주·개령 등지에서 일본군을 무찔렀다. 1593년 제2차진주성싸움에 그는 부장 장윤에게 정예군 300명을 이끌고 먼저 성에 들어가게 하고, 자신은 밖에서 곡식과 무기를 조달하다가 적이 이미 성을 포위하였으므로 성에 들어가지 못하였다. 성의 함락과 함께 장윤은 전사하였는데, 그는 함께 죽지 못한 것을 종신토록 한스럽게 생각하였다. 선조가 환도한 뒤에 양주·정주·해주·순창 등지의 목사를 역임하였다.

김시중
金時中
(생몰년 미상)

역주자 주 : 원문에는 아무런 기록 없이 빈 여백 상태임.

송욱
宋頊
(생몰년 미상)

역주자 주 : 원문에는 아무런 기록 없이 빈 여백 상태임.

• **중간본의 변개**

삽입 ⇒ 士人宋頊[1], 礪山人。忠剛公侃六代孫[2], 雲起[3]子。勇赴先生義。

---

1 宋頊(송욱, 생몰년 미상) : 본관은 礪山. 증조부는 宋貞禮의 둘째아들 宋持衡, 조부는 송지형의 장남 宋逕, 아버지는 송경의 둘째아들 宋雲起이다.

2 六代孫(육대손) : 宋侃은 礪山宋氏 11세이고 宋頊이 18세이므로 7세손이라야 함.

3 雲起(운기) : 宋雲起(1576~?). 본관은 礪山. 1594년 과거에 급제하여 訓鍊院 主簿를 지냈다. 정유재란 때 이순신 막하에 들어가 한산, 노량 등의 전투에서 전공을 세웠다.

김의정
金義精
(생몰년 미상)

후손으로 김경창(金慶昌)이 있다.

有孫慶昌。

• 중간본의 변개

삽입 ⇒ 士人金義精[1], 字君執, 光山人。文正公台鉉後, 壬辰殉節功臣大民[2]子。不勝家國之讎, 忘身赴亂。

---

1 金義精(김의정, 생몰년 미상) : 본관은 光山, 자는 君集. 고조부는 金琩, 증조부는 김창의 다섯째아들 金錫男, 조부는 김석남의 장남 金洙, 아버지는 김수의 장남 金信民이다. 김신민의 장남이다. 어머니는 南平文氏 文山龜의 딸이다. 부인은 淳昌趙氏 趙雲龍의 딸이다.

2 大民(대민) : 金大民. 『光山金氏 議郎公派譜』에는 金信民으로 되어 있고, 김신민은 임진왜란 때 종형 김대민과 함께 진주싸움에서 순절한 것으로 되어 있다.

김여기
金汝奇
(생몰년 미상)

역주자 주 : 원문에는 아무런 기록 없이 빈 여백 상태임.

김정망
金廷望
(생몰년 미상)

역주자 주 : 원문에는 아무런 기록 없이 빈 여백 상태임.

• **중간본의 변개**

삽입 ⇒ 士人金廷望[1], 光山人。與從叔得善, 募義赴亂。

1 金廷望(김정망, 생몰년 미상) : 본관은 光山, 자는 鍊之. 증조부는 金浣, 조부는 김완의 장남 金義男, 아버지는 김의남의 金轍이다. 어머니는 礪山宋氏 宋弘源의 딸이다. 『光山金氏 議郞公派譜』에는 종형 金就砥와 함께 병자호란 때 의병을 일으켰던 것으로 되어 있다.

한종임
韓宗任
(1592~1654)

역주자 주 : 원문에는 아무런 기록 없이 빈 여백 상태임.

- 중간본의 변개

삽입 ⇒ 士人韓宗任[1], 字伊伯, 號松塢, 淸州人。府院君伯倫[2]後, 進士應昌[3]子。天姿峻整, 氣節豪邁。丙子, 與弟得洪, 勇赴先生義幕, 多晝軍務。

---

1 韓宗任(한종임, 1592~1654) : 청주한씨 23세. 증조부는 韓希望, 증조모는 珍原朴氏 朴胤原의 딸이다. 조부는 韓亨壽, 조모는 安東金氏 金胖의 딸이다. 아버지는 韓應昌이다. 부인은 平康蔡氏 蔡藏의 딸이다. 竹山 安命吉이 행장을 지었다. 韓翊→韓承愈→2자 韓汝舜→5자 韓希望으로 이어진다.

2 伯倫(백윤) : 韓伯倫(1427~1474). 본관은 淸州, 자는 子厚, 호는 毅菴. 아버지는 관찰사 韓昌이다. 睿宗의 繼妃 安順王后가 그의 딸이다. 蔭補로 司醞直長이 되고, 1463년 司饔別坐로 있을 때 장녀가 세자궁의 昭訓으로 선발됨으로써 1466년 儀賓府都事에 발탁되었고, 1468년 공조정랑에 승진하였다. 1468년(예종 즉위년) 10월 소훈이 왕후로 책봉됨에 따라 輔國崇祿大夫로 淸川君에 봉하여지고, 같은 해 南怡의 옥사를 다스린 공으로 翊戴功臣 3등에 책록되었다. 1469년 오위도총부도총관을 역임하고, 품계가 大匡輔國崇祿大夫에 올랐다. 1470년 우의정에 승진, 이듬해 성종의 즉위를 도운 공으로 佐理功臣 2등에 책록되었다. 이어 淸川府院君에 진봉되었다.

3 應昌(응창) : 韓應昌(1562~1619). 본관은 淸州, 자는 文友, 호는 文軒. 첫째부인은 南平文氏 文山龍의 딸, 둘째부인은 漆原尹氏 尹澮의 딸, 셋째부인은 濟州梁氏 梁希傑의 딸이다. 副正을 지냈다.

장후량

張後良

(생몰년 미상)

역주자 주 : 원문에는 아무런 기록 없이 빈 여백 상태임.

임광적

任匡廸

(생몰년 미상)

역주자 주 : 원문에는 아무런 기록 없이 빈 여백 상태임.

김순
金舜
(생몰년 미상)

역주자 주 : 원문에는 아무런 기록 없이 빈 여백 상태임.

황수남
黃秀男
(생몰년 미상)

역주자 주 : 원문에는 아무런 기록 없이 빈 여백 상태임.

• 중간본의 변개

삽입 ⇒ 士人黃秀男, 長水人。翼成公喜後。狀貌俊偉, 膂力有拔山之氣。奮赴先生義旅, 誓心殉國。

조
曺
(생몰년 미상)

역주자 주 : 이름도 없이 성(姓)만 쓰여 있고, 원문에는 아무런 기록 없이 빈 여백 상태임.

김업
金業
(생몰년 미상)

역주자 주 : 원문에는 아무런 기록 없이 빈 여백 상태임.

보성지역 등재인물의 출입 비교

초간본		중간본	
1	안후지安厚之	1	안후지安厚之
2	박춘장朴春長	2	박춘장朴春長
3	이원신李元臣(무사실)	3	안신지安愼之
4	이민신李敏臣(무사실)	4	조홍국趙弘國
5	조홍국趙弘國	5	이원신李元臣
6	박유충朴惟忠	6	김선金銑
7	김선金銑	7	이무신李懋臣
8	이무신李懋	8	박유충朴惟忠
9	박희망朴喜望	9	박희망朴喜望
10	박시형朴時炯	10	박시형朴時炯
11	박진흥朴震興(改名震豪)	11	박진흥朴震興(改名震豪)
12	김치서金治西	12	김치서金治西
13	이장원李章遠	13	이장원李章遠
14	박유제朴惟悌	14	박유제朴惟悌
15	임시윤任時尹	15	임시윤任時尹
16	박진형朴震亨	16	박진형朴震亨
17	안심지安審之	17	안심지安審之
18	이시원李時遠	18	이시원李時遠
19	선영길宣英吉	19	선영길宣英吉
20	정영철鄭英哲	20	정영철鄭英哲
21	정철종鄭哲宗	21	정기종鄭起宗(改名哲宗)
22	한경복韓景福(무사실)	22	조순필趙舜弼
23	조순립趙舜立(무사실)	23	조순립趙舜立
24	조흥국趙興國(무사실)	24	조흥국趙興國
25	조창국趙昌國(무사실)	25	조창국趙昌國

26	안휘지安徽之(무사실)	26	선시한宣時翰
27	조순필趙舜弼	27	정영신鄭英信
28	선시한宣時翰	28	전희계田熙啓
29	정영신鄭英信	29	선춘난宣春蘭
30	전희운田熙運	30	김종혁金宗赫
31	선춘난宣春蘭	31	김종간金宗幹
32	김종혁金宗赫	32	김극성金克成
33	득홍韓得弘(무사실)	33	제경창諸慶昌
34	김종간金宗幹(무사실)	34	문희순文希舜
35	문진발文震發(무사실)	35	문진발文震發
36	김극성金克成(무사실)	36	조정형趙廷亨
37	제경창諸慶昌	37	조정현趙廷顯
38	문희순文希舜	38	선태안宣泰安
39	조정형趙廷亨	39	염득순廉得淳
40	조정현趙廷顯	40	채입협蔡立協
41	조흥국趙興國	41	채명헌蔡明憲
42	선태안宣泰安	42	채명익蔡明翼
43	염득순廉得淳	43	최강崔崗
44	채입협蔡立協	44	황유중黃有中
45	채명헌蔡明憲	45	황석준黃錫俊
46	송결宋駃	46	안일지安逸之
47	채명익蔡明翼	47	이성신李誠臣
48	황유중黃有中	48	이철신李哲臣
49	이시李時(무사실)	49	최현崔峴
50	강응姜應(무사실)	50	이옥신李沃臣
51	안일지安逸之	51	황득영黃得榮
52	이성신李誠臣	52	황시민黃時敏
53	이철신李哲臣	53	김종원金宗遠

54	최현崔峴(무사실)	54	박안인朴安仁
55	강후상姜後尙(무사실)	55	손각孫珏
56	이옥신李沃臣	56	김취인金就仁
57	임경설任景卨(무사실)	57	김근인金近仁
58	선홍주宣弘宙(무사실)	58	임대유任大有
59	황득영黃得榮(무사실)	59	박인강朴仁綱
60	황시민黃時敏	60	김종기金宗起
61	김종원金宗遠	61	손후윤孫後胤
62	박안인朴安仁	62	최계헌崔繼憲
63	손각孫珏	63	오견철吳堅鐵
64	오명발吳命發(무사실)	64	정두명鄭斗明
65	오철吳哲(무사실)	65	손수헌孫守憲
66	김취인金就仁	66	김여련金汝璉
67	김근인金近仁	67	송홍선(송홍현)宋弘善
68	임대유任大有	68	이경신李景臣
69	임경설任景說(무사실)	69	김안신金安信
70	박진영朴震英(무사실)	70	손석윤孫錫胤
71	박인강朴仁綱(무사실)	71	박동건朴東建
72	선우해宣羽海(무사실)	72	안휘지安徽之
73	윤흥립尹興立(무사실)	73	김전金銓
74	김종기金宗起(무사실)	74	이강李橿
75	손수헌孫守憲	75	문희경文希慶
76	손후윤孫後胤	76	문시경文時慶
77	김여련金汝璉(무사실)	77	김득선金得善
78	선암철宣巖鐵(무사실)	78	김정망金廷望
79	선만길宣萬吉(무사실)	79	김의정金義精
80	김취지金就砥	80	오중윤吳中尹
81	김기원金基遠(무사실)	81	소호蘇浩

82	김안신金安信	82	김취지金就砥
83	손석윤孫錫胤	83	윤구尹球
84	최사룡崔泗龍(무사실)	84	장운식張雲軾
85	박동건朴東建	85	심항수沈恒壽
86	문존도文存道(무사실)	86	김정일金挺一
87	박동수朴東秀	87	송욱宋頊
88	김전金銓	88	한종임韓宗任
89	이강李橿	89	한득홍韓得洪
90	임망지任望之	90	안감(安崴)
91	문희경文希慶	91	황수남黃秀男
92	문시경文時慶	92	이민신李敏臣
93	김득선金得善	93	선우해宣羽海
94	오중윤吳中尹	94	박동수朴東秀
95	최계헌崔繼憲	95	박영발朴英發
96	소호蘇浩(무사실)	96	선홍주宣弘宙
97	오견철吳堅鐵	97	한경복韓景福(무사실)
98	윤구尹球	98	임경설任景卨(무사실)
99	홍선宋弘善(무사실)	99	강후상姜後尙(무사실)
100	장운식張雲軾	100	오철吳哲(무사실)
101	심항수沈恒壽	101	오명발吳命發(무사실)
102	이경신李景臣	102	임경설任景說(무사실)
103	김정일金挺一	103	박진영朴震英(무사실)
104	최강崔崗	104	윤흥립尹興立(무사실)
105	임진걸任震傑(무사실)	105	선암철宣巖鐵(무사실)
106	선초문宣超文(무사실)	106	선만길宣萬吉(무사실)
107	정두명鄭斗明(무사실)	107	최사룡崔泗龍(무사실)
108	김시중金時中(무사실)	108	임망지任望之(무사실)
109	송욱宋頊(무사실)	109	김기원金基遠(무사실)

110	김의정金義精	110	임진걸任震傑(무사실)
111	김여기金汝奇(무사실)	111	선초문宣超文(무사실)
112	김정망金廷望(무사실)	112	김시중金時中(무사실)
113	한종임韓宗任(무사실)	113	김여기金汝奇(무사실)
114	장후량張後良(무사실)	114	장후량張後良(무사실)
115	임광적任匡廸(무사실)	115	임광적任匡廸(무사실)
116	김순金舜(무사실)	116	김업金業(무사실)
117	황수남黃秀男(무사실)	117	김섬金暹(무사실)
118	조胄(무사실)	118	김점金漸(무사실)
119	김업金業(무사실)	119	김시金時(무사실)
		120	강응姜應(무사실)
		121	김순金舜(무사실)
		122	조胄(무사실)

초간본과 중간본에서 보성지역 등재인물의 출입 양상을 살펴보면, 다음과 같다. 중복된 표제어 인물은 조홍국 1명이다.

초간본에는 등재되지 않았지만 중간본에서 새로이 등재된 인물이 7명인데, 안신지·황석준·안감·박영발 4명은 사실이 있고, 김섬·김점·김시 3명은 사실이 없다. 반면, 초간본에서는 보성지역에 등재되어 있었으나 중간본에서 생략된 인물이 3명인데, 송결·이시·문존도이다. 그런데 송결은 중간본에서 흥양지역으로 옮겨 등재되어 있지만 사실의 내용이 오류가 많으며, 문존도는 능주지역으로 옮겨 등재되어 있다.

초간본에는 사실이 없었지만 중간본에서 보충된 인물은 24명인데, 이원신, 이민신, 조순립, 조홍국, 조창국, 안휘지, 한득홍, 김종간, 문진발, 김극성, 최현, 선홍주, 황득영, 박인강, 선우해, 김종기, 김여련, 소호, 송홍선, 정두명, 송욱, 김정망, 한종임, 황수남 등이다. 반면, 초간본에는 허약할지라도 사실이 있었지만 중간본에서 없어진 인물은 1명으로 임망지이다.

초간본에 사실이 없었는데 중간본에서도 그대로 없는 인물은 22명인데, 한경복, 강응, 강후상, 임경설, 오명발, 오철, 임경설, 박진영, 윤흥립, 선암철, 선말길, 김기원, 최사룡, 임진걸, 선초문, 김시중, 김여기, 장후량, 임광적, 김순, 조, 김업 등이다.

▍능주(綾州)

생원 이위
生員 李韡
(1600~1672)

자는 광보(光甫), 호는 화서옹(華胥翁), 본관은 공주(公州)이다. 만력 경자년(1600)에 태어났다. 공숙공(恭肅公) 이명덕(李明德)의 8세손이고, 증공조참의(贈工曹參議) 이영숙(李靈肅)의 아들이다. 젊어서 은봉(隱峯) 선생의 문하에서 가르침을 받았는데, 선생은 시(詩) 한 구절을 주었으니 곧 "광보는 마음속에 품고 있는 사람."이었다.

병자호란 때 의병을 일으켜 서기(書記)의 직임을 맡았고, 행군하여 오성(烏城 : 전남 화순)에 이르러서는 노래를 지었으니, 곧 "시절이 어찌 이리도 어지러운가? 오랑캐 기병을 바로 무너뜨리라. 백면서생이 충분을 이기지 못하노니, 두어라 칼집속의 삼척검을 시험하리라."였다. 공주(公州)에 이르러 화의가 이루어졌다는 소식을 듣고 고향으로 돌아왔다. 후손으로는 이정후(李政垕), 이택후(李宅垕), 이사눌(李思訥), 이석후(李碩垕)가 있다.

生員李韡[1], 字光甫, ①萬曆庚子[2]生, 公州人, ②號華胥翁。恭肅公明德[3]八世孫, ③贈工曺參議靈肅[4]子。④ ⑤早年摳衣于隱峯[5]先生之門,

---

1 李韡(이위, 1600~1672) : 본관은 公州, 자는 光甫. 유복자로 태어났다. 61세 되던 1660년의 식년시에 급제하였다.

2 萬曆庚子(만력경자) : 宣祖 33년인 1600년.

3 明德(명덕) : 李明德(1373~1444). 본관은 公州, 자는 新之, 호는 沙峰. 조부는 李堣曾,

先生贈詩⑥一句曰:"光甫心中人." ⑦ ⑧丙子擧義, 掌書記之任, 行至烏城[6], 作歌曰:"時節何紛紛, 虜騎正崩騰[7]。白面書生, 不勝忠憤(斗於羅), 匣裡三尺欲試驗." ⑨至公州, 聞和成而退。⑩有孫政垕·宅垕·思訥·碩垕。

• 중간본의 변개

① 萬曆庚子生 ⇒ 생략
② 號華胥翁 ⇒ 號晝悔
③ 贈工曺參議靈肅子 ⇒ 參議靈肅子
④ 추가 ⇒ 以遺服, 未服父喪, 故自號晝悔
⑤ 早年樞衣于隱峯先生之門 ⇒ 早歲受業於先生門
⑥ 一句曰:"光甫心中人." ⇒ 有光甫心中人之句
⑦ 추가 ⇒ 平居與儕友, 語到龍蛇之變, 則大言曰:"晩生之歎, 恨不與金忠勇, 得當一隊." 盖公之氣節過人
⑧ 丙子擧義, 掌書記之任, 行至烏城 ⇒ 當丙子亂, 從先生, 同倡義旅。先生早許公之器量弘遠, 掌以書記, 立馬烏城
⑨ 至公州, 聞和成而退 ⇒ 遂至公州, 聞和成, 不勝忠憤, 痛哭而歸。作奮義錄一篇。絶意擧業, 與天默齋李尙馨, 爲道義之交, 優遊外服。老峯閔

아버지는 李暲이다. 1396년 생원으로 식년문과에 급제하여 예문춘추관에 보직되었으며, 사헌부감찰·사간원우헌납·장령·사인·집의·좌사간대부·형조참의 겸 知都官事 등을 역임하였다. 1415년 承政院同副代言이 되고 좌부대언에 승진하였다. 세종이 즉위하자 이조참판을 거쳐 병조참판으로 전임하였고, 그 뒤 강원도관찰사·예조참판·대사헌·동지총제를 역임하였다. 1430년 공조판서가 되었고, 이듬해 병조판서를 거쳐, 다시 공조판서가 되었다. 1438년 중추원부사로 正朝使가 되어 명나라에 갔다가 이듬해 귀국하였다. 그 뒤 판한성부사·仁順府尹을 지냈다.

4 靈肅(영숙) : 李靈肅(1577~1659). 본관은 公州, 자는 明學, 호는 學堂. 아버지는 李慶雲, 어머니는 慶州金氏 金大器의 딸이다. 부인은 濟州梁氏 梁山秀의 딸이다.

5 隱峯(은봉) : 안방준의 호.

6 烏城(오성) : 전남 화순의 옛 지명.

7 崩騰(붕등) : 무너뜨림.

先生, 按廉本道, 褒公于朝曰 : "忠孝德行, 餘事文章, 自朝家, 給復而止." 尤庵宋先生, 聞公事實, 大加歎尙, 仍作忠孝傳一篇, 棹楔褒贈之。請累發於章甫搢紳之間, 而終未蒙恩, 可勝歎哉。

⑩ 有孫政垕·宅垕·思訥·碩垕 ⇒ 後孫馨文·僖文·文淑·文晧·權茂·雲喜·秉茂·奎采

생원 정염
生員 鄭琰
(1607~1678)

본관은 진주(晉州)이다. 청천군(菁川君) 정을보(鄭乙輔)의 후손이고, 훈련봉사(訓鍊奉事) 정기남(鄭奇男)의 아들이다. 안방준 선생의 문하에서 가르침을 받았다. 문장과 공업(功業)은 사림에게 추앙을 받았다. 병자호란 이후에는 세상일에 뜻을 두지 않고 선생을 모시면서 이름을 숨긴 채 늙어갔다. 후손으로는 정두추(鄭斗樞), 정명흠(鄭命欽)이 있다.

生員鄭琰[1], ①晉州人。菁川君乙輔後, ②訓鍊奉事奇男[2]子。受業于先生門下。③ ④文章德業, 見重士林。⑤丙子以後, 無意世事, 陪先生, 潛名自老。⑥有孫斗樞·命欽。

• 중간본의 변개

① 추가 ⇒ 字季潤, 號淸齋
② 추가 ⇒ 文定公以吾九世孫
③ 추가 ⇒ 志存性理之學, 平生以忠孝, 大節自期
④ 文章德業 ⇒ 文章德望

---

1 鄭琰(정염, 1607~1678) : 본관은 晉州, 자는 季潤, 호는 淸齋·春睡堂. 증조부는 鄭麟孫, 조부는 정인손의 장남 鄭謙, 아버지는 정겸의 둘째아들 鄭奇男이다. 정기남의 셋째아들이다. 1660년 생원이 되었다.

2 奇男(기남) : 鄭奇男(1576~1637). 본관은 晉州, 자는 士秀. 아버지는 참봉 鄭謙이다. 1591년 무과에 급제하고, 훈련원봉사를 지냈다. 임진왜란 때 형 鄭應男과 함께 대가를 龍灣까지 호종하였으며, 1606년에 別試에 합격하여 宣傳官이 되었다. 寶城으로부터 綾州의 草坊으로 移居하였다. 부인은 河東鄭氏 鄭鴻瑞의 딸로 鄭汝諧의 현손녀이다.

⑤ 丙子以後, 無意世事, 陪先生, 潛名自老 ⇒ 當丙子亂, 與從侄三人, 從先生倡起義旅, 到礪山, 聞和成而絶意名利之場。隱居山林, 嘗侍先生, 先生倚胡床, 廣庭無主, 草蕭蕭句, 率口而發, 與公語之, 公退而歎曰 : "此句不尋常, 先生之在世不久." 果翌年先生卒, 同門諸生, 元履一·崔尙虎等, 莫不歎服公之知覺云

⑥ 有孫斗樞·命欽 ⇒ 後孫斗樞·命欽·吾成·禧淳·奎淳

정연
鄭淵
(1612~1645)

역주자 주 : 원문에는 아무런 기록 없이 빈 여백 상태임.

• 중간본의 변개

삽입 ⇒ 士人鄭淵[1], 字士弼, 號雙巖, 河東人。參判仁貴[2]八世孫[3], 持平汝諧[4]五世孫, 鵬游[5]子。自少, 器局雄偉, 性度孝友。當丙子亂, 赴先生義旅, 署爲軍官。公率家僮數十人, 聚兵糧百餘石, 到礪山, 聞和成, 北向痛哭而歸。遂廢擧業, 藏跡山林, 自稱崇禎處士。傍孫在雄。

---

1 鄭淵(정연, 1612~1645) : 부인은 安東權氏 權言三의 딸임.

2 仁貴(인귀) : 鄭仁貴(생몰년 미상). 본관은 河東. 조부는 鄭乙珍, 아버지는 鄭賢佑이다. 고려조에서 神號衛의 保勝 散員을 지내고, 조선조 태종 때에는 原從功臣의 녹훈을 받고 호조참판을 지냈다. 능주에 입향하였다.

3 八世孫(팔세손) : 鄭仁貴 → 鄭由周 → 2자 鄭之英 → 鄭汝諧 → 鄭億齡 → 鄭慶廷 → 鄭鴻瑞 → 4자 鄭鵬游 → 鄭淵을 가리킴.

4 汝諧(여해) : 鄭汝諧(1450~1530). 본관은 河東, 자는 仲和, 遯齋. 증조부는 鄭仁貴, 조부는 鄭由周, 아버지는 정유주의 둘째아들 鄭之英이다. 김종직, 김굉필, 정여창, 남효온 등과 학문을 강마하고 교류하였다. 1480년 진사시에 합격하였고, 孝廉으로 천거되어 1484년 朔州敎授에 제수되었다. 1487년 사헌부지평에 특진되었으나 나아가지 않았다. 1518년 기묘사화가 일어날 때 신원 상소 초고를 만들어 순천의 김굉필 유배지에 가니 만류하자, 문을 닫고 손님을 사절하여 자호를 遯齋라 하였다. 부인은 竹山安氏 安璟의 딸이다.

5 鵬游(붕유) : 鄭鵬游(1566~1635). 본관은 河東, 자는 翔叔. 아버지는 鄭鴻瑞, 어머니는 濟州梁氏이다. 부인은 昌寧曺氏 曺五欽의 딸이다.

구체증
具體曾
(생몰년 미상)

역주자 주 : 원문에는 아무런 기록 없이 빈 여백 상태임.

• 중간본의 변개

삽입 ⇒ 奉事具體曾[1], 綾州人, 平章事存裕[2]後, 兵部侍郎桓[3]八世孫[4], 扈從功臣參奉璋[5]孫, 守門將英武[6]子。公氣宇倜儻, 誠孝卓犖。早遊先生門。當丙子亂, 奮赴義旅, 署主軍官。後孫翼八·鍾安。

---

1 具體曾(구체증, 생몰년 미상) : 본관은 綾城, 자는 敬夫. 具英武의 둘째아들이다. 부인은 光山金氏 金一体의 딸이다.

2 存裕(존유) : 具存裕(생몰년 미상). 능성구씨의 시조. 1224년에 송나라가 몽골에 패망하자 朱熹의 증손이자 新安朱氏의 시조인 淸溪 朱潛이 七學士와 더불어 錦城(나주의 옛 이름)으로 망명해 왔다. 이때 주잠과 같이 망명한 듯 추정하기도 하고, 중국 사료에는 고려인으로 나와 있다. 그 뒤 원나라가 이들 망명객들을 추적하자, 주잠은 具積德으로 이름을 고쳐 綾州(綾城)에 숨어 지냈고, 구존유는 은거하던 주잠의 딸과 혼인하여 능성에 세거하였다. 그리하여 후손들이 능성을 구씨의 貫鄕으로 삼았다고 한다.

3 桓(환) : 具桓(생몰년 미상). 본관은 綾城, 자는 成天, 호는 竹隱. 아버지는 具英良이다. 부인은 昌寧曺氏 曺渭의 딸이다. 고려 말 문과에 급제하여 병부시랑을 지냈고, 조선 개국 후에는 태조의 부름에 응하지 않고 능주로 돌아가 절의를 지켰다.

4 八世孫(팔세손) : 具桓 → 2자　具元富 → 具興仁 → 具沿 → 具德壽 → 具鶴山 → 具璋 → 具英武 → 具體曾을 가리킴.

5 璋(장) : 具璋(생몰년 미상). 본관은 綾城, 아버지는 具鶴山이다. 참봉으로 임진왜란 때 호종하여 宣武願從功臣 3등에 녹훈되었다.

6 英武(영무) : 具英武(생몰년 미상). 본관은 綾城, 자는 仁受. 부인은 豊山洪氏 洪敏彦의 딸이다. 무과에 급제하고, 임진왜란 때 의병을 일으켜 錦山에서 순절하였다.

정문웅
鄭文熊
(1610~1685)

자는 우경(虞卿), 본관은 하동(河東)이다. 경술년(1610)에 태어났다. 삭주교수(朔州敎授) 정여해(鄭汝諧)의 5세손이고, 참봉 정천구(鄭天球)의 손자이며, 생원 정열(鄭悅)의 아들이다. 정열은 《호남모의록》에 기록되었는데, 공도 또 선친의 의열을 이어받아 병자호란 때 충분(忠憤)을 이기지 못하고 의병을 일으켜 달려갔다. 후손으로는 정후동(鄭後東), 정명천(鄭命天), 정명삼(鄭命三)이 있다.

①鄭文熊[1], 字虞卿, ②河東人。③庚戌[2]生。④朔州敎授汝諧五世孫[3], 參奉天球[4]孫, 生員悅[5]之子。⑤生員公, 參於湖南募義錄, ⑥ ⑦公又承襲先烈, 當丙子, 不勝忠憤, 倡義赴旅。⑧有孫後東·命天·命三。

• 중간본의 변개

① 鄭文熊 ⇒ 士人鄭文熊

② 추가 ⇒ 號晦隱

---

1 鄭文熊(정문웅, 1610~1685) : 부인은 珍原朴氏 朴惟忠의 딸임.

2 庚戌(경술) : 光海君 2년인 1610년.

3 五世孫(오세손) : 鄭汝諧 → 2자 鄭箕齡 → 鄭大廷 → 鄭天球 → 3자 鄭悅 → 鄭文熊을 가리킴.

4 天球(천구) : 鄭天球(1540~1593). 부인은 南平文氏 文倬의 딸이다. 참봉, 宣務郎, 內資寺主簿를 지냈다.

5 悅(열) : 鄭悅(1575~1629). 본관은 河東, 자는 懼甫, 호는 慕齋. 부인은 礪興閔氏 閔守範의 딸이다. 金千鎰의 문인이다. 1606년 증광시에 급제하였다.

③ 庚戌生 ⇒ 생략

④ 朔州教授汝諧五世孫, 參奉天球孫, 生員悅之子 ⇒ 文忠公芝衍[6]後, 持平遯齋汝諧五世孫, 參奉天球孫, 壬辰倡義生員悅之子

⑤ 生員公, 參於湖南募義錄 ⇒ 생략

⑥ 추가 ⇒ 天性純孝, 鄕道薦剡, 承襲忠義

⑦ 公又承襲先烈, 當丙子, 不勝忠憤, 倡義赴旅 ⇒ 當丙子亂, 不勝忠憤, 倡起同郡諸義士, 直赴先生幕下, 聞和成, 痛哭而歸

⑧ 有孫後東·命天·命三 ⇒ 後孫後東·命贊·在聲·在錫

6 芝衍(지연) : 鄭芝衍(생몰년 미상). 鄭國龍의 장남이다. 중국어에 능통해 통역관으로 원나라를 왕래하였고, 여러 관직을 거쳐 1279년 左常侍 權授 同知密直司事에 제수되었다. 그 후 1309년 同知密直司事, 1313년 重大匡都僉議贊成事와 判選部事를 배명받았다. 시호는 文忠이다.

송응축
宋應祝
(1594~?)

자는 성여(聖汝), 본관은 여산(礪山)이다. 갑오년(1594)에 태어났다. 정열공(貞烈公) 송송례(宋松禮)의 후손이고, 참봉 송민우(宋敏禹)의 손자이다. 효성과 우애를 실천하고 문무를 익혔는데, 그 성품은 본디 타고났다. 오직 공(公)의 의리는 사건을 기록한 데에 드러나 있다. 후손으로는 송강추(宋岡樞), 송계조(宋啓祚), 송영조(宋英祚), 송은성(宋殷成), 송은형(宋殷衡), 송동룡(宋東龍)이 있다.

①宋應祝，字聖汝，②甲午[1]生，礪山人。貞烈公松禮[2]後，參奉敏禹[3]孫。孝友之行，文武之藝，性素固有。③惟公之義，彰于記事。④有孫岡樞·啓祚·英祚·殷成·殷衡·東龍。

---

1 甲午(갑오) : 宣祖 27년인 1594년.

2 松禮(송례) : 宋松禮(?~1289). 본관은 礪山. 1270년에 直門下省事로서 御史中丞 洪文系와 함께 권신 林惟茂를 죽이고 그 여당인 司空 李應烈과 樞密院副使 宋君斐를 귀양 보내고 書房三番과 造成色을 없애고 王政을 復古시켰다. 뒤이어 上將軍이 되어 세자 王諶(忠烈王)이 몽고에 가자 그를 수행하였다. 1272년 원나라에 가서 전년에 국호를 몽고에서 元으로 고친 것을 축하하였다. 그 해 耽羅의 三別抄를 토벌하기 위하여 군사를 검열하는 한편, 忠淸道指揮使가 되어 군사를 징발하였다. 1273년에 同知樞密院事로 册封使가 되어 원나라에 다녀왔으며, 이듬해 知樞密院事로 일본을 정벌하기 위한 군사를 징발, 보충하는 일을 맡았다. 1274년에 僉征東事가 되어 제1차 일본정벌에 참전하였으며 그 해 宰樞로서 郭子璵와 함께 開剃(몽고풍속인 剃頭辮髮)하는 일에 앞장섰다. 贊成事中贊으로 致仕하였다. 시호는 貞烈이다.

3 敏禹(민우) : 宋敏禹. 『여산송씨대동보』(1989, 회상사)의 32면에 의하면, 宋松禮→宋琰→5자 宋元美→宋珣→7자 宋孝孫→3자 宋季幹→宋周明→宋之賢→宋昌→宋敏禹까지 기록은 있으나 이후의 후손에 대해서 기록이 없다. 송민우의 기록도 이름 석자만 있다.

• 중간본의 변개

① 宋應祝 ⇒ 士人宋應祝

② 甲午生 ⇒ 생략

③ 추가 ⇒ 直赴先生義旅

④ 有孫岡樞·啓祚·英祚·殷成·殷衡·東龍 ⇒ 後裔啓祚·英祚·殷成

문제극
文悌克
(1604~1664)

자는 자공(子恭), 호는 삼우당(三憂堂), 본관은 남평(南平)이다. 만력 갑진년(1604)에 태어났다. 좌사간(左司諫) 충선공(忠宣公) 문익점(文益漸)의 10세손이고, 직장(直長) 문창후(文昌後)의 손자이다. 공(公)은 효성이 독실하였고 의로운 행실이 특출하였다. 은봉(隱峯 : 안방준)의 문하에서 가르침을 받았다. 병자호란 때 의병을 일으켰지만 도중에 의병을 철수하였다. 충의를 떨친 것은 당대 사람들이 칭찬하였다. 후손으로는 문준오(文濬吾), 문처오(文處吾), 문희규(文喜奎)가 있다.

①文悌克[1], 字子恭, 南平人, ②萬曆甲辰[2]生, 號三憂堂。③左司諫忠宣公益漸十世孫, 直長昌後[3]孫。公誠孝篤實, 行義超異。④受業于隱峯門下。⑤丙子, 參起義中, ⑥中道輟兵。忠義所激, 當世稱之。⑦有孫濬吾·處吾·喜奎。

• 중간본의 변개

① 文悌克 ⇒ 士人文悌克
② 萬曆甲辰生 ⇒ 생략

---

1 文悌克(문제극, 1604~1664) : 본관은 南平, 자는 子恭, 호는 花溪·海隱. 증조부는 文士元, 조부는 文昌後, 아버지는 文弘受이다. 어머니는 礪山宋氏 宋晟의 딸로 宋安衡의 손녀이다. 芝菴 문홍수의 둘째아들이다.

2 萬曆甲辰(만력갑진) : 宣祖 37년인 1604년.

3 文昌後(문창후, 생몰년 미상) : 본관은 南平, 자는 大術. 貞武公 文虔의 5세손이다.

③ 左司諫忠宣公益漸十世孫 ⇒ 忠宣公益漸十世孫

④ 受業于隱峯門下 ⇒ 受業先生門庭

⑤ 丙子 ⇒ 當丙子亂

⑥ 中道輟兵 ⇒ 到礪山, 聞和成而歸

⑦ 有孫 ⇒ 後裔

원이일
元履一
(1601~1656)

본관은 원주(原州)이다. 운곡(耘谷) 선생 원천석(元天錫)의 9세손이고, 습독(習讀) 원형연(元瑩然)의 현손이며, 주부(主簿) 원집(元潗)의 아들이다. 공(公)의 품성은 불의를 참지 못하였다. 어려서 아버지를 여의고 어머니를 모심에 효가 지극하였다. 안방준 선생의 문하에 유학하여 학업을 크게 성취하였고 실천이 독실하였다. 병자호란 때 주로 사건을 기록하였다. 후손으로 원숙(元塾), 원성혁(元聖爀)이 있다.

①元履一[1], 原州人。耘谷先生天錫[2]九世孫, 習讀瑩然[3]玄孫[4], 主簿潗[5]子。②公稟性慷愷。早孤事母極孝。③遊安先生門, 學業大就。踐履敦確。④丙子亂, 主記事。⑤ ⑥有孫⿰氵丕[6]·塾·聖爀。

---

1 元履一(원이일, 1601~1656) : 본관은 原州, 자는 尤一, 호는 月谷. 안방준의 문인이다.

2 天錫(천석) : 元天錫(1330~?). 본관은 原州, 자는 子正, 호는 耘谷. 두문동 72현의 한 사람이다. 어릴 때부터 才名이 있었으며, 문장이 여유가 있고 학문이 해박해 진사가 되었다. 그러나 고려 말에 정치가 문란함을 보고 개탄하면서 치악산에 들어가 농사를 지으며 부모를 봉양하고 살았다. 일찍이 李芳遠(太宗)을 왕자 시절에 가르친 적이 있어, 이방원이 즉위하자 기용하려고 자주 불렀으나 응하지 않았다.

3 瑩然(형연) : 元瑩然(1473~?). 醫書習讀을 지냈다. 아버지는 元璋이다.

4 玄孫(현손) : 元瑩然 → 元英俊 → 元弼商 → 4자 元洙 → 元潗 → 元履一이기 때문에 5세손이라야 맞음. 원문의 계대가 착종되어 있다.

5 潗(집) : 元潗(1574~?). 부인은 全州李氏 李洙의 딸이다. 진사가 되었고, 主簿를 지냈다.

6 이 僻字는 쓰이기는 하는 것 같으나 그 어떠한 사전에도 등재되어 있지 않음. 그리하여 번역문에서는 어쩔 수 없이 생략하였다.

- 중간본의 변개

① 元履一 ⇒ 士人元履一

② 公稟性慷愷 ⇒ 稟性慷慨

③ 遊安先生門 ⇒ 遊先生門

④ 丙子亂 ⇒ 當丙子亂

⑤ 추가 ⇒ 聞城下之羞, 杜門終年

⑥ 有孫坙·塾·聖爀 ⇒ 後裔瑛秀·喆秀(移居樂安)

최경지
崔景禔
(생몰년 미상)

본관은 강화(江華)이다. 우윤(右尹) 최거(崔渠)의 8세손이다. 할아버지 주부(主簿) 최희립(崔希立)이 진양(晉陽 : 진주)에서 절개를 지켜 죽은 일은 《호남의록》에 보인다. 공(公)도 또 선생을 좇아서 의병을 일으켰다가 돌아오기에 이르렀다. 마침내 과거공부를 폐하고, 울울한 심정으로 지내다가 삶을 마쳤다. 후손으로는 최봉지(崔鳳祉), 최봉상(崔鳳样)이 있다.

①崔景禔[1], 江華人。右尹渠[2]八世孫。祖主簿希立[3], 立慬[4]晉陽事, 見湖南義錄。公又從先生, 赴義及還。遂廢擧業, 悒悒以終。②有孫鳳祉·鳳樣。

• 중간본의 변개

① 崔景禔 ⇒ 士人崔景禔

② 有孫鳳祉·鳳樣 ⇒ 後裔鳳祉·鳳

---

1 崔景禔(최경지, 생몰년 미상) : 아버지는 崔浚인데, 무과에 급제하여 訓鍊參奉을 지냈다. 어머니는 海南尹氏 尹紳之의 딸이다. 최준의 둘째아들이다. 부인은 平海吳氏이다.

2 渠(거) : 崔渠(1378~?). 본관은 江華. 한성부 우윤을 지냈다.

3 希立(희립) : 崔希立(1568~1593). 본관은 江華, 자는 立之, 호는 孝菴. 부인은 瑞興金氏 金礪之의 딸이다. 임진왜란 때 의병장 高敬命의 휘하에서 錦山전투에서 공을 세우고 다시 경상우도병마절도사 崔慶會 휘하에서 공을 세워 主簿가 되었다. 1593년 병으로 咸陽에서 요양하던 중 晉州城의 급보를 듣고 달려가 싸우다가 순절하였다. 이후 조정에서 그의 공을 인정하여 軍資監判官에 추증하였다.

4 立慬(입근) : 절개를 위하여 죽음.

김여용
金汝鏞
(1599~1638)

자는 자명(子鳴), 본관은 청도(淸道)이다. 기해년(1599)에 태어났다. 평장사(平章事) 영헌공(英憲公) 김지대(金之岱)의 후손이다. 어려서부터 하루에 세 가지를 반성하는 공력으로써 힘써 배우니, 세상 사람들에게 추앙을 받았다. 병자호란 때 마음으로 나라를 위해 죽을 것을 맹세하고 그날로 의병을 일으켰다. 후손으로는 김제시(金悌始), 김덕호(金德昊)가 있다.

①金汝鏞[1], 字子鳴, ②己亥[2]生, ③淸道人。④平章事英憲公之岱[3]後。⑤自少力學, 以三省之工[4], 爲世所重。⑥及丙子之亂, 誓心殉國, 卽日赴義。⑦有孫悌始·德昊。

• 중간본의 변개

① 金汝鏞 ⇒ 士人金汝鏞

---

1 金汝鏞(김여용, 1599~1638) : 본관은 淸道, 호는 遯齋. 부인은 竹山安氏 安命男의 딸이다.

2 己亥(기해) : 宣祖 32년인 1599년.

3 之岱(지대) : 金之岱(1190~1266). 본관은 淸道, 초명은 仲龍. 고려시대 侍中을 역임한 金餘興의 셋째 아들로 청도김씨의 시조이다.

4 三省之工(삼성지공) : 三省之功. 《논어》〈學而篇〉에서 曾子가 "나는 날마다 세 가지로 내 자신을 반성하노니, 남을 위하여 일을 도모해 줌에 있어서 충성스럽지 못하였는가, 붕우와 더불어 사귐에 성실하지 못하였는가, 전수 받은 것을 복습하지 않았는가?(吳日三省吾身, 爲人謀而不忠乎? 與朋友交而不信乎? 傳不習乎?)"라고 말한 데서 나온 말이다.

② 己亥生 ⇒ 생략

③ 추가 ⇒ 號遯齋

④ 平章事英憲公之岱後 ⇒ 判書胡剛公漸[5]九世孫, 監司好雨[6]七世孫, 通政慶昌[7]子

⑤ 自少力學, 以三省之工, 爲世所重 ⇒ 自幼能知事親之範, 年甫七歲, 讀史至項羽弑義帝於江中, 掩卷而歎曰 : "此書, 不如不讀." 忠孝之根於心, 已見於幼年。及壯, 遊於先生門, 先生重之焉。嘗遇群盜, 欲害之, 見公顔色不動問曰 : "子是何人?" 公自言姓名, 盜大驚曰 : "此乃石亭先生也." 拜謝而去。時人聞而相謂曰 : "昔盜牛者, 愧王彦方知之, 今盜亦稱公君子而去之, 公可謂眞君子哉." 嘗讀宋名臣錄, 至胡公數盃後, 歌孔明出師表, 擊節歎曰 : "士生斯世, 雖有賢愚之不同, 男兒襟抱, 今古一般." 輒三復興歎。

⑥ 及丙子之亂, 誓心殉國, 卽日赴義 ⇒ 當丙子, 胡騎充斥, 大駕播越, 不勝奮慨, 往見先生, 言淚俱下曰 : "此非主辱臣死之秋乎?" 先生大加歎賞, 署爲記室, 馳檄列郡, 擧義至淸州, 聞媾和, 痛哭而還, 乃作歌曰 : "主上蒙塵兮, 臣子同仇皇綱。今此墜地兮, 義士戴天而餘羞." 遂杜門謝世, 不事擧業。

⑦ 有孫悌始·德昊 ⇒ 後孫瓘喆·秀喆·時喆·錫基·珪錫·元錫

---

5 漸(점) : 金漸(1369~1457). 본관은 淸道, 호는 義村. 조부는 金漢貴, 아버지는 金潾이다. 이성계가 개국 후 고려의 인재를 가려 뽑을 때 장군으로 천거되어 중용된 후 4대에 걸쳐 官路에 진출하였다. 벼슬은 형조판서, 호조판서, 평안도관찰사를 거쳐 知敦寧府事에까지 이르렀다. 1411년 그의 딸이 태종의 후궁으로 들어갔는데, 바로 숙공궁주이다.

6 好雨(호우) : 金好雨(생몰년 미상). 조부는 金漸, 아버지는 김점의 장남 金裕孫이다. 김유손의 장남이다. 성종 때 전라도관찰사 겸 병마절도사를 지냈다.

7 慶昌(경창) : 金慶昌(1578~1627). 본관은 淸道, 자는 光甫. 부인은 南平文氏 文倬의 딸이다.

김횡
金鐄
(1601~?)

자는 예명(禮鳴), 본관은 경주(慶州)이다. 만력 신축년(1601)에 태어났다. 경순왕후(敬順王后) 정숙공(貞肅公) 김인경(金仁鏡)의 15세손이요, 한림(翰林) 김궤(金軌)의 14세손이고, 판서 김충한(金冲漢)의 11세손이며, 직제학(直提學) 김작(金綽)의 10세손이고, 화순현감(和順縣監) 김맹윤(金孟倫)의 5세손이며, 수의부위(修義副尉) 김영전(金永傳)의 현손이고, 사복시 주부(司僕寺主簿) 김종정(金從貞)의 증손이며, 진사 김대기(金大器)의 손자이고, 효자 김명철(金命哲)의 아들이다.

공(公)은 병자호란을 당하여 안방준 선생의 창의격문(倡義檄文)을 보고는 마침내 불의를 참지 못하고 눈물을 닦으며 사당에 고하니, 그의 형 장악정(掌樂正) 김경(金鏡)이 시를 지어주며 이별하였다. 화의가 이루어져 의병을 해산하고 고향으로 돌아온 뒤로, 세상사에는 아무런 뜻도 두지 않으며 밭 갈고 낚시하다가 삶을 마쳤다.

증손자 김운덕(金運德)이 어려서 아버지를 여의고 어머니 이부인(李夫人)을 봉양하는데, 맛있는 음식을 올리는 정성, 아침저녁으로 보살피는 도리가 옛사람들에게 조금도 부끄러울 것이 없었다. 어머니가 늙고 병이 깊어지자 자신의 배를 갈라 그 피를 먹이고 그 살을 구워 올리니, 다행히 여러 날을 보전하였다. 영조(英祖)가 돌아가시자 상복(喪服)을 입고 바깥채에서 자며 3년을 마치니, 고을의 유생들이 여러 차례 영문(營門 : 감사의 관아)에 알렸다. 후손으로는 김운적(金運績), 김운일(金運鎰), 김운발(金運發)이 있다.

①金鑅, 字禮鳴, ②萬曆辛丑[1]生, 慶州人。③敬順王后貞肅公仁鏡[2]十五世孫, 翰林軌[3]十四世孫, 判書冲漢[4]十一世孫, 直提學綽[5]十世孫, 和順縣監孟倫五世孫, 修義副尉永傳[6]玄孫, 司僕寺主簿從貞曾孫, 進士大器孫, 孝子命哲子也。④ ⑤公當丙子, 見安先生倡義檄文, 遂慷慨, 收淚告廟。其兄掌樂正鏡, 賦詩訣之。媾成罷歸, 後無意世事, 耕釣以終。曾孫運德, ⑥早孤奉母李夫人, 甘旨之誠, 定省之節, 無愧古人, 親老病沈, 割服注血炙進, 幸保累日。⑦及當英廟之喪[7], 服衰寢外以終三年, 鄕儒屢聞營門[8]。⑧有孫運績·運鎰·運發。

---

1 萬曆辛丑(만력신축) : 宣祖 34년인 1601년.

2 仁鏡(인경) : 金仁鏡(?~1235). 본관은 慶州, 초명은 良鏡. 명종 때 문과에 차석으로 급제하여 直史官을 거쳐 起居舍人이 되었다. 고종 초에 趙冲이 江東城에서 거란군을 토벌할 때 판관으로 출전하여 큰 공을 세웠다. 예부낭중을 거쳐 추밀원우승선이 되었다. 그 해에 東眞의 군대가 定州·長州로 쳐들어오자 지중군병마사가 되어 宜州(지금의 함경남도 德源)에서 싸웠으나 대패하여 상주목사로 좌천되었다. 얼마 뒤 형부상서·한림학사에 오르고 知貢擧가 되어 인재를 취하였다. 1232년 강화천도 이듬해 王京留守兵馬使가 되고 正堂文學吏部尙書監修國史를 거쳐 中書侍郎平章事에 이르렀다.

3 軌(궤) : 金軌(생몰년 미상). 본관 慶州, 초명은 鍊成. 1234년 장원급제하였다. 1264년 몽골이 다시 親朝를 요구하자, 원종이 음양도참가 白勝鉉의 말을 믿고 摩利山에 임시대궐을 지어 모면하려 하였다. 예부시랑으로 있으면서, 朴松庇에게 백승현의 허황됨을 말하여 금지하도록 종용하였다. 그 뒤 左諫議大夫가 되고, 1272년 동서학당이 설치되자 비서성판사로 별감에 임명되었다. 한림학사, 尙書左僕射를 역임하였다.

4 冲漢(충한) : 金冲漢(생몰년 미상). 본관은 慶州, 자는 通卿, 호는 樹隱. 증조부는 金軌, 조부는 金瑩, 아버지는 金瑞仁이다. 김서인의 둘째아들이다. 고려 때 충신으로 禮儀判書를 지냈고, 1392년 고려가 망하자 두문동에 들어가 조선을 섬기지 않았으며, 후에 호남의 頭流山에 은거하였다. 부인 瑞興金氏 사이에 3남 1녀를 두었는데, 아들은 현령 金滋·府使 金繩·직제학 金綽이며, 딸은 좌찬성 申包翅와 혼인하였다.

5 綽(작) : 金綽(1389~1440). 본관은 慶州, 호는 南川. 김충한의 셋째아들이다. 1414년 문과에 급제하고, 낙안군수 및 홍문관 직제학을 역임하였고, 공조판서에 증직되었다. 『慶州金氏樹隱公派世譜』(1991, 회상사)에 의하면, 金綽의 후대에 대한 기록이 없다.

6 永傳(영전) : 金永傳(생몰년 미상). 본관은 慶州, 자는 鍊夫, 호는 退菴·松溪. 세종대 과거에 급제하여 집현전학사를 역임하고 세종, 문종, 단종을 섬기면서 승문원정자, 사간원 후헌납, 예문관지제교, 영광군수, 병조참의를 역임하였다. 단종이 禪位하자 果川의 竹谷으로 돌아가 절개를 지켰다.

7 英廟之喪(영묘지상) : 1776년에 英祖가 죽은 것을 일컬음.

• 중간본의 변개

① 金鑠 ⇒ 士人金鑠
② 萬曆辛丑生 ⇒ 생략
③ 敬順王后貞肅公仁鏡十五世孫, 翰林軌十四世孫, 判書冲漢十一世孫, 直提學綽十世孫, 和順縣監孟倫五世孫, 修義副尉永傳玄孫, 司僕寺主簿從貞曾孫, 進士大器孫, 孝子命哲子也 ⇒ 祖進士大器以文章鳴, 父命哲以孝友稱
④ 추가 ⇒ 公生有異質, 纔學語, 已知有君臣, 遇新物, 輒北面而拜曰 : "獻吾君也." 常以早孤爲至痛, 事慈母如嚴父, 追遠之禮, 日必參廟, 月則省墓, 至老不怠, 每歎曰 : "養親旣沒, 所以盡誠者, 惟君也."
⑤ 公當丙子, 見安先生倡義檄文, 遂慷慨, 收淚告廟 ⇒ 及當丙子, 見先生檄文, 遂慷慨, 抆淚告廟
⑥ 早孤奉母李夫人, 甘旨之誠, 定省之節, 無愧古人, 親老病沈, 割服注血炙進, 幸保累日 ⇒ 생략
⑦ 及當英廟之喪, 服衰寢外以終三年, 鄕儒屢聞營門 ⇒ 英廟之喪, 服衰寢外, 如喪考妣, 以終三年, 鄕人歎服屢聞于官
⑧ 有孫運績·運鎰·運發 ⇒ 有孫運績·運鎰·運發·希遠·希道·之光·鍾國·鍾睍

8 營門(영문) : 監司가 일을 보던 관아.

양지남
梁砥南
(1608~1644)

자는 자진(子鎭), 호는 체봉(髢峯), 본관은 탐라(耽羅 : 제주)이다. 만력 무신년(1608)에 태어났다. 학포(學圃) 양팽손(梁彭孫)의 현손이다. 타고난 성품이 지극히 효성스러웠으니, 8살 때에 능히 손가락을 잘라 그 피를 드려서 아버지의 병이 바로 나았고, 13살 때에 또 손가락을 잘라 그 피를 드려서 어머니의 병이 곧 나았다. 젊은 나이에 안방준 선생의 문하에서 가르침을 받아서 학행이 독실하였고 여러 번 향천(鄕薦)을 받았다. 병자호란 때는 동생 양주남(梁柱南)과 함께 부친의 명을 받들어 나란히 의병을 일으켰다. 갑신년(1644)에 죽었다. 후손으로는 양달한(梁達漢), 양명한(梁命漢), 양주한(梁胄漢), 양영한(梁英漢), 양윤제(梁潤濟)가 있다.

①梁砥南, 字子鎭, ②萬曆戊申[1]生, ③耽羅人, 號髢峯。④學圃彭孫[2]玄孫。⑤天性至孝, 八歲能斷指, 父病卽瘳, 十三又斷指, 慈病乃愈。⑥早年受業于安先生門, 學行篤實, 累被鄕薦[3]。⑦丙子, 與弟柱南, 俱以父命, 幷赴義旅。⑧ ⑨甲申[4]卒。⑩有孫達漢·命漢·胄漢·英漢·潤濟。

---

1 萬曆戊申(만력무신) : 宣祖 41년인 1608년.

2 彭孫(팽손) : 梁彭孫(1480~1545). 본관은 濟州, 자는 大春, 호는 學圃. 문장에 능하여 13세 때 宋欽의 문하에 들어갔고 趙光祖와 함께 생원시에 합격하였고, 1516년 문과에 급제하였다. 正言을 거쳐 조광조 등과 함께 賜暇讀書를 했고, 1519년 校理로 재직 중 기묘사화로 삭직 당했다. 1537년 金安老가 賜死된 후 복관되어 1544년 龍潭縣令을 지내다 사직했다.

3 鄕薦(향천) : 지방 수령 등이 그 고을의 유능하고 평판 좋은 유생 등을 중앙에 천거하는 일.

• 중간본의 변개

① 梁砥南 ⇒ 士人梁砥南

② 萬曆戊申生 ⇒ 생략

③ 耽羅人, 號髫峯 ⇒ 號髫峯, 濟州人

④ 學圃彭孫玄孫 ⇒ 左承旨以河[5]六世孫, 惠康公學圃先生彭孫玄孫, 禮賓寺奉事山旭[6]孫

⑤ 天性至孝, 八歲能斷指, 父病卽瘳, 十三又斷指, 慈病乃愈 ⇒ 公天性至孝, 八歲斷指, 父病卽瘳, 十三斷指, 慈病乃愈

⑥ 早年受業于安先生門, 學行篤實, 累被鄕薦 ⇒ 受業于先生門下, 學行篤實, 克承家訓, 少以誠孝稱, 長以學問著, 累登剡薦, 世稱湖南傑士

⑦ 丙子, 與弟柱南, 俱以父命, 幷赴義旅 ⇒ 當丙亂, 父孝容奮然曰 : "士生斯世, 義當死於君國, 而但老親在堂, 不得離側." 命其弟悌容, 先赴于再從弟翰林曼容之義旅, 且命公兄弟, 赴先生幕下, 署爲軍官, 行到礪山, 聞和成, 痛哭而歸

⑧ 추가 ⇒ 常懷敵愾之心, 每讀春秋, 痛切於尊攘之大義, 終身不赴擧業

⑨ 甲申卒 ⇒ 생략

⑩ 有孫達漢·命漢·冑漢·英漢·潤濟 ⇒ 後孫樂必·柱英·就永·歧永·相五·相舜·錫默·浚默

---

4 甲申(갑신) : 仁祖 22년인 1644년.

5 以河(이하) : 梁以河(생몰년 미상). 본관은 濟州, 호는 睡月堂. 松川 梁應鼎의 손자이다. 당시의 세태를 개탄하여 학문을 흥성케 하고 영재를 양성하는 것을 자신의 임무로 삼았으며, 성리학을 깊이 연구하였다.

6 山旭(산욱) : 梁山旭(1551~1606). 본관은 濟州, 자는 明宇. 조부는 學圃 梁彭孫, 아버지는 彦霖 梁應畢이다. 임진왜란 때에 의병을 일으켜 留衛將이 되었으며, 禮賓寺奉事를 지냈다.

양주남
梁柱南
(1610~1656)

자는 자경(子擎), 호는 체봉(髢峯), 본관은 탐라(耽羅 : 제주)이다. 만력 경술년(1610)에 태어났다. 학포(學圃) 양팽손(梁彭孫)의 현손이다. 효성을 하늘에서 타고났으니, 11살 때에 형과 함께 손가락을 잘라 어머니의 우환에 그 피를 드렸다. 형님을 따라 안방준 선생의 문하에서 가르침을 받아 행실을 깨치니 난형난제였다. 남한산성이 위급하다는 교문(敎文 : 임금이 내린 글)이 도착하자, 형님을 따라 의병을 일으키니 더욱 불의를 참지 못하였다. 병자호란 이후에는 문을 잠그고 자취를 감추었다. 병신년(1656)에 죽었다. 후손으로는 양득한(梁得漢), 양덕주(梁德周)가 있다.

①梁柱南，字子擎，②萬曆庚戌[1]生，③耽羅人，號梅溪。④學圃彭孫玄孫。⑤誠孝出天，十一與兄，幷爲斷指於母憂[2]。隨兄樞衣於先生門，行誼克成，⑥難弟難兄。⑦南漢之急，敎文來到，從兄赴義，尤切慷慨。⑧丙子以後，杜門屛跡。⑨丙申[3]卒。⑩有孫德漢·德周。

• 중간본의 변개

① 梁柱南 ⇒ 士人梁柱南

1 萬曆庚戌(만력경술) : 光海君 2년인 1610년.
2 母憂(모우) : 모친상. 여기서는 어머니의 병환을 일컫는다.
3 丙申(병신) : 孝宗 7년인 1656년.

② 萬曆庚戌生 ⇒ 생략
③ 耽羅人, 號梅溪 ⇒ 號梅溪, 濟州人
④ 學圃彭孫玄孫 ⇒ 砥南弟
⑤ 誠孝出天, 十一與兄, 幷爲斷指於母憂 ⇒ 天性至孝, 十一歲與兄砥南, 並爲斷指於母憂
⑥ 難弟難兄 ⇒ 文章早著
⑦ 南漢之急, 敎文來到, 從兄赴義, 尤切慷慨 ⇒ 當丙子亂, 以父命隨兄, 同赴于先生幕下, 署爲從事, 誓心殉國, 尤切慷慨, 竟因和成而退
⑧ 丙子以後 ⇒ 생략
⑨ 丙申卒 ⇒ 생략
⑩ 有孫德漢·德周 ⇒ 後孫相勳·相玉·台勳

정문리
鄭文鯉
(1610~?)

본관은 하동(河東)이다. 삭주교수(朔州教授) 정여해(鄭汝諧)의 5세손이고, 참봉 정천구(鄭天球)의 손자이며, 생원 정열(鄭悅)의 조카이다. 불의를 참지 못하고 지조와 절개가 있었다. 병자호란 때 안방준 선생과 의병을 일으켰다. 후손으로는 정중혁(鄭重爀)이 있다.

①鄭文鯉, ②河東人。③朔州教授汝諧五代孫[1], 參奉天球孫, 生員悅之姪。④慷慨有志節。⑤丙子, 與安先生倡義。⑥有孫重爀。

• 중간본의 변개

① 鄭文鯉 ⇒ 士人鄭文鯉
② 추가 ⇒ 字孟卿
③ 朔州教授汝諧五代孫 ⇒ 兵曹判書翊[2]十世孫, 持平遯齋汝諧五世孫
④ 慷慨有志節 ⇒ 誠孝出天, 智略過人, 常以忠孝自期
⑤ 丙子, 與安先生倡義 ⇒ 從兄文熊·侄光河[3], 勇赴義旅
⑥ 有孫 ⇒ 後裔

---

1 五代孫(오대손) : 鄭汝諧 →2자 鄭箕齡 →鄭大廷 →鄭天球 →鄭怡 →鄭文鯉를 가리킴.

2 翊(익) : 鄭翊(생몰년 미상). 조부는 鄭國龍, 아버지는 鄭芝衍이다. 興威衛大護軍을 지냈고 병조판서에 추증되었다.

3 光河(광하) : 鄭光河(1621~1680). 본관은 河東, 자는 承源, 호는 蓮塘. 조부는 鄭怡, 아버지는 鄭文虎이다. 어머니는 光山盧氏이다. 부인은 長澤高氏 高景의 딸로, 昌寧 曺儀修의 외손녀이다.

정방욱

丁邦彧

(생몰년 미상)

자는 욱지(彧之), 본관은 영광(靈光)이다. 현감 증판서(贈判書) 정림(丁霖)의 5세손이고, 정려(旌閭) 정충훈(丁忠訓)의 아들이다. 정림은 왜영(倭營)에서 절의를 세웠고, 정충훈은 임진왜란 때 의병장으로 용만(龍灣)에서 순절하였다. 공(公)은 또 몸을 잊고 의병을 일으켰다. 그 충절은 정씨 집안의 가훈이 되었다. 후손으로는 정치룡(丁致龍), 정운경(丁運慶)이 있다.

①丁邦彧[1], 字彧之, 靈光人。縣監贈判書霖[2]五世孫[3], 旌閭忠訓[4]子。判書公立節於倭營。忠訓, 壬辰之亂, 以義兵將, 殉節於龍灣。公又忘身赴義。其忠節爲丁氏家則。②有孫致龍·運慶。

- 중간본의 변개

① 丁邦彧 ⇒ 士人丁邦彧 ② 有孫 ⇒ 後孫

---

1 丁邦彧(정방욱, 생몰년 미상) : 호는 清溪. 아버지는 丁忠諒, 어머니는 寶城吳氏이다. 첫째부인은 公州李氏 李南杞의 딸이고, 둘째부인은 大邱裵氏 裵希敏의 딸이다.

2 霖(임) : 丁霖(생몰년 미상). 본관은 羅州, 자는 景澤. 아버지는 進士 丁鳳(개명 丁世鳳)이다. 1411년 무과에 급제하여 任實현감, 梁山군수를 역임했다. 1419년 對馬島의 왜구가 충청남도 舒川 庇仁縣에 침입하자 그들을 섬멸하라는 왕의 명을 받들었다. 참찬 崔潤德과 양산군수로서 대마도로 나아가 적과 싸우다 전사하였다.

3 五世孫(오세손) : 丁霖 → 丁夢傅 → 2자 丁克溫 → 丁俊孫 → 丁以信 → (1자 丁忠讜·2자 鄭忠訓·3자 丁忠誨·4자 丁忠謹·5자 丁忠說) 6자 丁忠諒 → 丁邦彧을 가리킴. 원전에는 계대가 착종되어 있다.

4 忠訓(충훈) : 丁忠訓(생몰년 미상). 본관은 羅州, 자는 國先. 임진왜란 때 崔時望의 별장으로서 거의를 하여 진주성 전투의 南江에서 沈友信과 함께 죽었다. 시호는 忠簡이다. 부인은 晉州鄭氏이다. 정방욱의 백부인데, 원전에는 착종되어 있다.

김희계

金熙啓

(생몰년 미상)

역주자 주 : 원문에는 아무런 기록 없이 빈 여백 상태임.

정주남

鄭柱南

(생몰년 미상)

역주자 주 : 원문에는 아무런 기록 없이 빈 여백 상태임.

• 중간본의 변개

삽입 ⇒ 士人鄭柱南[1], 河東人。兵曹判書翊十世孫, 持平遯齋汝諧五世孫[2], 潭陽訓導億齡[3]玄孫。慷慨有氣節。與諸從, 同赴先生義旅, 聞和成而還。

정이

丁駬

(생몰년 미상)

역주자 주 : 원문에는 아무런 기록 없이 빈 여백 상태임.

---

1 鄭柱南(정주남, 생몰년 미상) : 『하동정씨병인세보』(1986)의 권1에는 등재되어 있지 않아 현재로서는 확인할 수가 없음.

2 五世孫(오세손) : 鄭汝諧 → 鄭億齡 → 鄭大廷 → 鄭天球 → 鄭怡 → 鄭文鯉를 가리킴.

3 億齡(억령) : 鄭億齡(1468~1529). 본관은 河東, 자는 壽老, 호는 淸心齋. 부인은 南平文氏 文傳壽의 딸이다. 靑山訓導로 宣敎郎 承仕司圃署別提를 지냈다.

정산지
鄭山池
(1596~?)

역주자 주 : 원문에는 아무런 기록 없이 빈 여백 상태임.

• 중간본의 변개

삽입 ⇒ 士人鄭山池[1], 字汝重, 慶州人。開國功臣雞林君良景公號菊軒熙啓[2]七世孫[3], 判書之信[4]五世孫。公性素忠孝, 誓心殉國, 赴先生義旅。後孫潤福。

---

1 鄭山池(정산지, 1596~?) : 부인은 光山金氏 金維의 딸임.

2 熙啓(희계) : 鄭熙啓(?~1396). 본관은 慶州, 호는 養性軒. 아버지는 鄭暉이다. 부인은 태조의 계비 神德王后 康氏의 질녀이다. 공민왕 때 총애를 받아 近侍가 되었다가 대호군에 이르렀고, 우왕 때 崔瑩의 막하에 들어가서 서북면도순문사를 거쳐 밀직사에 이르렀다. 최영이 패한 뒤 李成桂가 실권을 잡자 그의 姻親임을 고려하여 判慈惠府事에 등용하였다. 그러나 1390년 이성계를 해치려는 이른바 李初의 獄에 연루되어 안변에 유배되었다가 이듬해 풀려났다. 1392년 이성계의 도움으로 판개성부사에 이어 문하평리로서 鷹揚衛上護軍을 겸임하였다. 이성계를 추대하는 데 참여하여 개국공신 1등으로 參贊門下府事·八衛上將軍에 올라 鷄林君에 봉하여졌다.

3 七世孫(칠세손) : 鄭熙啓 →鄭吉祥 →鄭之信 →2자 鄭恕 →2자 鄭堅 →2자 鄭鵠 →鄭義民 →鄭山池를 가리킴.

4 之信(지신) : 鄭之信(1402~1456). 본관은 慶州, 자는 敬夫, 호는 誠心齋. 1424년 진사가 되고, 1438년 사마시에 급제하였다.

정필방
鄭弼邦
(1606~1679)

역주자 주 : 원문에는 아무런 기록 없이 빈 여백 상태임.

• 중간본의 변개

삽입 ⇒ 士人鄭弼邦[1], 改名忔(見遊山錄), 字喜甫, 號松庵, 河東人。文忠公芝衍后, 南臺持平遯齋汝諧玄孫[2], 通政天倫[3]子。天性純孝, 氣節過人。罕言語, 鮮戲謔, 人不敢以非義來陳。終身不御雞肉, 以其嫌於曾祖妣癸酉生故也。嚴慈之病, 斷指延壽, 廬墓六年, 鄕隣追服, 累登薦剡。年二十, 當丙亂, 與從姪六人, 赴先生義旅。後孫義相·必相·德煥·壽煥·之烈·在勳·光鉉

1 鄭弼邦(정필방, 1606~1679) : 본관은 河東, 개명 鄭忔. 鄭蘊의 문인이다. 부인은 南平文氏 文弘廉의 딸로, 竹山 安邊洪의 외손녀이다.

2 玄孫(현손) : 鄭汝諧 → 2자 鄭箕齡 → 2자 鄭昌廷 → 3자 鄭天綸 → 2자 鄭忔을 가리킴.

3 天倫(천윤) : 『하동정씨병인세보』(1986) 권1의 34면에는 天綸으로 되어 있음. 鄭天綸(1566~1632). 본관은 河東, 자는 和淑, 호는 敬義齋. 조부는 鄭箕齡, 아버지는 정기령의 둘째아들 鄭昌廷이다. 부인은 光山金氏 金天壽의 딸이다.

이방욱

李邦郁

(생몰년 미상)

역주자 주 : 원문에는 아무런 기록 없이 빈 여백 상태임.

민간

閔諫

(생몰년 미상)

역주자 주 : 원문에는 아무런 기록 없이 빈 여백 상태임.

• 중간본의 변개

삽입 ⇒ 士人閔諫[1], 字國佐, 驪興人。訓鍊奉事副將大昇[2]弟二子。四歲入學, 學得君臣父子忠孝悌敬八字。自少忠孝兼全, 及長文學鳴世。當丙亂, 陪親赴義。

---

1 閔諫(민간, 생몰년 미상) : 본관은 驪興, 자는 國佐. 閔大昇의 둘째아들이다. 부인은 竹山安氏이다. 형은 閔誠, 동생은 閔諴이다. 민성(1593~1665)의 자는 成信, 호는 孝友堂인데, 첫째부인은 光山李氏이고 둘째부인은 昌寧曺氏이다.

2 大昇(대승) : 閔大昇(1573~1664). 본관은 驪興, 자는 昇汝, 호는 農隱. 아버지는 閔英雨이다. 부인은 淸州韓氏이다. 1605년 무과에 급제하여 訓鍊院奉事가 되었다.

박민
朴珉
(생몰년 미상)

역주자 주 : 원문에는 아무런 기록 없이 빈 여백 상태임.

김수량
金守良
(생몰년 미상)

역주자 주 : 원문에는 아무런 기록 없이 빈 여백 상태임.

정상철
鄭祥哲
(1621~1680)

역주자 주 : 원문에는 아무런 기록 없이 빈 여백 상태임.

• 중간본의 변개

삽입 ⇒ 士人鄭祥哲[1], 改名光河, 字承源, 號蓮塘, 河東人。兵曹判書翊十一世孫, 持平遯齋汝諧六世孫, 參奉養心齋箕齡[2]五世孫, 參奉天球曾孫, 柳亭公文虎[3]子。氣質純粹, 學問卓犖。常以誠正之學·存養之義爲本。氣節卓異, 世皆推慕。當丙子亂, 不勝忠憤曰 : "殉國立節, 豈非臣民之道乎?" 從其叔父, 勇赴先生義幕, 聞和媾, 奮然有詩曰 : "腰間三尺劍, 一去掃氛塵。誰植三綱墜, 嗚呼未及辰." 痛哭而歸。築室于蓮塘之上, 自成家學, 門生稍進。後裔在仁·在榮·在綱。

1 鄭祥哲(정상철, 1621~1680) : 본관은 河東, 개명 鄭光河, 자는 承源, 호는 蓮塘. 조부는 鄭怡, 아버지는 鄭文虎이다. 어머니는 光山盧氏이다. 부인은 長澤高氏 高景의 딸로, 昌寧 曺儀修의 외손녀이다.

2 箕齡(기령) : 鄭箕齡(1471~1537). 본관은 河東, 자는 君老, 호는 養心齋. 부인은 南海金氏 金沃貞의 딸이다. 金宏弼의 문인이다. 1528년 성균관 진사가 되었고, 健元陵參奉을 지냈다.

3 文虎(문호) : 鄭文虎(1591~?). 본관은 河東, 자는 豊卿, 호는 柳亭. 부인은 光山盧氏이다.

조몽정

曹夢貞

(생몰년 미상)

역주자 주 : 원문에는 아무런 기록 없이 빈 여백 상태임.

노비 모현

奴 慕賢

(생몰년 미상)

역주자 주 : 원문에는 아무런 기록 없이 빈 여백 상태임.

능주지역 등재인물의 출입 비교

초간본		중간본	
1	이위李韡	1	이위李韡
2	정염鄭琰	2	김여용金汝鏞
3	정연鄭淵(무사실)	3	정염鄭琰
4	구체증具禮曾(무사실)	4	정연鄭淵
5	정문웅鄭文熊	5	구체증具禮曾
6	송응축宋應祝	6	정문웅鄭文熊
7	문제극文悌克	7	송응축宋應祝
8	원이일元履	8	문제극文悌克
9	최경지崔景禔	9	원이일元履一
10	김여용金汝鏞	10	최경지崔景禔
11	김횡金鐄	11	김횡金鐄
12	양지남梁砥南	12	양지남梁砥南
13	양주남梁柱南	13	양주남梁柱南
14	정문리鄭文鯉	14	정문리鄭文鯉
15	정방욱丁邦彧	15	정상철鄭祥哲
16	김희계金熙啓(무사실)	16	정주남鄭柱南
17	정주남鄭柱南(무사실)	17	정문상 鄭文翔
18	정이丁駬(무사실)	18	문존도文存道초간본 보성
19	정산지鄭山池(무사실)	19	정방욱丁邦彧
20	정필방鄭弼邦(무사실)	20	정산지鄭山池
21	이방욱李邦郁(무사실)	21	민간閔諫
22	민간閔諫(무사실)	22	정필방鄭弼邦
23	박민朴珉(무사실)	23	정이丁駬(무사실)
24	김수량金守良(무사실)	24	이방욱李邦郁(무사실)
25	정상철鄭祥哲(무사실)	25	김희계金熙啓(무사실)

26	조몽정曹夢貞(무사실)	26	박민朴珉(무사실)
27	노모현奴慕賢(무사실)	27	김수량金守良(무사실)
		28	조몽정曹夢貞(무사실)

초간본과 중간본에서 능주지역 등재인물의 출입 양상을 살펴보면, 다음과 같다.

초간본에 등재되지 않았지만 중간본에서 새로이 등재된 인물이 1명인데, 정문상으로 사실이 있다.

초간본에는 사실이 없었지만 중간본에서 보충된 인물은 7명인데, 정연, 구체증, 정주남, 정산지, 정필방, 민간, 정상철 등이다.

초간본에 사실이 없었는데 중간본에서도 그대로 없는 인물은 6명인데, 김희계, 정이, 이방욱, 박민, 김수량, 조몽정 등이다.

화순(和順)

박춘우
朴春祐
(생몰년 미상)

낙안(樂安)

오쟁흠
吳錚欽
(생몰년 미상)

곽순의
郭純義
(생몰년 미상)

신개
申价
(생몰년 미상)

오현룡

吳見龍

(생몰년 미상)

조시익

趙時益

(생몰년 미상)

김의경

金義京

(생몰년 미상)

김경호

金景浩

(생몰년 미상)

관노 계익 · 풍수 · 영립 · 득생

館奴 戒益 · 風水 · 永立 · 得生

(생몰년 미상)

사복제원 문사일

司僕諸員 文士日

(생몰년 미상)

역주자 주 : 원문에는 이상의 사람에 대해서 아무런 기록 없이 빈 여백 상태임.

나주(羅州)

홍명기
洪命基
(1621~1689)

자는 정중(定中), 본관은 풍산(豊山)이다. 홍애(洪崖) 선생 홍간(洪侃)의 후손이고, 참판 홍정업(洪廷業)의 증손이며, 임진호종(壬辰扈從) 군자감 정(軍資監正) 홍원(洪遠)의 손자이다. 충성과 효도는 하늘로부터 타고났고, 국량이 매우 반듯했다. 우산 선생 안방준은 손녀를 공에게 시집보냈다. 나이 16세 때 병자호란을 당하여 공은 의병의 종사관이 되었고, 재산을 털어서 군량을 조달하였는데, 화의가 이루어졌다는 소식을 듣고 고향으로 돌아왔다. 두문불출하며 자신의 도리를 다하였는데, 숭정(崇禎) 두 글자를 좌우에 써놓고, 매달 초하루와 보름날이면 전배(展拜)하였다. 죽음을 맞이했을 때에는 가족들에게 경계하기를, 청나라 시장의 증백(繒帛 : 비단)을 사용하지 못하도록 했다. 감사의 인재 추천인 도천(道薦)을 여러 번 받았다. 후손으로는 홍낙후(洪樂後)가 있다.

①<u>洪命基</u>, 字定中, 豊山人。洪崖先生侃[1]後, 參判廷業[2]曾孫, 壬辰扈

1 侃(간) : 洪侃(?~1304). 본관은 豊山, 자는 子雲·雲夫, 호는 洪崖. 아버지는 洪之慶이다. 1266년 과거에 급제하였다. 벼슬이 祕書尹을 거쳐 都僉議舍人 知製誥에 이르렀다. 뒤에 원주의 州官으로 나갔다가, 言事 때문에 동래현령으로 좌천되어 그 곳에서 죽었다.

2 廷業(정업) : 洪廷業(1556~1622). 본관은 豊山, 자는 伯顯, 호는 猶蒙齋. 증조부는 洪貴枝, 조부는 洪漢智, 아버지는 洪沆이다. 李珥의 문하에서 배웠다. 임진왜란 때는 늙은 부모를 모시느라 의병을 일으켜 종군하지 못하고, 장남 洪遠이 金千鎰의 막하에서 공훈을 세우도록 하였다.

從軍資監正遠[3]之孫。忠孝出天，器宇峻整。②<u>牛山[4]先生</u>，歸以孫女。年十六，遭丙子亂，以公爲擧義從事，傾財給餉，聞和成而歸。杜門自靖[5]，崇禎二字，書於左右，朔望展拜[6]。③<u>臨沒戒家中</u>，勿用燕市繒帛。累登道薦[7]。有孫樂後。

• 중간본의 변개

① 洪命基 ⇒ 士人洪命基
② 牛山先生 ⇒ 先生
③ 臨沒戒家中 ⇒ 臨沒家中

3 遠(원) : 洪遠(1576~1602). 본관은 豐山, 자는 망지, 호는 송암. 공조참의 洪沆의 손자이고, 猶蒙齋 洪廷業의 아들이다. 기대승의 문인이다. 義穀을 운반하여 군량 조달에 공을 세웠고, 김천일의 막하에서 공훈을 세웠다. 통훈대부 군자감정에 증직되었다.

4 牛山(우산) : 안방준의 호. 동복파문중의 중시조가 되는 죽산안씨 12세 安審之(1600~1655)는 2남 1녀를 두었는데, 그의 사위가 洪命基이다. 즉 안방준의 손녀사위가 된다. 안방준의 둘째사위가 梁一南인데, 홍명기의 어머니가 梁斗南의 따님인 것으로 보아 두루두루 혼인관계를 맺었던 것 같다.

5 自靖(자정) : 각자 자기의 뜻을 행하기를 꾀한다는 말로, 자기의 도리를 다하는 것을 일컬음.

6 展拜(전배) : 궁궐, 종묘, 문묘, 능침 따위에 참배함.

7 道薦(도천) : 감사가 자기 道內의 학식이 높고 유능한 사람을 임금에게 추천하는 일.

화순·낙안·나주 지역 등재인물의 출입 비교

초간본		중간본	
화순			
1	박춘朴春祏(무사실)	1	박춘朴春祏(무사실)
낙안			
1	오쟁흠吳錚欽(무사실)	1	오쟁흠吳錚欽(무사실)
2	곽순의郭純義(무사실)	2	오현룡吳見龍(무사실)
3	신개申价(무사실)	3	조시익趙時益(무사실)
4	오현룡吳見龍(무사실)	4	김의경金義京(무사실)
5	조시익趙時益(무사실)	5	김경호金景浩(무사실)
6	김의경金義京(무사실)	6	기대용奇大用(무사실)
7	김경호金景浩(무사실)	7	곽순의郭純義(무사실)
8	계익 풍수 영립 득생(무사실)	8	신개申价(무사실)
9	사복제원 문사일(무사실)	9	계익 풍수 영립 득생(무사실)
		10	사복제원 문사일(무사실)
나주			
1	홍명기洪命基	1	홍명기洪命基
강진			
		1	홍용호(洪龍浩)

초간본과 중간본에서 화순·낙안·나주 지역의 등재인물 출입 양상을 살펴보면, 다음과 같다.

화순과 낙안 지역에 등재된 인물이 사실 없이 이름자만 기록되어 있는 것은 변함없이 그대로이다. 다만, 낙안 지역에 사실 없이 기대용이 추가되었다.

나주지역에는 등재된 인물이 변화가 없지만, 강진 지역은 초간본에서 없었으나 중간본에서 새로이 추가되었다.

▍장흥(長興)

김태웅*

金兌雄

(생몰년 미상)

역주자 주 : 원문에는 아무런 기록 없이 빈 여백 상태임.

---

* 다른 곳에도 표제어로 수록되어 있음.

김유신
金有信
(생몰년 미상)

역주자 주 : 원문에는 아무런 기록 없이 빈 여백 상태임.

· 중간본의 변개

삽입 ⇒ 士人金有信, 字朋與, 號石潭, 靈光人。吏曹參判敬義[1]七世孫, 弘文典翰瓚[2]孫, 將士郎澣[3]子。公天性至孝, 膂力過人。蒙奬于再從叔懶翁, 公知爲學之方, 不輟讀書, 律己嚴整, 將有濟世之才。丙子亂, 奉再從叔愚叟公尙範, 命率兵穀, 赴先生倡義所, 先生喜問曰 : "時年幾何?" 公仗劒對曰 : "年將項羽渡江之時, 力不及拔山之氣." 先生曰 : "壯哉, 此言爲國之寶心." 甚重愛卽爲軍官, 媾成後, 因廢學業。遍遊山水間, 作詩浪吟曰 : "痛哭君臣淚, 傷心父子愁。何時胡首斬, 却洗我王羞." 終以鬱悒棄世, 遠近諸人, 莫不慨歎矣。

---

1 敬義(경의) : 金敬義(생몰년 미상). 靈光金氏의 3세라 하며, 아버지는 金時이고, 형은 金敬仁이다. 아들은 金瓚과 金璭이다. 부인은 白川楊氏 楊思恩의 딸이다. 平康縣監을 지냈다. 이조참판 겸 동지경연참찬관사 병조판서에 추증되었다.

2 瓚(찬) : 金瓚(?~1449). 본관은 靈光, 자는 潤甫, 호는 石溪. 부인은 淸州韓氏이다. 1401년 증광문과에 급제하고 홍문관전한, 義城縣監을 지냈다. 김경의가 아버지이므로 원문의 繼代가 착종되어 있다. 金台用→金時→2자 金敬義→金瓚→金允溫로 이어진다.

3 澣(한) : 金澣(생몰년 미상). 본관은 靈光. 영광김씨 대종회에 문의했으나, 김유신과 함께 족보자료를 찾을 수 없다고 하였다.

윤동야
尹東野
(1603~1671)

자는 자경(子耕), 본관은 칠원(漆原)이다. 대언공(代言公) 윤자(尹樜)의 8세손이고, 목사(牧使) 윤지(尹志)의 5세손이며, 임진병선(壬辰兵燹) 제성묘위(題聖廟位) 진사(進士) 윤회(尹澮)의 아들이다. 타고난 자질이 강직하고 두뇌가 명석하였으며, 일을 처리하는데 세밀하고 민첩하였다. 문장은 세상에 떨쳤고, 효성과 우애는 타고났다. 병자호란을 당하여 안방준 선생과 함께 의병을 일으켰다. 후손으로는 윤덕상(尹德相), 윤덕관(尹德寬), 윤덕삼(尹德三)이 있다.

①尹東野[1], 字子耕, 漆原人。②代言公樜[2]八世孫[3], 牧使志[4]五世孫, 壬辰兵燹題聖廟位[5]進士澮[6]子。天資剛明, 處事詳敏。文章聳世, 孝友出天。③當丙子, 與安先生, 偕倡義旅。④有孫德相·德寬·德三。

---

1 尹東野(윤동야, 1603~1671) : 생부 尹天爵이다. 윤천작의 조부는 尹商佑, 아버지는 윤상우의 둘째아들 尹懋이다. 尹澮에게 양자로 갔다.

2 樜(자) : 尹樜(생몰년 미상). 고려조에서 右副代言을 지냈다.

3 八世孫(팔세손) : 尹樜 → 2자 尹天怡 → 尹參 → 尹志 → 3자 尹道源 → 尹商佑 → 尹憲 → 尹澮 → 尹東野을 가리킴.

4 志(지) : 尹志(생몰년 미상). 본관은 漆原, 자는 可衡, 호는 養性堂. 집현전 학사, 洪川현감을 지냈고, 1452년 대사간에 이르렀다. 김종직, 서거정, 신숙주 등과 교유하였다.

5 題聖廟位(제성묘위) : 미상.

6 澮(회) : 尹澮(1556~1610). 본관은 漆原, 자는 潤卿. 아버지는 尹憲이다. 부인은 水原白氏 白光美의 딸이다. 1589년 증광시에 합격하였다.

• 중간본의 변개

① 尹東野 ⇒ 士人尹東野

② 代言公摭八世孫, 牧使志五世孫, 壬辰兵燹題聖廟位進士澮子 ⇒ 代言公摭后, 大司諫志五世孫, 弘文館習讀道源[7]玄孫, 監察商佑[8]曾孫, 參奉澮子

③ 當丙子, 與安先生, 偕倡義旅 ⇒ 當丙亂, 與先生, 同倡義旅

④ 有孫德相·德寬·德三 ⇒ 後孫匡麟·在五·百麟·秉麟

---

7 道源(도원) : 尹道源(생몰년 미상). 본관은 漆原, 자는 天則, 초명은 希昭, 호는 沙月軒. 尹志의 둘째아들이다. 홍문관 習讀을 지냈다. 중종반정 때 공이 있어 靖社原從功臣에 녹훈되었다.

8 商佑(상우) : 尹商佑(생몰년 미상). 본은 漆原, 자는 元便. 부인은 靈光金氏이다. 문과에 급제하고 사헌부 감찰을 지냈다.

임천비
林天芘
(생몰년 미상)

역주자 주 : 원문에는 아무런 기록 없이 빈 여백 상태임.

• 중간본의 변개

삽입 ⇒ 士人林天芘[1], 字茂賢, 號幽隱, 兆陽[2]人。兵參玉山[3]后, 進士晶[4]子。自孩提, 孝友純篤, 出於天性, 鄕隣欽歎, 以可有菊軒餘風。丙子, 見先生檄, 與金兌雄·白顔賢數十人, 同心戮力, 與先生行, 至礪山, 聞和成而歸。杜門謝世。

---

1 林天芘(임천비, 생몰년 미상) : 부인은 海南尹氏 尹元明의 딸임.

2 兆陽(조양) : 전남 보성지역의 옛 지명.

3 玉山(옥산) : 林玉山(1432~1502). 본관은 兆陽, 자는 仁甫, 호는 菊軒. 아버지는 곡성훈도 林士綱, 어머니는 開城高氏로 이조참판을 지낸 高淳의 딸이다. 1451년 사마시에 합격하고, 5년 후 무과에 급제하여 군기감직장에 재임 중 어머니의 병간호를 위하여 사직하였다. 1474년 特旨에 의하여 선전관이 되었으나, 몇 달 뒤 아버지의 봉양을 위하여 사직하려 하자 그의 고향 남원과 인접한 장수현감에 임명되었다. 또한, 1477년에는 효행으로 도총부도사에 승진되었다. 1496년 능성현령에 재임 중 청렴한 생활태도로 선정을 베풀어 주민들이 송덕비를 세우기도 하였다. 그 뒤 1498년 북도병마절도사·병조참판 등에 임명되었으나 병으로 나아가지 못하였다.

4 晶(정) : 林晶(생몰년 미상). 본관은 兆陽, 자는 日三. 조부는 林起巖, 아버지는 임기암의 둘째아들 林峻秀이다. 어머니는 平山申氏 申麒壽의 딸이다. 첫째부인은 興德張氏 張守苦의 딸이고, 둘째부인은 晉州鄭氏 鄭大鳴의 딸이다.

최신일

崔臣一

(생몰년 미상)

역주자 주 : 원문에는 아무런 기록 없이 빈 여백 상태임.

임극창

林克昌

(생몰년 미상)

역주자 주 : 원문에는 아무런 기록 없이 빈 여백 상태임.

위사진
魏士進
(생몰년 미상)

자는 자퇴(子退), 본관은 장흥(長興)이다. 충렬공(忠烈公) 위계정(魏繼廷)의 후손이고, 임진토왜원종훈(壬辰討倭原從勳) 훈련부정공(訓鍊副正公) 위준(魏濬)의 손자이다. 문학과 덕행에 대한 매우 두터운 명성이 있었다. 병자호란 이후에는 과거 공부를 폐하였다. 두문불출하고 자기의 도리를 지켰다. 스스로 율리옹(栗里翁)이라 불렀다.

①魏士進[1], 字子退, 長興人。忠烈公繼廷[2]後, 壬辰討倭原從勳訓鍊副正公濬孫。有文行重望。②丙子後, 廢擧業。③閉門守靖。④自號栗里翁。⑤

• 중간본의 변개

① 魏士進 ⇒ 士人魏士進
② 추가 ⇒ 赴先生義旅
③ 閉門守靖 ⇒ 杜門自靖
④ 自號栗里翁 ⇒ 號栗里翁
⑤ 추가 ⇒ 後裔守約

---

1 魏士進(위사진, 생몰년 미상) : 『長興魏氏大同譜』(1999, 낭주인쇄사)에는 조부 魏濬과 함께 등재되어 있지 않아 확인할 수 없음.

2 繼廷(계정) : 魏繼廷(?~1107). 문종 때 문과에 급제하여 문장으로 이름이 났다. 左補闕知制誥를 거쳐 선종 때 御史中丞이 되었다. 1085년 왕의 동생인 煦(大覺國師)가 송나라 상선을 타고 몰래 출국한 것을 왕명으로 추적하였으나 실패하였고, 또 왕의 총희 萬春이 집을 화려하고 크게 짓는 것을 규탄하였다. 1091년 예부시랑으로서 부사가 되어 謝恩兼進奉使 李資義와 함께 송나라에 다녀왔다. 숙종 초에 예부와 이부의 상서가 되어서도 결백하고 지조 있는 관료생활을 계속하여 칭송을 받았다. 이어 判翰林院事를 거쳐 1101년 中書侍郎同中書門下平章事를 지냈으며, 1104년 門下侍郎平章事兼太子少師, 이듬해 太子太傅가 되었다.

김우성
金宇誠
(생몰년 미상)

역주자 주 : 원문에는 아무런 기록 없이 빈 여백 상태임.

김태웅*
金兌雄
(1600~1657)

자는 경부(敬夫), 본관은 청주(淸州)이다. 무자년(1588)에 태어났다. 경순왕(敬順王)의 후예이고, 도승지(都承旨) 김린(金麟)의 7세손이다. 공은 성품이 본디 충성스럽고 효성스러웠다. 말하면 반드시 어버이 섬기는 도리를 말하였고, 행하면 모두 나라를 걱정하는 정성이었으니, 말에는 구조(九條)가 있고, 행함에는 십서(十敍)를 논하였다. 두 절목의 요지를 엮으면 자손들을 훈계하고 꾸짖는 것인데, 가훈을 교체하지 말 것, 세속의 명예를 구하지 말 것, 마음을 진정하고 고요히 공부에 힘쓸 것, 열심히 힘쓰고 착실히 일할 것, 자기 몸이 있는 줄 모를 것, 오로지 나라 보존하기만을 생각할 것 등이다. 병자호란을 당하여 안방준 선생과 함께 위급함에 처한 국난에 달려가려고 칼날을 밟는 용맹으로 의병을 일으켰다. 노직(老職)으로는 통정대부(通政大夫)였다. 후손으로는 김적일(金商一), 김형추(金衡秋)가 있다.

①金兌雄[1], 字敬夫, ②戊子[2]生, ③淸州人。敬順王後裔, ④都承旨麟[3]七世孫。公性素忠孝。言必稱事親之道, ⑤行則擧憂國之忱, 言有九

---

* 장흥의 김유신 앞에는 사실 없이 이름만 있고, 여기서는 또 동일한 이름 아래 사실이 있음.

1 金兌雄(김태웅, 1600~1657) : 본관은 淸州, 자는 一哉, 호는 夢一齋. 『청주김씨대동보』(1993) 권1의 14면에 의하면 생년이 선조 경자년으로 되어 있다.

2 戊子(무자) : 宣祖 21년인 1588년.

3 麟(린) : 金麟(생몰년 미상). 본관은 淸州, 자는 仁叟, 호는 桐村·退隱. 부인은 廣州李氏이다. 1393년 급제하여 홍문관교리를 거쳐 양주목사를 지냈다. 태종 때 좌찬성에 오르고

條, 行論十敍[4]。編旨兩節, 誡警子孫, 勿替家訓, 無求俗譽, 潛靜用工, 强勉實幹, 不知有身, 惟思存國。當丙子, ⑥與安先生, 濱危赴亂, 蹈刃擧義。老職[5]通政。⑦有孫商一·衡秋。

• 중간본의 변개

① 金兌雄 ⇒ 通政金兌雄
② 戊子生 ⇒ 생략
③ 추가 ⇒ 夢一齋
④ 都承旨麟七世孫 ⇒ 都承旨左贊成麟七世孫
⑤ 行則擧憂國之忱 ⇒ 行則切憂國之忱
⑥ 與安先生 ⇒ 與先生
⑦ 有孫商一·衡秋 ⇒ 後孫宗瓚·濟龜

定社功臣에 책록되었으나 간신의 무고로 치사하고 장흥으로 낙향하였다.

4 十敍(십서) : 구체적인 것은 알 수 없지만, 아마도 '敍天地人, 敍五倫, 敍學' 같은 것으로 짐작됨.

5 老職(노직) : 노인을 우대하기 위하여 제수는 散職. 良賤을 막론하고 80세 이상된 노인에게 주는 관직이다.

장영

張潁

(생몰년 미상)

자는 군철(君哲), 본관은 덕수(德水)이다. 한성판윤(漢城判尹) 장핵(張翮)의 후손이고, 승지 장을보(張乙輔)의 5세손이며, 참봉 장희재(張希載)의 증손이다. 대대로 충효를 전하였으며, 불의를 참지 못하고 지조와 절개를 지녔다. 병자호란 때 팔뚝을 걷어붙이고 의병을 일으켰으며 본부의 군량미를 관장하였다. 화의가 이루어진 뒤에 '흉적들을 섬멸하고 오랑캐에게 짓밟힌 치욕을 씻자.(除凶雪恥)' 네 글자를 써서 자손들을 훈계하였다. 후손들이 있다.

①張穎[1], 字君哲, ②德水人。③漢城判尹翮[2]後, 承旨乙輔[3]五世孫[4], 參奉希載[5]曾孫。④世傳忠孝, 慷慨有志節。⑤丙子奮臂從義, 管本府粮餉。⑥和成後, 書除凶雪恥四字, 以訓子孫。⑦有孫。

• 중간본의 변개

① 張穎 ⇒ 士人張穎

② 추가 ⇒ 景慕齋

1 張潁(장영, 생몰년 미상) : 부인은 水原白氏 白希綱의 딸임.

2 翮(핵) : 張翮(생몰년 미상). 한성판윤을 지냄.

3 乙輔(을보) : 張乙輔(1454~?). 조부는 張翮, 아버지는 장핵의 장남 張孟孫이다. 부인은 全州李氏 李翰祐의 딸이다. 1480년 문과에 급제하고, 도승지를 지냈다.

4 五世孫(오세손) : 張乙輔 →張自昌 →張希載 →張大弦 →張時幹 →張潁을 가리킴.

5 希載(희재) : 張希載(1529~1593). 조부는 張乙輔, 아버지는 張自昌이다. 부인은 水原白氏 白文麒의 딸이다. 慶基殿 參奉을 지냈다.

③ 漢城判尹翮後, 承旨乙輔五世孫, 參奉希載曾孫 ⇒ 判尹翮八世孫, 參議孟孫[6]六世孫, 承旨乙輔五世孫

④ 世傳忠孝, 慷慨有志節 ⇒ 天性至孝, 年纔八齔, 父僉正公, 以沆疴, 將至危境, 而時當隆寒, 欲食鮒, 公伐冰得魚而進之, 病得快甦。鄕隣稱賀曰:"八歲孝子." 自八九歲, 奉親餘暇, 志學不倦, 世間嗜好, 一不入於心, 而躬修節儉

⑤ 丙子奮臂從義, 管本府粮餉 ⇒ 時年三十五, 當丙子, 從先生, 同倡義旅, 聞和成而歸

⑥ 和成後, 書除凶雪恥四字, 以訓子孫 ⇒ 以除凶雪恥四字, 以訓子孫, 而終身憤慨, 杜門屛迹

⑦ 有孫 ⇒ 後孫翰七·應根·震根

---

6 孟孫(맹손):張孟孫(생몰년 미상). 부인은 東萊鄭氏 鄭興守의 딸이다. 1453년 문과에 급제하고, 병조참의를 지냈다.

백안현
白顔賢
(생몰년 미상)

본관은 수원(水原)이다. 이조판서(吏曹判書) 백장(白莊)의 후손이고, 현감(縣監) 백녹수(白祿守)의 10세손이다. 성품은 본디 바르고 곧았으며, 지략과 용맹을 아울러 갖추었다. 병자호란 때 의병을 일으켰고, 군무(軍務)를 주관하여 맡았다. 후손으로는 백중언(白重言), 백원(白源), 백운계(白雲啓)가 있다.

①白顔賢[1], ②水原人。③吏曹判書莊[2]之後, 縣監祿守[3]十世孫。性素正直, 智勇兼備。④丙子擧義, 主事軍務。有孫重言·源·雲啓。

---

1 白顔賢(백안현, 생몰년 미상) : 1799년 高廷憲에 의해 편찬된 《호남절의록》에도 등재되어 있는데, 수원백씨대종회에 문의하였지만 족보에서 찾을 수 없다고 하였다. 『호남절의록』(김동수 교감·역주, 경인문화사, 2010)의 434면에 실려 있다.

2 莊(장) : 白莊(1342~1415). 본관은 水原, 자는 明允, 호는 靜愼齋. 白簡美의 다섯째아들이다. 부인은 密陽朴氏 朴幹의 딸이다. 1357년 성균관 진사시에 합격하였다. 이후 원나라로 유학을 떠나, 25세의 나이로 원나라 과거에서 장원 급제하는 등, 자신의 기량과 경륜을 넓혔다. 원나라에서는 그에게 翰林侍讀學士의 관직을 내려 머물게 하려고 하였으나, 귀국하여 匡靖大夫·吏部典書·寶文閣大提學 등 요직을 역임하였다. 그러나 무신 이성계의 반란으로 고려가 멸망하자 開京을 떠나 강원도 原州 雉岳山으로 들어갔는데, 이때 그의 명성을 듣고 찾아든 선비들이 구름같이 많았다. 태조 이성계는 그의 학식과 덕망을 높이사 集賢殿大提學을 제수하였으나, 이를 거절하여 충청남도 瑞山郡 海美로 유배를 가게 되었다. 그 후 태종은 다시 이조판서·집현전 대제학 등을 제수하며 그를 회유하였으나, 이 또한 거절하여 전라북도 長水縣 任縣內面 虎德洞 位洞으로 유배되었다. 그는 장수현 長溪의 남쪽 柳川 언덕 위에 淸心亭을 짓고, 학문 연마와 후학 양성에 힘을 기울였다.

3 祿守(녹수) : 白祿守(생몰년 미상). 白鎭恒(1760~1818)이 남긴 《溪西遺稿》 4권의 5면에 의하면, 진사가 되었고 光陽현감을 지냈으며, 長興에 정착한 것으로 기록되어 있다. 한편 원문의 10세손이라는 계대는 착종인 것으로 짐작된다.

• 중간본의 변개

① 白顔賢 ⇒ 宣傳白顔賢

② 추가 ⇒ 字顯之

③ 吏曹判書莊之後, 縣監祿守十世孫 ⇒ 吏曹判書莊後, 縣監祿守十世孫, 王子師傅源[4]玄孫

④ 丙子擧義, 主事軍務 ⇒ 奮赴先生義旅, 主事軍官, 領軍至礪山, 聞媾和, 痛哭而歸

4 源(원) : 白源(생몰년 미상).

남기문
南起文
(생몰년 미상)

자는 문지(文之), 호는 율정(栗亭), 본관은 의령(宜寧)이다. 영의정 태조묘 배향(太祖廟配享) 충경공(忠景公) 남재(南在)의 후손이고, 우의정 세조조 명신(世祖朝名臣) 남지(南智)의 10세손이며, 감사(監司) 남흡(南洽)의 6세손이고, 군수(郡守) 남효용(南效容)의 현손이다. 군수공의 행장(行狀)에는 "공업(功業)은 문벌을 드러냈고, 총명함이 우뚝하였다."고 쓰였다. 선전관(宣傳官) 증좌승지(贈左承旨) 남응복(南應福)의 조카이고, 임진원종훈신(壬辰原從勳臣) 남응개(南應凱)의 아들이다. 공(公)은 효성을 독실히 이었고, 대대로 충절을 전했다. 은봉(隱峯 : 안방준) 선생으로부터 가르침을 받았다. 병자호란을 당하여 의병을 일으킬 때 칼을 들고 따랐지만 화의가 이루어지자 고향으로 돌아왔다. 후손으로는 통덕랑(通德郎) 남위익(南爲翼), 통덕랑 남운제(南雲齊), 남익운(南翼運)이 있다.

①南起文, 字文之, 宜寧人, 號栗亭。領議政太祖廟配享忠景公②在[1]之後, 右議政世祖朝名臣智[2]十世孫, 監司洽[3]之六世孫, 郡守效容[4]玄

---

1 在(재) : 南在(1351~1419). 본관은 宜寧, 자는 敬之, 호는 龜亭, 초명은 南謙. 李穡의 문인이다. 진사시에 합격한 뒤 左副代言을 지내고, 동생 南誾과 함께 이성계를 도와 조선개국에 공을 세웠다. 1392년 포상을 피하여 은거하였으나 태조에게 처소가 알려져 在라는 이름을 하사받고 개국공신 1등에 책록, 중추원학사 겸 대사헌이 되고 宜城君에 봉해졌다. 중추원판사·문하부참찬사를 거쳐, 1396년 都兵馬使로서 대마도를 정벌하였다. 1398년 제1차 왕자의 난 때 동생 남은이 살해됨과 동시에 잠시 유배되었다가 무혐의로 풀려나와, 1400년 世子師傅가 되었다. 뒤에 경상도도관찰사·의정부찬성사를 거쳐 우의정에 이르러 府院君에 진봉되었으며, 1416년에 영의정에 올랐다.

孫。郡守公行狀曰："業顯門閥，岐嶷明凱."宣傳官贈左承旨應福[5]③侄，壬辰原從勳臣應凱[6]子。公篤承誠孝，世傳忠節。④受業于隱峯先生。丙子擧義，杖釖而從，⑤和成而退。⑥有孫通德郎爲翼·通德郎雲齊·翼運。

• 중간본의 변개

① 南起文 ⇒ 生員南起文

② 在之後 ⇒ 在後

---

2 智(지) : 南智(1392~1449). 본관은 宜寧, 자는 智叔. 조부는 영의정 南在, 아버지는 병조의랑 南景文이다. 음보로 감찰이 되어 부정·지평을 거쳐 宜城君에 책봉되었다. 1428년 집의, 이듬해 동부대언이 되었다. 1435년 형조참판으로 성절사가 되어 명나라에 가서 서적을 내려줄 것을 청하여《音註資治通鑑》1질을 받아왔다. 1439년 대사헌·호조참판을 거쳐 경상도도관찰사로 나갔다. 이어 형조판서·호조판서를 역임하고, 1446년 소헌왕후 심씨가 폐비로 승하하자 자청하여 守陵官이 되었다. 1449년 판원사로 우의정에 임명되었고, 문종이 즉위하자 사직할 것을 청하였으나 허락받지 못하였다. 1451년 좌의정이 되어 영의정 皇甫仁, 우의정 金宗瑞와 함께 단종을 잘 보필해달라는 문종의 顧命을 받았으나 1452년 風疾로 사직을 청하였다. 1453년 영중추원사로서 사직을 청하였으나 허락받지 못하고, 계유정난 때 사돈인 安平大君과 사위 李友直 부자가 죽음을 당하였으나 병으로 화를 면하였다.

3 洽(흡) : 南洽(1426~1477). 본관은 宜寧, 자는 和汝, 호는 月溪. 아버지는 南洽이다. 강원도감사를 지냈다.

4 效容(효용) : 南效容(1527~1567). 본관은 宜寧, 자는 恭淑, 호는 老峯. 증조부는 南正理, 조부는 남정리의 둘째아들 南季孫, 아버지는 南世光이다. 남세광의 둘째아들이다. 金安國의 문인이다. 1558년 문과에 급제하였다. 樂安군수를 지냈다. 첫째부인은 金海金氏이고, 둘째부인은 光山金氏이다.

5 應福(응복) : 南應福(생몰년 미상). 본은 宜寧, 자는 自興, 호는 愚亭·南江. 조부는 南效容, 아버지는 남효용의 둘째아들 南山甸이다. 남산전의 장남이다. 訓鍊副正으로 1624년 李适의 난 때 鄭大致와 함께 鞍峴에서 승전하여 振武願從臣에 녹훈되었다. 부인은 靈岩金氏 金彦慶의 딸이다.

6 應凱(응개) : 南應凱(1564~1593). 본관은 宜寧, 호는 釜湖. 조부는 南效容, 아버지는 남효용의 장남 南山卓이다. 남산탁의 장남이다. 사마시에 합격한 후 副正學을 역임하였다. 임진왜란 때 金千鎰의 진영에서 공을 세웠고, 1593년 晉州城을 사수하다가 南江에 투신하여 순절하였다. 사후 宣武原從功臣에 올랐고《晉州强節義錄》에도 녹훈되었다.

③ 侄 ⇒ 姪

④ 受業于隱峯先生 ⇒ 受業于先生門下

⑤ 和成而退 ⇒ 聞和成而退

⑥ 有孫通德郎爲翼·通德郎雲齊·翼運 ⇒ 後裔仁和·鎭斗·鍾玹·秉采

김기원
金器元
(1593~1655)

자는 예백(禮伯), 호는 성재(誠齋), 본관은 청주(淸州)이다. 계사년(1593)에 태어났다. 경순왕(敬順王)의 후예이고, 승지(承旨) 김린(金麟)의 8세손이며, 임진 순절신(壬辰殉節臣) 주부(主簿) 김성장(金成章)의 아들이다. 공(公)은 타고난 마음이 온아하고 넓었으며, 위풍이 바르고 진중하였다. 평소에 불의를 참지 못하였고 부모를 섬김에 효가 지극하였다. 명나라 말에 태어나서부터 《춘추》를 배웠다. 병자호란을 만나서 안방준 선생과 함께 의병을 일으켜 몸 바쳐 국란에 달려가 여산(礪山)에 이르렀으나 성을 나와 항복했다는 부끄러운 소식을 듣고 통곡하며 의병을 해산하고 돌아왔다. 가풍으로 전해오는 절의는 사람들이 지금까지도 칭송하였다. 숭정 을미년(1655)에 죽었다. 후손으로는 김일형(金一衡), 김종국(金宗國), 김이인(金履仁)이 있다.

①金器元, 字禮伯, ②癸巳[1]生, 號誠齋, 淸州人。敬順王後裔, ③承旨麟八世孫, 壬辰殉節臣主簿成章[2]子。公氣質宏雅, 風儀正重。平生慷慨, ④事親純孝。生遭明末, 講業春秋。當丙子, ⑤與安先生, 倶倡義旅, 捐軀赴亂, 領至礪山, 聞城下之羞, 痛哭罷歸。⑥傳家節義, 人于今稱之。⑦崇禎乙未[3]卒。⑧有孫一衡·宗國·履仁。

---

1 癸巳(계사) : 宣祖 26년인 1593년.

2 成章(성장) : 金成章(1559~1593). 본관은 淸州, 자는 汝嘉, 호는 雲巖. 訓導主簿를 지냈다. 박광전의 문인이다. 임진왜란 때 고경명과 의병을 일으켜서 왜적과 싸우다가 순절했다.

• 중간본의 변개

① 金器元 ⇒ 士人金器元
② 癸巳生 ⇒ 생략
③ 承旨麟八世孫 ⇒ 都承旨左贊成麟八世孫
④ 事親純孝 ⇒ 事親至孝
⑤ 與安先生, 俱倡義旅 ⇒ 與先生, 同倡義旅
⑥ 추가 ⇒ 杜門自靖, 有撫劒看燕雲之句
⑦ 崇禎乙未卒 ⇒ 생략
⑧ 有孫一衡·宗國·履仁 ⇒ 後裔一衡·宗國·履仁·潤賢·履漢·潤聲

---

3 崇禎乙未(숭정을미) : 孝宗 6년인 1655년.

직장 최신일
直長 崔臣一
(1567~?)

자는 여림(汝琳), 본관은 죽산(竹山)이다. 숭록대부(崇祿大夫) 의정부(議政府) 좌찬성(左贊成) 홍문관(弘文館) 대제학(大提學) 최효운(崔孝雲)의 현손이고, 판서(判書) 최충좌(崔忠佐)의 손자이며, 군수(郡守) 최영(崔領)의 아들이다. 타고난 성품은 충성스럽고 효성스러웠으며, 불의를 참지 못하고 지혜롭고 용맹스러웠다. 병자호란 때 안방준 선생을 따라 의병을 일으켰다. 후손으로는 최창길(崔昌吉), 최명덕(崔鳴德), 최종헌(崔宗憲), 최종후(崔宗後), 최종화(崔宗華)가 있다.

直長崔臣一[1], 字汝琳, 竹山人。崇祿大夫議政府左贊成弘文館大提學孝雲[2]玄孫, 判書忠佐[3]孫, 郡守領[4]之子。稟性忠孝, 慷慨智勇。丙子, ①從安先生赴義。②有孫昌吉·鳴德·宗憲·宗後·宗華。

• 중간본의 변개

① 從安先生赴義 ⇒ 從先生赴義

② 有孫昌吉·鳴德·宗憲·宗後·宗華 ⇒ 後孫昌吉·鳴德·宗憲·宗後·宗華·基烈。(移居寶城)

---

1 崔臣一(최신일, 1567~?) : 족보에는 崔琳. 司宰監直長을 지냈다.

2 孝雲(효운) : 崔孝雲(1410~?). 竹山崔氏의 시조, 자는 孝元, 호는 一竹. 문과에 급제하여 의정부 좌찬성 겸 判義禁府使, 홍문관대제학, 知經筵成均館事를 역임하였다.

3 忠佐(충좌) : 崔忠佐(1490~?). 본관은 竹山, 호는 南遊亭. 조부는 崔孝雲, 아버지는 최효운의 장남 崔世亨이다. 1522년 長城현감, 1536년 병조참판을 지냈다.

4 領(영) : 崔鴒(1538~?)의 오기. 부인은 寶城宣氏 宣思恥의 딸이다. 禦侮將軍, 平山浦 만호, 沔川군수를 지냈다.

노세헌
盧世憲
(생몰년 미상)

자는 자장(子章), 본관은 광산(光山)이다. 영의정 경평공(敬平公) 상촌선생(桑村先生) 노숭(盧嵩)의 9세손이고, 대사성 노자형(盧自亨)의 현손이며, 좌랑(佐郎) 노사윤(盧思允)의 아들이다. 어려서부터 기이한 기상이 있었고 과거 공부를 일삼지 않았으며 효성과 우애도 아울러 두터웠다. 병자호란을 만나 앞장서서 의병을 일으켰다. 후손으로는 노태악(盧泰岳), 노태선(盧泰善), 노태도(盧泰道)가 있다.

①盧世憲, 字子章, 光山人。領議政敬平公桑村先生嵩[1]之九世孫, 大司成自亨[2]玄孫, 佐郎思允[3]子。②少尚奇氣, 不事科業, 孝友兼篤。③及遭丙子, ④挺身赴義。⑤有孫泰岳·泰善·泰道。

---

1 嵩(숭) : 盧嵩(1337~1414). 본관은 光州, 초명은 盧崇, 자는 中甫, 호는 桑村. 1357년 진사가 되고, 1365년 문과에 급제하여 正言·知申事·대사헌·知密直 등의 요직을 두루 역임하였다. 1389년 전라도관찰사가 되어 龍安(지금의 益山)과 榮山(지금의 나주시)에 각각 得成倉과 榮山倉을 세웠다. 1395년 開城留後를 거쳐 1397년에는 京畿左道都觀察使가 되었다. 태종이 즉위하자 三司左使·知議政府事로 발탁되었으나 노모의 상을 당하여 사직하였다. 다음해에 參判承樞府事로 되었고, 그 뒤 參贊議政府事를 거쳐 1414년 檢校右議政에 이르렀다.

2 自亨(자형) : 盧自亨(1414~1490). 본관은 光州. 아버지는 盧義이다. 생원으로 1450년 추장문과에 급제하였다. 1477년 사예가 되고, 1482년 사성·대사성 등을 역임하면서 성균관에서 인재양성에 전념하였다. 이듬해에는 70살의 나이로 사직을 청하였으나 허락받지 못하였다. 1488년 첨지중추부사로 봉직하였다.

3 思允(사윤) : 盧思允(생몰년 미상). 『광주노씨세보』(2005, 가승미디어)의 269면에 의하면, 盧嵩 이후의 후손에 대한 기록이 없다.

• 중간본의 변개

① 盧世憲 ⇒ 士人盧世憲
② 少尙奇氣 ⇒ 少有奇氣
③ 及遭丙子 ⇒ 當丙子
④ 挺身赴義 ⇒ 挺身赴義旅
⑤ 有孫 ⇒ 後孫

김산해
金山海
(생몰년 미상)

자는 이건(而鍵), 본관은 광산(光山)이다. 현감 김자중(金自中)의 6세손이고, 진사 김제(金第)의 5세손이며, 훈련첨정(訓鍊僉正) 김명희(金命稀)의 아들이다. 나이가 약관도 채 되지 않아서 병자호란을 만나 의로운 소리를 듣고는 자신의 몸을 잊고 의병에 달려갔다. 노직(老職)으로는 통정대부(通政大夫)였다. 후손으로는 김석덕(金錫德), 김세덕(金世德), 김성덕(金聖德)이 있다.

①金山海, 字而鍵, 光山人。縣監自中[1]六世孫, 進士第②五代孫, 訓鍊僉正命稀子。年未弱冠, ③丁丙子, 聞義聲, 忘身赴旅。④老職通政。⑤有孫錫德·世德·聖德。

• 중간본의 변개

① 金山海 ⇒ 通政金山海
② 五代孫 ⇒ 五世孫
③ 丁丙子, 聞義聲, 忘身赴旅 ⇒ 當丙子亂, 聞先生檄, 忘身赴義
④ 老職通政 ⇒ 생략
⑤ 有孫 ⇒ 後孫

---

1 自中(자중) : 金自中(생몰년 미상). 아버지는 함진도안렴사를 지냈고 이조참판에 이른 金瑚이다. 南平縣監을 거쳐 사헌부집의를 지냈다. 광산김씨 인터넷 족보에 의하면 동생으로 金自庸, 金自知, 金自南이 있으나, 김자용만 후손들이 기록되어 있다. 김자용은 金篁, 金籍, 金篙, 金槃, 金簹, 金簡 6형제를 두었다. 현재로서는 원문의 인물에 대해 확인하는 것이 불가능하다.

최경업

崔景渫

(생몰년 미상)

역주자 주 : 원문에는 아무런 기록 없이 빈 여백 상태임.

최후장

崔厚章

(생몰년 미상)

역주자 주 : 원문에는 아무런 기록 없이 빈 여백 상태임.

장흥지역 등재인물의 출입 비교

초간본		중간본	
1	김태웅金兌雄(무사실)	1	김유신金有信
2	김유신金有信(무사실)	2	윤동야尹東野
3	윤동야尹東野	3	위사진魏士進
4	임천비林天芘(무사실)	4	김태웅金兌雄
5	최신일崔臣一(무사실)	5	임천비林天芘
6	임극창林克昌(무사실)	6	장영張頴
7	위사진魏士進	7	백안현白顏賢
8	김우성金宇誠(무사실)	8	남기문南起文
9	김태웅金兌雄	9	김기원金器元
10	장영張頴	10	최신일崔臣一
11	백안현白顏賢	11	노세헌盧世憲
12	남기문南起文	12	김산해金山海
13	김기원金器元	13	임극창林克昌(무사실)
14	최신일崔臣一	14	김수성金守誠(무사실)
15	노세헌盧世憲	15	최경복崔景濮(무사실)
16	김산해金山海	16	최후장崔厚章(무사실)
17	최경업崔景渫(무사실)	17	
18	최후장崔厚章(무사실)	18	

초간본과 중간본에서 장흥지역 등재인물의 출입 양상을 살펴보면, 다음과 같다. 중복된 표제어 인물은 김태웅, 최신일 2명이다.

초간본에는 사실이 없었지만 중간본에서 보충된 인물은 2명인데, 임천비, 최신일 등이다.

초간본에 사실이 없었는데 중간본에서도 그대로 없는 인물은 4명인데, 임극창, 김우성(중간본에서는 김수성), 최경업(중간본에서는 최경복), 최후장 등이다.

흥양(興陽)

참봉 이복인
參奉 李復仁
(생몰년 미상)

자는 상오(常五), 본관은 성산(星山)이다. 정당문학(政堂文學) 진현전(進賢殿) 대제학(大提學) 성산군(星山君) 문열공(文烈公) 매운당(梅雲堂) 이조년(李兆年)의 11세손이고, 영의정 성산부원군(星山府院君) 문경공(文景公) 형재(亨齋) 이직(李稷)의 9세손이며, 참봉 이홍(李洪)이 아들이다. 공(公)은 무엇에 얽매이지 않고 큰 뜻이 있었으며, 인자하고 효성스러운 것으로써 자부하였다. 병자호란을 당하여 안방준 선생과 의기를 떨쳐 의병을 일으켰다. 후손으로는 이기범(李箕範), 이우범(李禹範), 이인범(李因範)이 있다.

參奉李復仁[1], 字常五, 星山人。政堂文學進賢殿大提學星山君文烈公號梅雲堂兆年[2]十一世孫[3], 領議政星山府院君文景公號亨齋稷[4]九世孫,

---

1 李復仁(이복인, 생몰년 미상) : 부인은 礪山宋氏 宋廷壽의 딸임.

2 兆年(조년) : 李兆年(1269~1343). 본관은 星州, 자는 元老, 호는 梅雲堂·百花軒. 1294년 鄕貢進士로 문과에 급제하여 安南書記에 보직되고, 禮賓內給事를 거쳐 知陝州事·秘書郎 등을 지냈다. 1325년 감찰장령으로 발탁되고, 典理摠郎으로 관동지방을 按撫하였다. 1327년 충숙왕이 元都에 있을 때 왕을 도운 공로로 判典校寺事로서 이등공신이 되었으며, 이어 軍簿判書에 승진하였다. 1330년 충혜왕이 즉위하자 장령이 되었고, 그 뒤 여러 번 충혜왕을 따라 원나라에 내왕하였다. 1339년 충혜왕이 복위하자 그 이듬해 정당문학에 승진하였고, 예문관대제학이 되어 星山君에 봉해졌다.

3 十一世孫(십일세손) : 李兆年 → 李褒 → 6자 李仁敏 → 李稷 → 李師厚 → 2자 李正寧 → 2자 李誼 → 3자 李文樑 → 李璋 → 李山立 → 7자 李洪 → 3자 李復仁을 가리킴.

4 稷(직) : 李稷(1362~1431). 본관은 星州, 자는 虞庭, 호는 亨齋. 증조부는 政堂文學 李兆

參奉洪[5]子。公倜儻多大志，以仁孝自任。當丙子，①與安先生，奮義從旅。②有孫箕範·禹範·因範。

• 중간본의 변개

① 與安先生 ⇒ 與先生
② 有孫箕範·禹範·因範 ⇒ 後裔光弼·周榮·濠榮·正榮

年, 조부는 檢校侍中 李褒, 아버지는 門下評理 李仁敏이다. 1377년 16세로 문과에 급제해 慶順府注簿에 보직되고, 그 뒤 사헌지평·성균사예·典校副令·宗簿令·密直司右副代言 등을 거쳐 공양왕 때 예문제학을 지냈다. 1392년에 이성계 추대에 참여해 知申事로서 개국공신 3등이 되고 星山君에 봉해졌다. 이듬해 中樞院都承旨·中樞院學士로서 謝恩使가 되어 명나라에 다녀왔다. 1397년 대사헌을 지내고, 1399년 中樞院使로서 西北面都巡問察理使를 겸임해 왜구의 침입을 격퇴시켰다. 1400년 參贊門下府事에 오르고, 이어 三司左使·知議政府事를 역임하였다. 1402년 대제학을 거쳐, 이듬해 判司評府事로서 왕명으로 鑄字所를 설치, 동활자인 癸未字를 만들었다. 1405년 육조의 관제가 정해지자 처음으로 이조판서가 되었다. 1407년 동북면도순문찰리사·영흥부윤이 되고, 이어 찬성사로서 대사헌을 겸임하였다. 이듬해 다시 이조판서로 判義勇巡禁司事를 겸임하고, 1410년 遷陵都監提調로서 德陵·安陵 등을 함흥으로 옮겼다. 1412년 星山府院君으로 진봉되고, 1414년 우의정에 승진되어, 進賀使로서 명나라에 다녀왔다. 이듬해 黃喜와 함께 忠寧大君(뒤의 세종)의 세자책봉을 반대하다 성주에 안치되었다. 1422년 풀려 나와 1424년 영의정에 오르고, 같은 해 登極使로 명나라에 다녀왔다.

5 洪(홍) : 李洪(생몰년 미상). 본관은 星州, 호는 寒泉堂. 禮賓寺參奉을 지냈다.

조의흠
曹義欽
(생몰년 미상)

자는 사직(士直), 본관은 창녕(昌寧)이다. 시중(侍中) 조정통(曺精通)의 후손이고, 문과(文科) 조한량(曺漢良)의 증손이며, 생원 조경선(曺慶先)의 손자이다. 어려서부터 재주가 많았으며, 장성해서는 충성과 절의가 있었다. 병자호란 때 앞장서서 의기를 떨치고 협력하여 의병을 일으켰으나 화의가 이루어졌다는 소식을 듣고 고향으로 돌아왔다. 판결사(判決事)를 증직하였다[1]. 후손으로는 조윤광(曺允光), 조인덕(曺仁德)이 있다.

①曹義欽, 字士直, 昌寧人。侍中精通[2]之後, ②文科漢良[3]曾孫, 生員慶先[4]孫。③少多才藝, 壯有忠義。④丙子, 挺身奮義, 協力赴旅, 聞和成而歸。⑤贈判決事。⑥有孫允光·仁德。

---

1 英祖 32년인 1756년에 있었던 일.

2 精通(정통) : 曺精通(?~1306). 본관은 昌寧, 호는 水雲. 아버지는 曺晟이다. 창녕조씨 시조 曺繼龍의 25세손이다. 부인은 濟州梁氏 梁橫海의 딸이다. 고려 후기에 都僉議贊成事, 門下侍中을 지냈다. 鐵冶君에 봉해졌다. 나라가 어지러워지자 공민왕 때 개성에서 전라남도 나주군 남평면 오룡동으로 내려와 생을 마쳤다. 曺慶龍, 曺應龍, 曺漢龍, 曺變龍, 曺見龍 다섯 아들을 두었다. 曺精通 → 3자 曺漢龍 → 曺景湜 → 曺希正 → 曺讜 → 曺繼周 → 曺克仁 → 曺永平 → 曺範 → 曺舜光 → 曺漢良으로 이어진다.

3 漢良(한량) : 曺漢良(생몰년 미상). 증조부는 曺永平, 조부는 조영평의 장남 曺範, 아버지는 조범의 장남 曺舜光이다. 조순광의 장남이다. 어머니는 寶城宣氏 宣益孫의 딸이다. 부인은 幸州奇氏 奇彦瑚의 딸이다. 1567년 문과에 급제하고, 楚山府使를 지냈다.

4 慶先(경선) : 曺慶先(생몰년 미상). 아버지는 曺漢良이다. 부인은 昌寧張氏이다. 1585년 생원이 되었다.

• 중간본의 변개

① 曹義欽 ⇒ 判決事曹義欽

② 文科漢良曾孫, 生員慶先孫 ⇒ 典籍漢良曾孫, 生員慶先孫, 僉正億男[5]子

③ 少多才藝, 壯有忠義 ⇒ 自髫齡, 事親養志, 遊戱以弓矢, 自娛, 父兄責之, 則對曰 : "弓矢丈夫之事也."

④ 丙子, 挺身奮義, 協力赴旅, 聞和成而歸 ⇒ 時年二十五, 聞南漢被圍, 與從弟守欽, 將率鄉中武士百餘人, 赴先生倡義所, 行到礪山, 聞和成, 痛哭而歸。杜門謝世

⑤ 贈判決事 ⇒ 생략

⑥ 有孫允光·仁德 ⇒ 後孫漢七

---

5 億男(억남) : 曺億男(생몰년 미상). 曺慶先의 장남이다. 부인은 密陽朴氏 朴元良의 딸이다. 1757년 軍資監正에 증직되었다.

조수흠
曹守欽
(생몰년 미상)

자는 평직(平直), 본관은 창녕(昌寧)이다. 시중(侍中) 조정통(曺精通)의 후손이고, 문과(文科) 조한량(曺漢良)의 증손이며, 참봉 조기남(曺奇男)의 아들이다. 임진전망 모의장군(壬辰戰亡募義將軍) 증참의(贈參議) 최대성(崔大晟)의 외손자이다. 어려서부터 영특하고 슬기로웠으며, 장성해서는 지혜롭고 용맹스러웠다. 병자호란 때 의기를 격렬히 떨치며 몸을 잊고 의병을 일으켰다. 후손으로는 조명언(曺命彦), 조윤중(曺允中)이 있다.

①曹守欽, 字平直, 昌寧人。②侍中精通後, 文科漢良曾孫, 參奉奇男[1]子。 壬辰戰亡募義將軍贈參議崔大成[2]之外孫。 幼而穎悟, 壯而智勇。當時亂, ③奮義激烈, 忘身赴義。④ ⑤有孫命彦·允中。

- 중간본의 변개

① 曹守欽 ⇒ 士人曹守欽
② 侍中精通後, 文科漢良曾孫 ⇒ 義欽從弟
③ 추가 ⇒ 與從兄
④ 추가 ⇒ 聞和成而歸
⑤ 有孫命彦·允中 ⇒ 後裔亨振·澈振·錫柱

---

1 奇男(기남) : 曺奇男(생몰년 미상). 曺慶先의 둘째아들이다. 부인은 慶州崔氏 崔大晟의 딸이다. 1604년 참봉이 되었다.

2 崔大成(최대성) : '崔大晟'의 오기.

송흔

宋昕

(생몰년 미상)

역주자 주 : 원문에는 아무런 기록 없이 빈 여백 상태임.

김득겸

金得兼

(생몰년 미상)

역주자 주 : 원문에는 아무런 기록 없이 빈 여백 상태임.

• 중간본의 변개

삽입 ⇒ 士人金得兼, 金海[1]人。領敦寧遵[2]后。自幼, 孝友兼全。及長, 智謀兼人。當丙亂, 應先生檄, 與諸從, 勇赴義旅, 聞和成而歸。後孫時景·時佐·楹。

---

1 金海(김해) : 과거에는 김해김씨라 한 적도 있으나, 현재 金遵의 후손들은 金寧金氏로 자처하고 있다고 한다. 이하 동일하다.

2 遵(준) : 金遵(1409~?). 본관은 金寧, 자는 應遠, 호는 晩池堂. 세종 때 1426년 등과한 후 淸顯官을 거쳐, 資憲大夫兵曹判書 大匡輔國 崇祿大夫 領敦寧府事에 이르렀다. 端宗이 遜位하자 벼슬에서 물러나 興陽(高興佳山)으로 은거하여 두문불출하였다. 단종이 승하했다는 소식을 듣고 月嶽山에 들어가 통곡하며, 方喪三年하였다. 세조가 좌의정에 임명하고자 여러 차례 불렀으나 나아가지 않았다.

송세의

宋世義

(생몰년 미상)

역주자 주 : 원문에는 아무런 기록 없이 빈 여백 상태임.

김종지

金宗智

(생몰년 미상)

역주자 주 : 원문에는 아무런 기록 없이 빈 여백 상태임.

• 중간본의 변개

삽입 ⇒ 士人金宗智, 字峻甫, 號月谷, 金海人。領敦寧遵後, 參判九龍[1]六世孫, 承旨彦良[2]孫。自幼, 氣宇宏深。明末講讀春秋, 尙嚴尊周大義。當丙子亂, 心懷敵愾, 與諸從, 從先生, 倡起義旅。和成後, 杜門自靖, 以終餘年。後孫仁錫·達福·萬斗。

---

1 九龍(구룡) : 金九龍(1454~?). 본관은 金寧, 자는 會雲, 호는 鳳溪. 아버지는 持平 金元慶이다. 吏曹正郎, 兵曹參判을 역임하였다. 李施愛 난 때 曺錫文과 함께 토벌한 공으로 敵愾功臣에 책봉되었다.

2 彦良(언량) : 金彦良(생몰년 미상). 본관은 金寧, 자는 國翰, 호는 慕毅齋. 아버지는 僉正 金商傑이다. 1564년 무과에 급제하고, 禦侮將軍忠武衛副司直을 역임하였다. 임진왜란과 정유재란 때 영천, 진주, 한산, 고금도 등의 전투에서 많은 공을 세워 좌승지에 증직되고 宣武原從勳에 기록되었다.

강경득

姜慶得

(생몰년 미상)

자는 충지(忠之), 호는 수옹(睡翁), 본관은 진양(晋陽)이다. 은열공(殷烈公) 강민첨(姜民瞻)의 후손이고, 선무공신(宣武功臣) 판관(判官) 강언해(姜彦海)의 증손이다. 지혜와 용기가 남보다 뛰어났고, 충성과 효도를 지녔으며 성품이 순수하였다. 병자호란 때 의병 모집에 응하였다. 후손으로는 강성좌(姜聖佐), 강성봉(姜聖鳳), 강성량(姜聖良)이 있다.

①姜慶得, 字忠之, 晋陽人, 號睡翁。殷烈公民瞻[1]後, 宣武功臣判官彦海[2]曾孫。智勇絶倫, 忠孝純性。②丙子, 應募赴義。③有孫聖佐·聖鳳·聖良。

• 중간본의 변개

① 姜慶得 ⇒ 士人姜慶得
② 丙子 ⇒ 當丙子亂
③ 有孫 ⇒ 後孫

---

1 民瞻(민첨) : 姜民瞻(963~1021). 본관은 晉州. 목종 때 문과에 급제하였다. 1012년 東女眞이 迎日·淸河 등지에 쳐들어오자 都部署의 文演·李仁澤·曺子奇 등과 함께 안찰사로서 州郡兵을 독려하여 격퇴하였다. 1016년 內史舍人이 되었으며, 1018년 蕭排押의 10만 거란군이 내침하자 대장군 平章事 姜邯贊의 부장으로 출전하여 興化鎭에서 적을 대파하였다. 그 공으로 1019년에 응양상장군주국이 되고, 곧 이어 우산기상시에 올라 推誠致理翊戴功臣에 녹훈되었으며, 이듬해 지중추사 병부상서가 되었다.

2 彦海(언해) : 姜彦海(생몰년 미상). 『晉陽姜氏族譜』(1799)에 의하면, '姜德生 → 姜敏 → 姜潭 → 姜孝東 → 姜占春 → 2자 姜彦海 → 姜繼鳳 → 1자 姜萬壽·2자 姜萬基·3자 姜萬平 → 강만수의 1자 姜晉建·2자 姜晉歸, 강만평의 아들 姜晉會'로 되어 있는데 이름자만 적혀 있을 뿐이다. 강경득이란 이름자는 찾을 수가 없었다.

김진발
金振發
(생몰년 미상)

역주자 주 : 원문에는 아무런 기록 없이 빈 여백 상태임.

• 중간본의 변개

삽입 ⇒ 士人金振發, 字鳴玉, 金海人。密直使貴甲[1]後, 壬辰功臣縣監德龍[2]孫。智勇過人。當丙子, 募聚兵糧, 直赴先生義幕。和成後, 杜門自適

---

1 貴甲(귀갑) : 金貴甲(생몰년 미상). 본관은 金寧. 아버지는 金重源이다. 부인은 慶州李氏이다. 藝文館應敎를 거쳐 密直司使를 지냈다.

2 德龍(덕룡) : 金德龍(1564~?). 본관은 金寧, 자는 德彬, 호는 敬義齋. 고려 判典 金明澤의 6세손이며, 훈련원봉사 金守文의 아들이다. 임진왜란 때 인근 친척과 마을 장정들을 불러 모아 의병을 일으키고 여러 곳에서 왜적을 격파하였다. 1593년 2월 여러 의병장과 함께 문경 唐橋에서 회맹하고, 1596년 3월에는 八公山會盟에 참가하였다. 1597년 정유재란 때는 울산의 島山과 서생포 등에서 왜적을 무찔렀다. 1599년 11월 명나라 장수 麻貴가 여러 의병장의 공로를 치하하기 위해 마련한 자리에 참석하여 여러 의사들과 함께 의리를 다지고 蒼表堂案에 이름을 적었다. 1605년 宣武原從功二等功臣에 녹훈되고 禁軍에서 訓鍊院判官으로 제수되었으며, 이어 正에 올랐다.

송후립

宋後立

(생몰년 미상)

역주자 주 : 원문에는 아무런 기록 없이 빈 여백 상태임.

• **중간본의 변개**

삽입 ⇒ 士人宋後立[1], 字仁順, 礪山人。忠剛公侃后, 萬戶廷麒[2]子。膽力兼人, 慷慨有氣節, 從先生倡義。

---

1 宋後立(송후립, 생몰년 미상) : 본관은 礪山. 증조부는 宋貞禮의 셋째아들 宋時衡, 조부는 송시형의 장남 宋适, 아버지는 송괄의 장남 宋廷麒이다.

2 廷麒(정기) : 宋廷麒(1534~1598). 본관은 礪山, 자는 敬向. 부인은 金海金氏 金繼賢의 딸이다. 藍浦縣監을 지냈다. 정유재란 때 姑島에서 왜적을 대파하였다.

김호익
金好益
(생몰년 미상)

역주자 주 : 원문에는 아무런 기록 없이 빈 여백 상태임.

• 중간본의 변개

삽입 ⇒ 判官金好益, 字乃謙, 號桐庵, 金海人。領敦寧遵後, 壬辰功臣起南[1]孫。公癸亥登武科, 見忤權奸而退, 臥田里。當丙子亂, 與諸從, 率家僮六十, 從先生擧義, 到礪山, 聞和成, 憤然有詩曰 : "忍負神皇德, 難扶夏鼎移, 腥塵彌四海, 江漢更宗誰." 北向痛哭而歸。不復仕進。後裔載漢·啓元·基大·在洛。

---

1 起南(기남) : 金起南(생몰년 미상). 본관은 金寧, 자는 淑寶, 호는 石亭. 아버지는 長湍都護府使兼防禦使 金德儉이다. 軍資監參奉을 지냈다. 임진왜란 때 부사 金彦恭을 따라 진주, 한산 등 전투에서 왜적과 싸워 공을 세우고 또 섬진, 고금도 등 전투에서 왜선 수십 척을 격파하였다. 그 공으로 司僕寺正에 제수되고 宣武原從勳에 기록되었다.

선대복
宣大福
(생몰년 미상)

역주자 주 : 원문에는 아무런 기록 없이 빈 여백 상태임.

김충일
金忠一
(생몰년 미상)

역주자 주 : 원문에는 아무런 기록 없이 빈 여백 상태임.

• 중간본의 변개

삽입 ⇒ 士人金忠一, 金海人。領敦寧遵後。度略兼人。挺身赴義。

조승업

趙昇業

(생몰년 미상)

역주자 주 : 원문에는 아무런 기록 없이 빈 여백 상태임.

박승룡
朴承龍
(생몰년 미상)

역주자 주 : 원문에는 아무런 기록 없이 빈 여백 상태임.

• 중간본의 변개

삽입 ⇒ 士人朴水龍, 字子雲, 密陽人。吏曹判書密山君恭孝公墨齋仲孫[1]八世孫, 縣監得龍[2]曾孫, 壬辰原從功臣訓鍊院正奇男[3]子。公事親盡孝, 才兼文武。擧義, 赴先生義幕, 聞和成而歸。後裔重昌·重晉·貞孝·良孝·日英

---

1 仲孫(중손) : 朴仲孫(1412~1466). 본관은 密陽, 자는 慶胤, 호는 默齋. 밀양박씨 糾正公派 朴鉉의 6세손으로 恭孝公派 파조이다. 증조부는 朴忱, 조부는 贊成事 朴剛生, 아버지는 校書館正字 朴切問이다. 1435년 식년문과에 급제하여 집현전박사가 되고, 홍문관의 부수찬·지제교를 거쳐 議政府舍人·사헌부집의·知兵曹事·동부승지·도승지 등을 역임하였다. 1453년 계유정난 때 수양대군을 도와 金宗瑞 등을 제거한 공으로 靖難功臣 1등에 책록되고 凝川君에 봉해지면서 병조참판에 제수되었다. 그러나 세종의 아들로 令嬪姜 소생인 사위 和義君 李瓔이 수양대군을 반대하다 귀양가게 되어 한때 난처한 입장에 빠졌으나, 이어 한성부윤에 임명되었다. 그 뒤 대사헌, 공조·이조·형조·예조의 판서를 거쳐 密山君으로 改封되었다. 세조 초에 좌찬성에 승진되었고 세 차례에 걸쳐 고시관이 되어 많은 인물을 등용시켰다.

2 得龍(득룡) : 朴得龍. 밀양박씨 족보의 규정공파 내에도 공효공파 내에도 등재되어 있지 않은 인물이라서 현재로서는 확인할 수가 없다. 또한 朴奇男이나 朴承龍도 역시 족보에서 확인할 수 없지만, 박기남만은 인터넷상의 자료를 통해 확인할 수 있다.

3 奇男(기남) : 朴奇男(1565~1668). 본관은 密陽, 자는 英哲, 호는 池亭. 1584년 무과에 급제하여 訓鍊院正을 지냈다. 임진왜란이 발발하였을 때는 義州까지 임금을 호종하였다. 왜병에 대한 방어책을 올려 그 능력을 인정받아 南海府使로 부임하였다. 정유재란 때는 울산, 양산 등지에서 왜적을 무찔렀다. 전란이 끝난 후 宣武原從功臣 1등으로 녹훈되었다. 사후 좌승지에 추증되었다.

이의신
李義臣
(생몰년 미상)

역주자 주 : 원문에는 아무런 기록 없이 빈 여백 상태임.

· 중간본의 변개

삽입 ⇒ 宣傳李義臣[1], 牛峯人。判書垤[2]七世孫[3], 萬戶忠亮[4]孫, 壬辰原從勳臣繼男[5]子。公智力絶人, 武技超類, 倜儻有氣節。早登武科, 見忤權奸, 以宣傳, 退臥田里。當丙子亂, 奮赴先生幕下, 領軍到礪山, 聞和媾, 不勝憤慨而還。後孫致永·光錫·斗吉。

1 李義臣(이의신, 생몰년 미상) : 부인은 金海金氏 金述의 딸임.

2 垤(질) : 李垤(생몰년 미상). 조부는 李周, 아버지는 李吉培이다. 1450년 진사가 되고, 1453년 식년시에 급제하였다. 1457년 중시에 급제하고, 대사간을 지냈다. 예조판서에 증직되었다.

3 七世孫(칠세손) : 李吉培→(1자 李圻·2자 李垤·3자 李埏) 4자 李垸→李承準→李震→李彦弼→李忠亮→李繼男→李義臣을 가리킴. 원문에는 계대가 착종되어 있다.

4 忠亮(충량) : 李忠亮(1541~1593). 본관은 牛峯, 자는 允中. 부인은 淸州韓氏 韓有兌의 딸이다.

5 繼男(계남) : 李繼男(1412~1466). 본관은 牛峯, 자는 道叔. 부인은 密陽趙氏 趙億秋의 딸이다. 무과에 급제하고 中衛副將官을 지냈다.

강희열

姜希說
(생몰년 미상)

역주자 주 : 원문에는 아무런 기록 없이 빈 여백 상태임.

강경득

姜慶得
(생몰년 미상)

역주자 주 : 원문에는 아무런 기록 없이 빈 여백 상태임.

배길남

裵吉男

(생몰년 미상)

역주자 주 : 원문에는 아무런 기록 없이 빈 여백 상태임.

• 중간본의 변개

삽입 ⇒ 士人裵吉楠, 字大集, 號松庵, 星州人。星山君天龍[1]后, 壬亂殉節功臣戶曹參判書巖公德文[2]子。公才器過人, 忠孝兼全, 踐履篤學, 文武備蘊。生丁明末, 講讀春秋, 常嚴尊周大義。至丙子, 奮然挺身, 直赴先生義幕, 時年三十一, 以募軍別將, 旬日之間, 得士數千軍, 聲大振, 行到礪山, 聞和成, 痛哭而還。遁世肆志, 以終餘年。後裔自敬·象寬·基源·永模·聖浩·允邦。

---

1 天龍(천룡) : 裵天龍(생몰년 미상). 裵玄慶의 5세손으로, 裵元龍의 동생이다. 星山으로 分籍하였고, 星山君에 봉해졌다.

2 德文(덕문) : 裵德文(1525~1603). 본관은 星州, 자는 叔晦, 호는 書巖. 조부는 裵孝崇, 아버지는 裵綱이다. 1553년 別試에 급제하고, 成均館學諭에 임명되었다. 그 뒤로 注書로 經筵에 참석하였다. 1561년 彦陽縣監에 이어 漢城庶尹, 盈德군수, 蔚山군수, 古阜군수 등을 역임했으며, 이때 僧 普雨가 전권을 휘두르자 귀향하여 書巖精舍를 짓고 독서에 전심하는 한편, 鄭逑 등과 교유하면서 강론했었다. 10여 년 뒤 校官으로 조정에 추천되어 儒生들을 가르쳤다. 1592년 임진왜란 때 提督으로 임명되어 의병을 일으켜 星州 탈환 및 수호 작전에 큰 공을 세웠다. 전란이 끝난 후 司宰監正에 올랐다. 1601년 의병활동에 관한 공으로 原從二等功臣에 오르고 호조참판에 추증되었다.

배흥업
裵興業
(생몰년 미상)

자는 윤성(潤成), 본관은 대구(大丘)이다. 달성군(達城君) 배운룡(裵雲龍)의 후손이고, 진사 배성진(裵成晋)의 8세손이다. 공(公)은 힘이 남보다 뛰어났고 정의로운 기개가 특출하였다. 병자호란을 당하여 죽음을 무릅쓰고 의병을 일으켜 여산(礪山)에 도달하였으나 화의가 이루어졌다는 소식을 듣고 고향으로 돌아왔다. 분해서 주먹을 불끈 쥐기를 마지않다가 문을 닫아걸고 자기의 지조를 지켰다. 후손으로는 배세항(裵世恒), 배경좌(裵景佐), 배경운(裵景運), 배달린(裵達麟)이 있다.

①裵興業, 字潤成, 大丘人。達城君雲龍[1]後, 進士成晋[2]八世孫。公膂力過人, 義氣絶倫。②時當丙子, 冒死赴義, 到礪山, 聞和成而退。扼腕不已, 閉門自守。③有孫世恒·景佐·景運·達麟。

• 중간본의 변개

① 裵興業 ⇒ 士人裵興業
② 時當丙子, 冒死赴義, 到礪山, 聞和成而退 ⇒ 時當丙子亂, 冒死赴先生義廳, 聞和成而歸
③ 有孫 ⇒ 後孫

---

1 雲龍(운룡) : 裵雲龍(생몰년 미상). 裵玄慶의 5세손으로, 형은 裵元龍, 裵天龍이고, 동생은 裵五龍이다. 大邱로 분적하였고, 達城君에 봉해졌다.

2 成晋(성진) : 裵成晋(생몰년 미상).

박영발

朴英發

(생몰년 미상)

역주자 주 : 원문에는 아무런 기록 없이 빈 여백 상태임.

신지후

申智厚

(생몰년 미상)

역주자 주 : 원문에는 아무런 기록 없이 빈 여백 상태임.

김여형

金汝泂

(생몰년 미상)

역주자 주 : 원문에는 아무런 기록 없이 빈 여백 상태임.

• 중간본의 변개

삽입 ⇒ 士人金汝泂, 字聖孝, 號月梅, 金海人。領敎寧遵後, 壬辰功臣府使彦恭[1]孫。公自幼, 天性正直, 慷慨有大節, 克承家訓。當丙子亂, 與諸從, 勇赴先生義旅, 署任軍官, 糾集義兵, 行到礪山, 和成後, 痛哭而歸。後裔基鎭。

---

1 彦恭(언공) : 金彦恭(1547~1625). 본관은 金寧, 자는 孝則, 호는 默齋·默軒. 아버지는 濟用監僉正 金商傑의 둘째아들이다. 金彦良의 동생이다. 1569년 향시에 으뜸으로 뽑혔고, 1579년 무과에 급제하여 忠佐衛副司正에 올랐다. 1592년 임진왜란이 일어나자 권율장군을 도와 梨峙, 禿山城, 幸州 등지 전투에서 승리를 거두었다. 1597년 潭陽府使에 임명되었으나 그의 출신 가문이 비천하고 인물이 용렬하므로 담양과 같은 큰 읍을 다스릴 수 없다는 사간원의 상소로 교체되었다. 그렇지만 전라우도 조방장으로 金溝縣에서 왜군을 격퇴하기도 하여 順天都護府使를 역임하고, 1601년 高嶺鎭僉節制使에 임명되었으며, 이어서 惠山鎭僉節制使가 되었으나 도망한 노비를 은닉시켰다가 병조의 상계로 推考당하였다. 그러나 折衝將軍 僉知中樞府事 겸 五衛將에 이르렀다. 1605년 宣武原從功臣으로 녹훈되었다. 한편, 《경진(1580)별시문무과방목》에 따르면, 본관은 金海, 자는 敬而, 생년은 1550년으로 되어 있어 시비를 가려야 한다.

김여인
金汝仁
(생몰년 미상)

후손으로는 김석규(金碩規), 김덕규(金德規)가 있다.

① ②有孫碩規·德規。

• 중간본의 변개

① 삽입 ⇒ 士人金汝仁, 金海人。領敦寧遵后。勇力超類, 度略恢確。奮然曰 : "此正男兒得意之秋." 與諸族從, 勇赴先生義幕, 聞和成而退。

② 有孫 ⇒ 後裔

김여겸
金汝兼
(생몰년 미상)

후손으로는 김시경(金時景), 김시좌(金時佐), 김영(金楹)이 있다.

①金汝兼。②有孫時景·時佐·楹。

• 중간본의 변개

① 金汝兼 ⇒ 通政金汝兼, 字同心, 號龜巖, 金海人。領敦寧遵後。從族兄好益, 奮赴先生義旅, 聞和成而歸。

② 有孫時景·時佐·楹 ⇒ 생략

홍양지역 등재인물의 출입 비교

초간본		중간본	
1	이복인李復仁	1	이복인李復仁
2	조의흠曹義欽	2	조의흠曹義欽
3	조수흠曹守欽	3	조수흠曹守欽
4	송흔宋昕(무사실)	4	박승룡朴承龍
5	김득겸金得兼(무사실)	5	김여형金汝泂
6	송세의宋世義(무사실)	6	김호익金好益
7	김종지金宗智(무사실)	7	김종지金宗智
8	강경득姜慶得	8	김여겸金汝兼
9	김진발金振發(무사실)	9	강경득姜慶得
10	송후립宋後立(무사실)	10	김진발金振發
11	김호익金好益(무사실)	11	송후립宋後立
12	선대복宣大福(무사실)	12	이의신李義臣
13	김충일金忠一(무사실)	13	배길남裵吉楞
14	조승업趙承業(무사실)	14	배흥업裵興業
15	박승룡朴承龍(무사실)	15	송결宋駃(초간본보성)
16	이의신李義臣(무사실)	16	김여인金汝仁
17	강희열姜希說(무사실)	17	김득겸金得兼
18	강경득姜慶得(무사실)	18	김종의金宗義
19	배길남裵吉男(무사실)	19	김유흡金有洽
20	배흥업裵興業	20	김우정金禹鼎
21	박영발朴英發(무사실)	21	김충일金忠一
22	신지후申智厚(무사실)	22	송흔宋昕(무사실)
23	김여형金汝泂(무사실)	23	송세의宋世義(무사실)
24	김여인金汝仁	24	선대복宣大福(무사실)
25	김여겸金汝兼	25	조승업趙承業(趙承業)(무사실)

		26	강희열姜希說(무사실)
		27	신지후申智厚(무사실)

초간본과 중간본에서 흥양지역 등재인물의 출입 양상을 살펴보면, 다음과 같다. 중복된 표제어 인물은 강경득 1명이다.

초간본에 등재되지 않았지만 중간본에서 새로이 등재된 인물은 3명인데, 김종의, 김유흡, 김우정 등으로 사실이 있다.

초간본에는 사실이 없었지만 중간본에서 보충된 인물은 10명인데, 박승룡, 김여형, 김호익, 김종지, 김진발, 송후립, 이의신, 배길남, 김득겸, 김충일 등이다.

초간본에 사실이 없었는데 중간본에서도 그대로 없는 인물은 5명인데, 송흔, 송세의, 선대복, 조승업, 강희열 등이다.

발문*
跋

지난 병자년의 변란 때 오랑캐 기병들이 왕성(王城 : 도성 곧 한양) 가까이 들이닥치자, 대가가 황급히 남한산성으로 피란해 들어갔다. 그 당시 우리나라의 뜻 있는 선비라면 누군들 적개심으로 국난에 달려갈 뜻이 없었으랴. 나의 선조 우산공(牛山公 : 안방준)은 피눈물 쏟으면서 비분강개하다가 의병을 모집하여 근왕(勤王)하기로 하였는데, 고을의 100여 명과 맹세를 다지고 의병 일으키기를 약속하여 여러 고을에 격문을 돌려서 동지들을 규합하고는 밤낮으로 달려가 완산(完山 : 전주)에 이르렀으나, 화의가 이루어졌다는 소식을 듣고 통곡하며 고향으로 돌아왔다. 이 일의 대강은 선생이 기록한 초안에 간략히 실려 있으나, 그 계획과 지시 사항들의 상세함을 엿볼 수가 없었다.

우리 고을의 후생들은 이에 대해 늘 개탄하였는데, 마침 본읍(本邑)의 향교 장서각(藏書閣) 안에서 당시 의리를 맹세했던 완의(完議), 동참했던 사람들이 서명한 명첩(名帖) 및 부서와 인원을 기록한 문건 등을 찾아내고 펼쳐 읽어보았다. 그 나라를 위한 충성심과 울분이 격앙된 말씀에 나도 모르게 머리털이 곤두서고, 계속해서 눈물이 떨어졌다. 또 맹세를 다진 제현(諸賢)들은 모두 우리 고을의 어르신들이었다. 여러 사람의 이름을 기록한 인명록은 한 분 한 분 빛났고, 군율이 엄정하

* 원문에는 제목이 없고, 역주자가 붙인 것임.

였다. 국난에 용감하게 달려가는 기세는 늠름하여 나약한 자를 일으켜 세웠다. 또한 여러 고을의 제공(諸公)들은 격서의 소식을 듣고 일제히 일어나 바람처럼 달려오고 구름처럼 모여들었으니, 어찌 충의에 서로 감응하여 그런 것이 아니었겠는가. 의병은 오래 되지 않고 곧바로 해산하여 비록 풍성하고 아름다운 공적을 세우지는 못했지만, 그 충성스러운 마음과 의로운 용기만은 천하 후세에 드러날 것이었다. 이 거룩한 기세와 아름다운 공적을 전하지 못한 것이 지금까지 100여 년이 되었으니, 무릇 떳떳한 성품을 지닌 자라면 팔 걷어붙이고 애석해 하지 않을 수 없거늘, 하물며 그 자손이 된 자임에랴.

이에 창의록의 후예들과 뜻을 합하였는데, 다 같이 간행하여 길이길이 사라지지 않도록 하기로 하였다. 그리고 서리(吏胥)나 기수(旗手)의 천한 사람도 충분을 분발하고 불의를 참지 못하는 그 마음은 또한 매한가지이니, 부서(部署)의 반열(班列)에 아울러 기록하여 오래도록 후세에 전할 계획으로 삼았다.

이어서 덧붙일 말은 "충성스럽고 의로운 성품은 인간이면 본디 지닌 것이니, 어찌 지난 시절에서만 아름답고 후세에서는 아름답지 않으랴. 오직 바라노니, 창의록의 모든 후손들은 각기 선조의 충의가 격렬했음을 생각하여 가문의 명성을 지키는데 스스로 힘쓰도록 하라."이다.

숭정기원 3번째 경자년(1780) 2월

안방준 선생의 5대손 안창익이 삼가 발문을 쓰다

粤在丙子之變, 虜騎驟薄王城, 車駕倉黃[1]移駐南漢。是時, 吾東有志之士, 誰無敵慨赴難之志哉? 吾先祖牛山公, 沫血悲憤, 將募義勤王,

---

1 倉黃(창황) : 蒼黃. 황급히.

與鄉黨百餘員同盟, 約誓倡起義旅, 移檄列邑, 號召同志, 日夜趣兵, 行到完山[2], 聞媾成, 痛哭而歸。此事梗槩, 略載於先生記草中, 而其節度方畧, 未瞯其詳。

吾鄉後生, 尋常慨然於此, 適於本邑校上藏書閣中, 搜得當時誓義完議, 同參諸員着署名帖, 及部署員額, 披而讀之。其爲國忠憤, 激昂辭表, 不覺髮堅, 而繼之涕零也。且同盟諸賢, 皆是吾鄉遺老。名錄昭昭, 師律[3]井井[4]。其勇赴國難之風, 凜然而立懦夫矣。且夫列邑諸公, 聞檄齊發, 風馳雲合, 豈非忠義相感而然耶? 兵未久而旋罷, 雖未樹豐功美跡, 而其忠肝義膽, 可暴於天下後世。以此韙風美蹟, 無傳者, 于今百有餘年, 則凡有秉彝之性者, 莫不扼腕嗟惜, 況爲其子孫乎?

玆與義錄後裔合意, 同謀鋟梓而行, 以圖其不朽。而至於吏胥旗手之賤, 其忠憤激慨之心, 亦一般也, 幷錄於部署之列, 以爲壽傳之計。

繼以辭曰 : "忠義之性, 人所固有, 何獨美於前而嗇於後耶? 惟願僉義錄後孫, 各念其先之忠義激烈, 自勉家聲焉."

崇禎紀元後三庚子[5]仲春, 先生五代孫, 昌翊[6]謹跋

---

2 完山(완산) : 전북 전주의 옛 이름.

3 師律(사율) : 군사를 통솔하는 軍律.

4 井井(정정) : (질서) 체계적으로 정연한 모습.

5 崇禎紀元後三庚子(숭정기원후삼경자) : 正祖 4년인 1780년.

6 昌翊(창익) : 安昌翊(1721~1794). 본관은 竹山, 자는 聖弼. 안방준의 5세손인데, 安邦俊 →安厚之 →3자 安嗇 →安壽相 →安世済 →安昌翊으로 이어진다. 부인은 廣州李氏 李以樑의 딸이다.

찾아보기

ㅅ

ㅇ

ㅈ

ㅊ

〈부록〉

창의록 문헌의 변개 양상*

-《우산선생병자창의록》과 《은봉선생창의록》 비교를 중심으로-

1. 들어가며

창의록(또는 모의록, 거의록)은 국난에 처하여 의병을 일으키고 활동했던 전말을 기록한 글이다. 주로 17세기 전후의 전란과 관련된 문헌이라 할 수 있다. 그 중 호남의 창의록 문헌들은 당시 비록 전쟁을 수행하지 못했을지라도 '의리(義理)'에 기초하여 구국의 깃발을 내세운 의병 활동과 그 조직 및 주요 참여 인물 등을 일차적으로 기록하였다. 그래서 국난에 처했던 당시 호남 사족의 동향 및 대응방식을 살피는데 중요한 사료적 가치를 지닌다고 할 것이다. 전란으로부터 100여 년이 지난 시점에서 후손들의 입장으로는 그 의리가 공자의 역사철학인 '춘추의리'에 기반을 둔 것이었고, 병자호란 이후로 전개된 '소중화(小中華)' 사상의 뿌리를 이루는 것이었기 때문에, 선조들이 실천한 충절의 발자취를 모아 기록하고 그것을 문헌으로 발간하려고 했던 것 같다. 청나라의 군사적 강압 앞에서 현실적으로는 비록 패배했지만, '존명(尊明)'이라는 명분 아래 우리 민족 나름의 문화적 우월의식이 잠재

* 이 글은 국어국문학회 제56회 전국 학술대회(2013.5.25)에서 발표한 것을 보충한 것임을 밝힌다.

된 유림의 정신을 드러내는데 있어서는 창의(倡義) 활동이 무엇보다도 소중했을 것으로 판단된다.

후손들의 호남 창의록 문헌 발간은 효종조에서 시작되어 숙종조와 영조조를 거쳐 정조조에 이르기까지 왜란과 호란 때 순절한 충신열사에 대한 현창(顯彰)이 서서히 이루어졌고 또 절의지사에게도 확대되어 갔던 시대적 상황과 무관하지 않았던 것으로 보인다. 효종 때는 송시열의 북벌론이 대두되었으며, 그것이 현실화될 수 없게 되자 숙종조 1704년에는 송시열(宋時烈)의 제자 권상하(權尙夏)가 숙종의 뜻을 받들어 대보단(大報壇)을 설치하여 성리학적 세계의 적통 국가임을 자처하면서 소중화(小中華)를 드러내었으며, 영조조 1749년에 이르러는 그 대보단에 3명의 명나라 황제(만력제 神宗, 홍무제 太祖, 숭정제 毅宗)를 제향(祭享)하고 동시에 왜란과 호란의 충신열사도 배향(配享)하기에 이르렀다. 이 충신열사는 조선의 충신열사이자 중화질서의 수호자로서 현창되었던 것이다. 또 영조 40년(1764)에는 충량과(忠良科)라는 충신열사 후손만이 응시할 수 있는 과거가 시행되기도 하였다. 그리고 정조는 1800년 《존주휘편(尊周彙編)》을 편찬함으로써 북벌론과 대명의리론을 통해 발전된 화이론(華夷論)을 강조하였다. 이러한 시대적 분위기는 참혹한 국난을 구하기 위하여 창의한 사실에 대한 기록물들이 엮어지게 되는 배경이었을 것이다.

그런데 창의록 문헌들은 전란일기와는 다른 성격을 지니고 있다. 전란일기는 전란이 일어났던 당시에 자신이 겪은 사실을 기록하려는 시선이 중심을 이루고 있다. 하지만 창의록 문헌은 전란이 끝난 뒤 한동안 입으로만 전해오던 것이 18세기 중엽 이후에 이르러서야 비로소 정리되고 기록화 되었기 때문에 의병을 일으켰던 선조들을 선양(宣揚)하려는 후손들의 시선이 보다 더 중심을 이루고 있다. 물론 창의록의 초간본은 중간본에 비해 상대적으로 창의 사실을 비교적 적확하게 드러내려는데 주안점을 두었지만, 그 초간본도 전란일기에 비해서는 창의한 선조들을 선양하려는 데에 주안점을 두었던 것이 또한 사실이다. 따라서 현전하는 창의록의 문헌들은 후손들이 국난을 구하고자 의병을 일으켰던 선조들을 선양하기 위해 최소 100여 년이 지난 시점에서 기억이나 영성(零星)하게 남은 자료를 통하여 편찬한 것이고, 시간이 흐르면 흐를수록 그러한 선양 의식이 심화되는 경향을 보인다.

오늘날 연구자들이 창의록 문헌의 이러한 성격을 도외시하고 창의록을 곧바로 완전한 사실성을 담지한 자료로 보고 있다. 그리고 창의록의 뼈대와 토대가 된 초간본 자료의 영성함만을 탓하고 자료가 풍성한 중간본을 흔히 주목하고 있다. 풍성하게 된 과정에 대해 정밀한 조사와 검토를 하고 그에 관한 정치한 이해 없이 곧, 원전자료의 비평 없이 풍성한 자료라고 해서 마치 역사적 사실과 한 점 어그러짐이 없는 것인 양 간주해도 되는 것인지 생각해 볼 일이다. 물론 영성한 것은 문제이더라도, 영성한 자료일지언정 적확하다면 자료적 가치는 합당한 평가를 받아야 하리라 본다. 또한 편찬자의 의도 속에 기록들의 변개와 변모 여부를 살피지 않은 채 초간본, 중간본, 삼간본 등의 기록들에서 연구자의 구미에 맞게 마구잡이 인용하는 것도 금도의 하나일 것이다. 연구자들이 이러한 태도를 보이게 된 까닭은 창의록이 충절을 실천한 선조들을 선양하여 향촌사회에서 가문의 사회적 위상을 높인데 기여한 문헌일 뿐만 아니라, 그 후손들의 족보 등에 기록된 성가(聲價)를 지닌 문헌이기 때문에 가급적이면 그 가치를 훼손시키지 않으려 한 데서 기인한 것인지도 모르겠다. 그러나 선조들의 발자취를 올바르게 계승하는 것은 왜곡이나 훼손 없이 있는 그대로 이어받는 것이리라. 100여 년이 지난 시점에서 기억 및 영성하게 남은 자료를 통해 편찬하게 된 과정, 편찬 당대의 사회적 분위기 등을 고려하면서 다른 역사적 자료들과 면밀히 견주어 보는 것이 바람직한 태도라 할 것이다.[1]

이를 환기시키기 위하여 본고에서는 창의록 문헌의 초간본과 중간본에 수록된 기록 내용의 변개 양상을 살피고자 한다. 창의록 문헌 그 자체도 시대를 달리하여 재편찬하면서 변개되고 있음을 보여주기 위함이다. 곧 그 변모의 양상(과장 왜곡 또는 보강 정확)이 어떠한지 살펴보아야만 원전자료 인용의 적절성과 가치성을 담보할 수 있을 것이고, 그것을 바탕으로 한 논의야말로 호남 사림의 정통성을 올바르게 확립하는데 기여할 것으로 보기 때문이다. 이에, 그 일환으로 초간본 《우산선생병자창의록》과 중간본 《은봉선생창의록》을 두고 그 변개 양상을 살펴서 원전자료를 이해하는 잣대로 가늠하고자 한다.

2. 호남 창의록 문헌의 현황 및 특징

의향(義鄕)이라 일컬어지는 호남의 창의록 문헌에 대해 그 현황을 먼저 살피기로 한다.[2] 반정주체세력 간의 권력다툼이라 할 1624년 이괄(李适)의 난과 관련된 《호남모의록(湖南募義錄)》은 1760년 5월에 초간본이 전남 영광 불갑사에서 목판본으로 간행되었고, 1961년 9월 중간본

1 다른 역사적 자료들도 그 출간 시기 등을 고려하면서 아울러 살펴야 할 것이다.

2 호남의 최초 의록인 《호남의록》은 안방준에 의해 1618년 정리되었고, 1626년 간행되었다. 이 의록은 호남 출신 인물(관군 혹은 의병)들이 전쟁을 직접 수행한 사실들을 기록한 것으로 이 글에서 다루고자 하는 성격(전쟁을 수행하지 않은 의병)과는 달리하는 문헌이다. 『호남의록·삼원기사』(신해진 역주, 안방준 저, 역락, 2013) 참조 바람.

이 부안에서 연활자본으로 간행되었는데, 편제상의 변개 양상은 보이지 않으나 개인 사실에 대한 기록문자는 꽤 많이 보충되어 있다.[3] 초간본에는 권상하(權尙夏)[4]의 문인 윤봉구(尹鳳九, 1681~1768), 김상헌(金尙憲)의 5세손 김원행(金元行, 1702~1772)이 쓴 각각의 서문이 있고, 유최기(俞最基, 1689~1768)·윤일복(尹一復, 1715~?)이 쓴 각각의 발문이 있으며[5], 수정도유사(修正都有司) 이국좌, 공사원(公事員) 류정신, 편차(編次) 류민적 등의 간행 담당자가 밝혀져 있다. 중간본에는 초간본에 수록되었던 윤봉구와 김원행의 서문이 그대로 전재되면서 송시열의 11세손 송재성(宋在晟, 1902~1972)의 서문이 보태어져 있고, 또한 류석승(柳石承)의 발문이 새로 보태어져 초간본에 실렸던 유최기·윤일복의 발문과 함께 있다.

1627년 정묘호란과 관련된 《광산거의록(光山擧義錄)》은 1761년에 초간본이 광주(光州)에서 목활자본으로 간행되었고, 1798년 중간본 《천계정묘양호거의록(天啓丁卯兩湖擧義錄 : 약칭 양호거의록)》과 《정묘거의록(丁卯擧義錄)》이 간행되었는데, 변개 양상이 꽤 심하다.[6] 《광산거의록》에는

---

3 김경숙, 「李适의 난과 《호남모의록》」, 『숭실사학』 28, 숭실사학회, 2012 : 63~66쪽. 그리고 이 글의 82쪽에 의하면, 《호남모의록》이 분명 1624년 이괄의 난 때 의병활동의 기록인데, 142명의 참여 인물 행적 가운데 이괄의 난 이후에 발생한 1627년 정묘호란과 1636년 병자호란 때의 사적이 기술된 인물이 54명이나 된다고 한다. 이러한 현상은 1624년 당시의 모의사실보다는 참여 인물의 선양에 주목한 결과라 할 것이다. 이 점은 다른 창의록 문헌도 마찬가지 현상이다.

4 권상하(1641~1721)는 어한명(魚漢明)이 쓴 《강도일기(江都日記)》의 발문을 썼고, 김상헌의 증손자 김창협(金昌協, 1651~1708)은 이 일기의 후기를 썼다. 권상하와 김창협은 송시열의 문인으로 서로 교유한 인물이다. 이 일기에 대해서는 『강도일기』(신해진 역주, 어한명 저, 역락, 2012) 참조 바람.

5 중간본을 보면 윤일복의 서문이 초간본에 있어서 그대로 옮긴 것으로 되어 있는데, 초간본은 국립중앙도서관과 고려대학교도서관에 소장되어 있다. 윤일복의 서문이 국립중앙도서관 소장본(청구기호 : 古2513-409)에는 수록되어 있지 않은 반면, 고려대학교 소장본(분류기호 : 대학원B8 A93)에는 수록되어 있다.

병자호란 당시 순절한 김상용(金尙容)의 고손자 김시찬(金時粲, 1700~1767)의 서문이 있다. 《양호거의록》에는 송시열(宋時烈)의 5세손 송환기(宋煥箕, 1728~1807)의 서문이 보태어져 《광산거의록》에 수록했던 김시찬의 서문과 함께 실려 있고 김장생의 7세손인 김희(金憙, 1729~1800)의 발문이 새롭게 수록된 반면, 《정묘거의록》에도 《양호거의록》의 방식대로 송환기의 서문이 먼저 수록되고 김시찬의 서문이 그 다음에 수록되어 있으나 김희의 발문을 없애는 대신에 수정 도유사(修正都有司) 유흥리, 별유사(別有司) 김광우·황일한·이준석, 개간(開刊) 별유사 김광직·김성은 등의 개간 담당자가 밝혀져 있다.

1636년 병자호란과 관련된 《호남병자창의록(湖南丙子倡義錄)》은 1762년 초간본이 광주(光州)에서 목활자본으로 간행되었고, 1798년에 중간본이 금속활자본[芸閣活印]으로, 1932년에 삼간본이 목활자본으로 간행되었는데, 후대로 간행될수록 인물에 대한 기록문자의 변개가 꽤 심하다. 초간본에는 김원행의 서문이 있고, 개간도유사(開刊都有司) 박기상·이만영, 별유사 정이찬·박일진, 수정별유사(修正別有司) 박중항·이상곤 등의 개간 담당자가 밝혀져 있다.[7] 중간본에는 송환기의 서문이 새로 보태어져 있고 그 다음으로 초간본에 있던 김원행의 서문이 수록되어 있는 반면, 새로 쓴 발문도 없고 초간본에 있던 발간 담당자도 밝혀져 있지 않다. 삼간본에는 김상헌의 12세손 김영한(金甯漢)의 서문이 보태어져 있고 그 다음으로 중간본에 있던 송환기·김원행의 서문들이 함께 수록되어 있으며, 이승의(李升儀)의 발문과 106명의 임원록이 새롭게 수록되어 있다.

---

6 보다 구체적인 것은 『광산거의록』(신해진 역주, 광주유림 편, 경인문화사, 2012)의 120~134쪽 참조 바람.

7 신해진 역주, 『호남병자창의록』, 태학사, 2013.

이러한 문헌에 수록된 인물들은 《호남절의록(湖南節義錄)》에 어느 정도 수렴된 듯하다. 이 절의록은 1799년 고경명의 7세손 고정헌(高廷憲)에 의해 완성되었는데, 1592년 임진왜란, 1624년 이괄의 난, 1627년 정묘호란, 1636년 병자호란, 1728년 이인좌의 난 등이 일어났을 때 활약한 호남 의병들의 행적을 기록한 책이다. 앞에 언급된 문헌의 인물들이 약 60%정도만 수렴되고 모두 다 수렴되지는 않았다고 한다. 이로써 호남의 창의록 문헌으로는 개인의 문헌기록을 제외하고 더 이상 새로운 자료가 없는 것으로 파악된다.

지금까지 호남 창의록 문헌들을 살핀 것의 그 특징을 요약하면 다음과 같다.

첫째, 호남 창의록(또는 모의록, 거의록)의 문헌들이 대부분 18세기 중엽부터 말엽에 정착되었다는 점이다. 대개 초간본은 1760년대에 간행되었고[8], 중간본은 모두 1798년에 간행되었던 것이다. 즉 영정조(英正祖) 시대이다. 다만 예외적으로 《호남병자창의록》 삼간본이 1932년에, 《호남모의록》 중간본이 1961년에 간행되었다.

둘째, 호남창의록(또는 모의록, 거의록)의 서발문을 쓴 사람들이 일정한 성향을 드러낸다는 점이다. 1760년 《호남모의록》의 초간본에 서문을 쓴 윤봉구와 김원행, 발문을 쓴 유최기와 윤일복, 1961년 그 중간본에 서문을 쓴 송재성, 1761년 《광산거의록》의 초간본에 서문을 쓴 김시찬, 1798년 그 중간본인 《천계정묘양호거의록》과 《정묘거의록》에 서문을 보탠 송환기와 《천계정묘양호거의록》에만 발문을 보탠 김희,

---

8 1760년 《호남모의록》이, 1761년 《광산거의록》이, 1762년 《호남병자창의록》이 묵은 종이 더미 속에서 그것과 관련된 자료를 우연히 발견하여 편찬된 것이라 밝히고 있지만, 공교롭게도 정확히 사건이 일어난 연대순으로 편찬되고, 또한 3년 사이에 집중적으로 편찬되었다는 점에서 저간의 사정을 한번 정도 짚어볼 필요가 있을 것 같다.

1762년 《호남병자창의록》의 초간본에 서문을 쓴 김원행, 1798년 그 중간본에 서문을 보탠 송환기, 1932년 그 삼간본에 서문을 보탠 김영한 등이다. 이들을 좀 더 구체적으로 살피면, 김희는 정묘호란 때 호남 호소사였던 김장생의 7세손이다. 김원행은 병자호란 때 대표적인 척화파였던 김상헌의 5세손이요, 김영한은 김상헌의 12세손이이며, 또한 김시찬은 병자호란 때 강화도에서 순절한 김상용의 고손자이다. 김상용은 김상헌의 형이다. 송환기와 송재성은 송시열의 5세손과 11세손이요, 윤봉구는 송시열의 수제자 권상하의 문인이다. 유최기는 송시열의 노론계를 이어서 영조 때 활약하며 소론의 거두 이광좌(李光佐)를 탄핵한 인물이고, 윤일복은 신임사화 때 피화된 윤지술(尹志述, 1697~1721)의 아들로서 역시 영조 때 활약한 노론계 인물이다. 요컨대 이들은 병자호란 때 순절자 또는 척화파였던 인물들의 후손이거나, 아니면 김장생과 송시열로 이어지는 서인 노론계 인물들이라는 특징을 지니고 있다.

셋째, 호남 창의록의 문헌들이 중간되면서 이전의 판본에 있던 서문을 가져올 때 아무런 변개하지 않고 그대로 옮겼다는 점이다. 《호남모의록》의 경우는 윤봉구와 김원행의 서문들과 유최기와 윤일복의 발문들을 그대로 전재(轉載)한 채 새로 서문(송재성)과 발문(류석승)을 추가하였으며, 《광산거의록》의 경우도 김시찬의 서문을 그대로 전재한 채 새로 서문(송환기)을 추가하였고, 없던 발문은 새로 발문(김희)을 써서 추가하였으며, 《호남병자창의록》의 경우도 역시 김원행의 서문을 그대로 전재한 채 새로 서문(송환기)을 추가하였고, 삼간본에도 또 새로 서문(김영한)을 추가하였으며 없던 발문은 새로운 발문(이승의)으로 추가되었다. 다시 말해, 기존의 서문은 한 글자도 변개하지 않은 상태로 전재하고 새로운 서문을 작성하여 함께 수록했던 것이다.

한편, 호남 창의록 문헌 중에 《우산선생병자창의록》이 있는데, 제명에서 알 수 있듯이 1636년 병자호란과 관련된 문헌이다. 이 문헌 역시 1780년에 초간본이 간행되었고, 서문은 노론의 벽파(僻派)이었던 김종후(金鍾厚, ?~1780)가 썼다. 김종후는 좌의정을 지낸 벽파의 영수 김종수(金鍾秀)의 형인데 혼란한 정국에 일관성이 부족한 처신을 보인 것으로 평가받는 인물이다. 어찌되었든 《우산선생병자창의록》의 이러한 특징은 앞에서 살핀 호남 창의록 문헌의 세 가지 특징 가운데 첫 번째와 두 번째 것과는 동궤의 양상을 보인 것이다. 하지만 초간본에 실렸던 김종후의 서문은 다른 창의록들과는 달리 1864년 《은봉선생창의록》으로 중간되면서 그대로 온전히 실리는 것이 아니라 첨삭되는 등 변개되어 실리고 있다. 이는 초간본을 근간으로 하여 중간본을 펴내는 가운데 일어난 변개의 주요한 지침 역할을 한 것으로 생각되어 구체적으로 짚어볼 필요가 있다.

3. 초간본 《우산선생병자창의록》과 중간본 《은봉선생창의록》의 편제 비교

우산(牛山) 안방준(安邦俊, 1573~1654)은 박광전(朴光前)·박종정(朴宗挺)에게서 수학하고, 1591년 파산(坡山)에 가서 우계(牛溪) 성혼(成渾)의 문인이 되었는데, 1592년 임진왜란이 일어나자 박광전과 함께 의병을 일으켰고, 그 뒤에도 정묘호란과 병자호란 등 국난을 당할 때마다 의병을 일으켰던 인물이다. 1596년 〈진주서사(晉州敍事)〉을 필두로 1618년 〈호남의록(湖南義錄)〉·〈임정충절사적(壬丁忠節事蹟)〉·〈삼원기사(三冤記事)〉[9]

등 주로 호남의 의병에 관한 많은 글을 저술한 데서 알 수 있듯 절의를 숭상하였는데, 포은(圃隱) 정몽주(鄭夢周)·중봉(重峯) 조헌(趙憲)을 가장 숭배하여 이들의 호를 한자씩 빌어 자기의 호를 은봉(隱峰)이라 하기도 하였다.

병자호란 때 이 안방준을 중심으로 의병을 일으켰던 당시의 조직과 구성원들을 처음으로 엮은 문헌이 바로 1780년 초간본 《우산선생병자창의록(牛山先生丙子倡義錄)》이며, 80여 년이 지난 뒤에 중간(重刊)한 것이 바로 1864년 중간본 《은봉선생창의록(隱峯先生倡義錄)》이다. 초간본은 목활자본으로 10행 23자 1책으로 구성되어 있고, 표제와 판심제 모두 '병자창의록'으로 되어 있으며[10], 영남대학교 도서관과 안세열[11]씨가 소장하고 있다. 중간본은 목활자본으로 10행 20자 1책으로 구성되어 있고, 표제는 '은봉선생창의록'[12]으로 판심제는 '은봉창의록'으로 되어 있으며, 비교적 많은 곳에 소장되어 있다.

두 이본의 구체적인 편제는 다음의 표를 통해 비교하고자 한다.

---

9 이에 대해서는 『국역 은봉전서(Ⅰ)』(안동교 역, 안방준 저, 신조사, 2002)과 『호남의록·삼원기사』(신해진 역주, 안방준 저, 역락, 2013) 참조 바람.

10 '병자창의록'이라 하면 혼란스러움이 야기되는데, 초간본의 서문에 '우산선생병자창의록'이라 하였다는 언급이 있기 때문에 이를 책명으로 지칭하는 것이 보다 효과적일 것이다.

11 안세열씨는 안방준의 후손으로 고서를 많이 소장하고 있는 분으로, 이번에 학술적 연구 자료로 활용하도록 해주신 바, 감사의 마음을 전한다.

12 성암고서박물관, 연세대학교 학술정보원, 전남대학교도서관, 전북대학교도서관 등의 소장본은 '은봉선생창의록'으로, 국립중앙도서관본(청구기호 : 무구재古2105-24)은 '병자창의록'으로, 국립중앙도서관본(청구기호 : 古2513-218)은 '은봉창의록'으로 되어 있는 바, 다수가 '은봉선생창의록'으로 되어 있어 이를 따른다.

	초간본			중간본			내용 변개
서문	김종후			김종후			0
범례	4항목			5항목			0
창의시사적	1			1			0
교문(敎文)	1			1			X
완의(完議)	1			1			X
문서*	2			2			X
의병진* 義兵陣	대장진	33		대장진	35(군관1, 서기1)		0
	부장진	15		부장진	15		0
	종사관진	6		종사관진	6(종사관1,서기-1)		0
열읍의인총록 (列邑義人摠錄)	보성 (중복1)	유사	70	보성 (5)	유사	96	0
		무사	47		무사	26	
	능주	유사	13	능주 (1)	유사	22	
		무사	14		무사	6	
	화순	유사	0	나주	유사	1	
		무사	1		무사	0	
	낙안	유사	0	장흥 (-1)	유사	12	
		무사	9		무사	4	
	나주	유사	1	홍양 (3)	유사	21	
		무사	0		무사	6	
	장흥 (중복1)	유사	10	강진	유사	1	
		무사	7		무사	0	
	홍양 (중복1)	유사	7	화순	유사	0	
		무사	17		무사	1	
				낙안 (1)	유사	0	
					무사	10	
	합계	196(101/95)		합계	206(153/53)		
발문	안창익			오현주, 안창익, 안성			X

* : 원전에는 없는 항목명이나 내용에 부합되게 필자가 작명한 항목임을 나타내는 표시.

유사(有事) : 사실(事實)이 있음을 나타냄.

무사(無事) : 사실이 없음을 나타냄.

중복 : 동일한 사람을 2번 등재한 것을 나타냄.

중간본에서 지역명 아래의 괄호 안 숫자는 등재 인원의 증감을 나타냄.

위의 표를 올바르게 이해하기 위한 설명이 필요할 것 같다. 우선, 초간본이든 중간본이든 편차 항목(編次項目 : 서문 / 범례 / 창의시 사적 / 교문 / 완의 / 문서 / 의병진 / 열읍의인총록 / 발문)은 7개로 고정되어 일치한다. 곧, 기본틀은 전혀 변화가 없이 그대로 유지되었음을 나타내고 있다. 단지, '열읍의인총록'에서만 지역의 수록 순서가 '보성 / 능주 / 화순 / 낙안 / 나주 / 장흥 / 흥양'에서 '보성 / 능주 / 나주 / 장흥 / 흥양 / 강진 / 화순 / 낙안' 순으로 바뀌었고, 중간본에서 강진지역이 추가되었다.

그리고 세부적으로 살피면 다음과 같다. '서문'은 중간되었으면 기존의 서문을 그대로 가져오더라도 새로 써서 보충해야 하는데, 다른 호남 창의록 문헌들과 달리 새로 서문을 쓰지 않은 데다 기존의 서문을 그대로 가져오지도 않고 변개시켰다. 또한 '창의시 사적'도 변개시켰다. 반면, '교문', '완의', '문서(2개)' 등은 초간본에서 자구 하나 수정하지 않고 그대로 전재(轉載)되었다.

'의병진'의 구성에서 '대장진 / 부장진 / 종사관진'의 편제는 초간본이든 중간본이든 동일하나, 중간본은 '대장진'의 보좌관 중에서 군관과 서기가 각 1명씩 보충되었으며, '종사관진'에서 종사관의 이름이 없었던 것이 새로이 기록되어 있고 그의 보좌관 중에서 서기 1명이 줄었다. 그리고 대장, 부장, 종사관의 각 사실에 대해서 중간본에서는 모두 변개시키고 있다.

'열읍의인총록'은 초간본에서 등재된 총원이 199명이나 중복 등재된 사람이 3명이어서 실제로는 196명인 셈이다. 그 중에서 사실(事實)이 있는 사람이 101명이고, 이름만 있고 사실이 없는 사람이 95명이다. 반면, 중간본에서는 등재된 총원이 206명인데, 사실이 있는 사람이 153명이고, 이름만 있고 사실이 없는 사람이 53명이다. 따라서 중간본은 초간본에 비해 10명을 더 등재하였고, 약 42명에 대해서 기록문자를 찾아 사실을 새로 작성한 것이다. 그리고 초간본에서 사실이 있었던 101명에 대해서도 중간본에서는 모두 변개가 있었음을 나타내고 있다.

'발문'은 초간본에 수록되었던 안창익의 것이 중간본에서 그대로 전재되었고 오현주(吳鉉胄)와 안성(安檉)의 발문이 각각 추가되었다.

요컨대, 초간본은 중복으로 이름을 올린 사람 3명이 있는가 하면 이름만 있고 사실이 없는 사람이 48.5%(95/196)에 해당하는 등 그 이유는 알 수 없지만 상당히 서두르며 간행하였음을 알 수 있다. 그리고 중간본은 사실이 있는 사람에 대해 많은 변모를 야기하면서 이름만 있고 사실이 없는 사람에 대해 사실을 보충하는데 치중하였음을 알 수 있다. 따라서 초간본이 마련한 토대와 뼈대가 중간본에서 그대로 전승 유지되었고, 개인별 사실에 대한 변개가 중간본에서 꽤 심하게 일어났음을 알 수 있다.

4. 1780년 초간본에서 1864년 중간본으로의 변개 양상

앞장에서 살핀 것 가운데 변개의 양상으로서 주목되는 큰 흐름은 두 가지이다. 하나는 서문의 변개이고, 다른 하나는 개인별 사실에 대한 변개이다. 후자는 초간본에서 있었던 101명의 사실이 중간본에서 어떻게 변모되었는지, 그 변개 양상을 살펴볼 것이다.

4.1. 서문의 변개 양상과 그 영향

우산 선생 안방준(安邦俊)은 정묘년(1627)과 병자년(1636)에 오랑캐가 쳐들어왔을 때 모두 의병을 일으켜서 국난에 나아갔지만, 다 화의(和議)

가 이루어져 곧 해산해야 했다. 지금 그 병자년에 창의할 때의 서약한 글 및 부서와 인원 등을 기록한 책이 어떤 집안에 보관되어 있었으니, 이 책의 이름은 '우산 선생 병자창의록(牛山先生丙子倡義錄)'이었다. 선생의 후손과 거의자(擧義者)들의 자손이 판각(板刻)하여 간행하기로 하고, 나 김종후(金鍾厚)에게 서문을 부탁하였다. 나 김종후는 삼가 펼쳐 읽어 보노라니 마치 당시의 일을 목격이나 하듯이 두려운 마음을 품었는데, 한결같은 충성과 장한 마음은 천년이 지난 뒷날에도 사람들을 감동케 할 만한 것이 있었기에, 의거를 여러 번 떨쳤을 때마다 화의로 말미암아 실패하고 이에 수천 리나 되는 우리의 강토가 오랑캐 원수에게 짓밟혔던 것은 애통하였다. 지금 백여 년이 되었어도 이 창의록은 어찌 뜻있는 선비들의 눈을 거듭 부릅뜨게 하지 않을 수 있으랴. 또한 선생의 훌륭한 공업(功業)과 의로운 풍채는 후학들이 잊지 않고 칭송하며 우러르는 바이니, 비록 보잘것없는 글이고 격식 없는 글일지라도 차마 민멸케 할 수는 없는 것이거늘, 하물며 이 창의록임에랴. 이로써 서문을 삼는다. 숭정 세 번째 기해년(1779) 11월, 청풍 김종후가 삼가 서문을 짓다.(牛山安先生, ①當丁卯·丙子虜寇, 皆倡義兵, 以赴國難, ②而皆遇媾成而旋罷。今其錄丙子倡義約誓文及部署員額一冊, 藏于家, 是名③牛山先生丙子倡義錄。 後孫與諸義家子孫, 謀鋟板以行, 問序於鍾厚。鍾厚謹披而讀之, 凜凜如目擊當時事, 精忠氣意, 有足以感動人於千載之下者, 因以痛夫義擧屢奮, 輒爲和事所敗, 而我乃以數千里爲讐虜役者。于今百有餘年, 則是錄也, 豈不爲重裂志士之眦也哉? 且夫以先生德業風義, 爲後學所誦慕, 雖零辭漫筆, 有不忍泯滅者, 況此錄哉? 是爲序。崇禎三己亥仲冬 淸風金鍾厚謹序.)

위의 인용문은 초간본의 서문을 그대로 옮긴 것이다. 이 서문과 중간본의 서문을 비교해 보면, ① ⇒ 當壬辰·丁卯·丙子虜寇, ② ⇒ 而或因朝命而罷, 或遇媾成而還, ③ ⇒ 隱峯先生倡義錄 등 3곳이 변개되었다. 1779년 김종후가 지은 서문을 1864년 다시 인용하면서 변개시킨 것이다. 김종후는 1773년 안방준의 문집인 《우산집(牛山集)》을 후손 안창현

(安昌賢)이 간행할 때 이기경(李基敬)과 더불어 교정보았던 인물로 1780년에 세상을 떠난 사람이다. 결국 글쓴이의 사후에 후인들이 자의적으로 가필을 하여 변개시킨 것이다.

이처럼 변개시키게 된 동인은 ①의 변개에서 보듯 우산 안방준이 정묘호란과 병자호란뿐만 아니라 임진왜란 때에도 의병을 일으켰던 것을 알리려고 했던 후손의 선양이다. 그리하여 정묘호란이나 병자호란은 모두 화의가 이루어졌었지만 임진왜란은 그렇지가 않았기 때문에, ②에서 '조정의 명에 의하여 의병을 해산하기도 했다.(或因朝命而罷)'는 어구를 삽입하지 않을 수 없었던 것이다. 또한 '왜란'과 '호란'을 함께 칭해야 했기 때문에 결국 '병자'를 삭제하지 않을 수 없었던 것이다. 따라서 '안방준 중심의 병자년 의병활동에 대한 기록서'라는 의미가 변개되어 단순히 '안방준의 의병활동 기록물'이라는 애매한 의미로 왜곡되고 말았다. 곧, 병자년 창의에 대한 기록물이라는 실상과 부합했던 제명이 변질되는 결과를 낳았다.

이러한 시선은 '창의시 사적(倡義時事蹟)'과 '대장 안방준의 사실'에도 여실히 드러난다.

> 숭정 병자년(1636) 12월 청나라 오랑캐가 곧바로 서울을 침범하자, 인조대왕께서는 남한산성으로 거둥하시며 창덕궁에서 세자를 거느리셨고, 세자빈은 강도(江都 : 강화도)로 들어가기에 이르렀다. 오랑캐 기마병이 남한산성을 겹겹으로 포위하여 위태롭고도 급박한 형세가 바로 코앞에 닥치자, 부윤 황일호가 사람을 모집하기 위해 몰래 나가기를 청하니, 여러 도의 의병을 독려케 하였다. 그래서 통지하여 깨우치시는 교서[通諭教書]가 포위된 속에서 나오게 되었다. 우산 안방준은 이에 우리 고을의 동지 100여 명과 함께 의논하여 전원이 맹약(盟約)하고 격문을 도내(道內)에 보내어 여러 고을로 하여금 군사를 모집하고 양식을 모으도록 하였

다. 각 고을의 제공(諸公)들은 일제히 메아리처럼 응하여 모두 여산에 모였다. 청주에 도착하였으나, 강도(江都)가 함락되었고 남한산성에서 나와 항복 조약을 이미 맺었다는 것을 듣고서, 제공들은 북쪽을 향하여 통곡하다가 돌아왔다.(崇禎丙子十二月日, 奴賊直犯京城, 仁祖大王入南漢, 中殿攀世子, 及嬪宮入江都。虜騎圍南漢數重, 危急之勢, 迫在朝夕, 府尹黃公一皓, 請募人潛出, 使督諸道兵。於是, 通諭教書, 自圍中出來。牛山④安公, 乃與本邑同志⑤百餘人, 完議約誓, 發檄道內, ⑥列邑募義聚糧。各邑諸公, 一齊響應, 都會于礪山。到清州, 聞江都失守, 已成城下之盟, 諸公北向慟哭而歸.)

위의 인용문은 '창의시 사적'인데, 중간본에서 ④ ⇒ 安先生, ⑤ ⇒ 數百餘人, ⑥ ⇒ 各邑 등 3곳이 변개가 일어났다. ④의 변개는 칭호의 변개를 보여주는 것이다. 안방준을 가리켜 일반적인 높임말로 '공(公)'이라 하던 것을 '학예가 뛰어난 사람을 높여 일컫는 말'인 '선생(先生)'으로 바꾸어 칭하였다. 조선조 당시에는 '공'보다 '선생'이 더 높임말로 쓰였다. 이에 따른 숭모로 말미암아, 보성의 동지는 100명이 조금 넘는 인원임에도 불구하고 ⑤의 변개에서 보듯 '수백 명'으로 과장되게 변개시켰다. '수백 명'은 '각 읍의 제공(各邑諸公)'까지 합한 수치이다. 그 결과, 초간본의 글이 지닌 뜻은 훼손되어 중간본에서는 미덥지 못하게 되었다.[13]

'대장 안방준의 사실'을 보면, 그에 대한 숭앙의 시선이 보다 확연해진다.

13 한편, 장황한 감을 무릅쓰고 전문을 인용한 것은 이 '창의시 사적'이 공교롭게도 "牛山安公, 乃與本邑同志百餘人, 完議約誓, 發檄道內, 列邑募義聚糧." 부분을 제외하고 나면, 1762년 간행된 《호남병자창의록》의 '창의시 사적'을 그대로 전재한 것이기 때문이다. 곧, 《호남병자창의록》이 간행되는 것에 자극되어 상당히 서두르며 간행한 것이 《우산선생병자창의록》임을 보여주는 징표의 하나라 할 것이다.

안방준의 자는 사언, 본관은 죽산이다. 호는 우산이다. 평소에 의를 실천한 도덕[行義道德]은 문집에 실려 있다. 관직은 참의에 이르렀다. 보성의 대계에 사우(祠宇)를 세웠고, 사액되었다.(⑦安公邦俊, 字士彦, 竹山人。⑧號牛山。平生行義道德, 載在文集中。⑨官至參議。⑩建祠寶城大溪, 賜額.)

이 인용문은 안방준에 대한 개인 사실인데, 중간본에서 ⑦ ⇒ 文康公隱峯安先生名邦俊, ⑧⑨ ⇒ 생략, ⑩ ⇒ 建書院于寶城之大溪·綾州之道山·同福之道源 등 4곳이 변개가 생겼다. 안방준은 효종 9년(1658) 송준길(宋浚吉)의 상소로 가선대부 이조참판에 추증되었고, 1813년 6월 영의정 김재찬(金載瓚)의 건의로 자헌대부 이조판서에 추증되었으며, 1821년 '문강(文康)'이란 시호가 내려졌다. 시호는 1817년 예조판서 김희순(金羲淳)이 시장(諡狀)을 지어 올리고 1820년 응교 이로(李潞)가 시망(諡望)을 논의하여 1821년에 비로소 내려졌던 것이다. 이러한 사실을 1780년에는 반영할 수 없었으나 1864년에는 그것을 반영하려다 보니, 자연스레 ⑦에서부터 ⑨에 이르기까지의 변개가 수반되었던 것이다. 후손의 입장에서 증직과 시호는 가문의 영광이었고, 또한 여러 서원에서 배향되는 것도 자랑스러웠기 때문에 ⑩의 변개처럼 사실을 첨언하였던 것이다. 곧 숭조(崇祖)의 일환이었다. 따라서 중간본은 병자호란 당시의 창의 사실을 증보하기보다는 숭조 차원에서 병자년 이후 이루어진 포장(褒獎) 사실을 집록(集錄)하는 데에 주목하였던 셈이다.

요컨대, 안방준에 대한 숭조의 시선은 중간본의 변화를 일으키는 주요한 요인 가운데 하나였음을 보여주는 징표라 하겠다.

4.2. 개인 사실의 변개 양상

이제, 앞 절에서 살핀 안방준에 대해 집중하거나 그를 숭앙하는 시선이 야기하는 변모의 양상을 짚어보아야 하리라 본다. 이를 위해, 기본틀에서는 변개가 없었기 때문에 각 고을의 인물에 대한 사실의 기록 형태를 면밀히 살펴야 할 것이다. 그렇게 하면 초간본의 실상도 정확히 가늠할 수 있을 것이고, 중간본에서의 변개 양상도 아울러 살펴볼 수 있을 것이다.

다음의 자료는 '열읍의인총록'에 포함되지 않은 부장(副將)의 사실이다. 중간본의 범례를 보면 초간본의 범례에 비하여 1항목이 추가되었는데, 곧 "대장·부장·종사관의 사실은 부열(部列)의 명첩 아래에 실었으므로 열읍의사총록에는 다시 게재하지 않는다.(大將·副將·從事官事實, 載於部列名帖下, 故更不揭於列邑義士摠錄.)"로, 이에 해당하는 자료이다.

㉮민대승의 자는 승여, 본관은 여흥이다. ㉯여산부원군 민근(閔瑾)의 8대손이고, 현감 민회삼(閔懷參)의 현손이다. ㉰공(公)은 용력이 남보다 뛰어났고, 무예도 보통사람들 보다 훨씬 뛰어났다. 뜻이 크고 기개와 지조가 있었으며, 성의를 다해 보살펴 효행을 떨쳤다. 일찍이 무과에 급제하였으나 권세를 가진 간사한 신하들[權奸]로부터 미움을 받아, 훈련원 봉사이었던 벼슬을 버리고 고향으로 돌아왔다. ㉱병자호란을 당하여 우산 선생 안방준과 의병을 일으켰는데, 부장(副將)으로서 의병군을 거느리고 행군하여 여산에 이르렀으나 화의(和議)가 이루어졌음을 듣고는 의려(義旅 : 의병)를 해산하고 돌아왔다. ㉳후손으로는 민후천, 민우신, 민백렬이 있다.

①閔公大昇, 字昇汝, ②驪興人。③驪山府院君瑾八代孫, 縣監懷參玄孫。公勇力絶人, 武技超類。倜儻有氣節, ④誠拯闡孝行。早登武科, ⑤見忤權奸, 以訓練院奉事, 退臥田里。⑥ ⑦當丙子, 與牛山安先生倡義, 領軍副將, 行到礪山, 卽聞和成, 退旅而還。㉲⑧ ⑨有孫後天·佑臣·百烈。

이 민대승(閔大昇, 1573~1664)의 개인 사실이 중간본에서 일어난 변개 양상을 살피면 다음과 같다.

① 閔公大昇 ⇒ 奉事閔大昇
② 驪興人 ⇒ 號農隱, 驪興人
③ 驪山府院君瑾八代孫 ⇒ 文仁公漬九世孫, 驪山府院君瑾七世孫
④ 誠拯闡孝行 ⇒ 孝行卓異, 智略恢確
⑤ 見忤權奸, 以訓練院奉事 ⇒ 以訓練院奉事, 見忤權
⑥ 추가 ⇒ 謹修學業, 教子以忠孝, 齊家以節儉
⑦ 當丙子, 與牛山安先生倡義, 領軍副將, 行到礪山, 卽聞和成, 退旅而還。⇒ 當丙子亂, 聞大駕播越, 不勝奮慨, 招長子誠曰 : "汝則奉先祠守家業." 招次子諫曰 : "汝則隨我赴亂, 募聚列邑同志義士." 卽赴安先生[14]義廳, 署爲部將, 領軍到礪山, 聞南漢解圍, 痛哭而還。
⑧ 추가 ⇒ 日夜所詠者, 願將腰下劒直斬單子頭之句。杜門謝世。
⑨ 有孫後天·佑臣·百烈 ⇒ 後孫京顯·致琮·景鎬

①과 ②의 변개는 인물(人物)의 기본적인 정보에 대한 변개이다. 초간본에서 이름과 자(字) 그리고 본관만 있던 것을 중간본에서 관직, 호를 보충하여 더욱 풍부히 구체화하였다. 이는 긍정적인 변개라 하겠다.

③의 변개는 세계(世系)에 대한 변개이다. 곧 가문의 내력을 알려주는 항목인데, 초간본에서의 오류를 바로잡으면서 아울러 새로운 사실을 추가한 것으로, 인물이 속한 '가문의 명망'을 드러내는데 치중한 것이다. 하지만 이 문헌이 창의록임을 감안하면 그보다는 의병활동을 한 내력을 드러내는 방향으로 잡는 것이 바람직하지 않았을까 한다. 혹여

14 중간본에서 유일하게 안방준을 '선생(先生)'이라 일컫지 않고 '안선생(安先生)'이라 일컬은 곳이다.

그렇게 하는 것이 형평성에 위배되었다면, 일괄적으로 부친, 조부, 증조부까지의 세계만 동일하게 기록했어도 되지 않았을까 한다. 이렇게 하지 않은 것은 창의사실보다는 '가문의 명망'을 드러내는데 의도를 가졌기 때문이리라.

④에서 ⑥까지의 변개는 행의(行誼)에 대한 변개이다. 사람이 마땅히 지키고 행하여야 할 행실 및 도의 등을 기술한 항목이다. 중간본에서는 민대승이 평소 효행뿐만 아니라 지략 및 충성 그리고 절약정신도 지녔음을 보충하였다. 특히, ⑤의 변개는 문맥을 바로잡은 것인데, 과거에 급제한 사실과 벼슬살이에 대한 언급은 일반적인 것이 아니고 특수한 사례이다.[15] 초간본 101명의 사실을 살펴보면 3명만이 언급되어 있기 때문이다. 그리하여 이를 개인 사실의 독자적 항목으로 설정하지 않았다.

⑦의 변개는 창의사실(倡義事實)에 대한 변개이다. 창의록 문헌임을 감안하면 '창의사실'은 핵심 항목이라 할 수 있을 것이다. 그리고 무엇보다도 사실에 근거한 적확성을 지녀야 할 부분이다. 중간본의 변개시킨 부분을 보면, 민대승이 대가가 남한산성으로 피란하였다는 소식을 듣고는 분개심을 참지 못하고 자식들에게 말하는 대목이 있다. 민대승에게 민성(閔誠, 1593 ~1665), 민간(閔諫), 민계(閔誡) 등 세 아들이 있었는데, 민대승이 장남에게는 "너는 선조들의 사당을 받들고 가업을 지키라."는 당부의 말을 하고, 차남에게는 "너는 나를 따라 난리에 달려가되, 여러 고을의 뜻을 같이하는 의로운 선비들을 모집하라."는 명을 한 것으로 서술된 것이 바로 그 대목이다. 물론 그러한 말이 전승되어 왔을 수도 있겠지만, 144년이 지난 초간본에는 기록되지 않았던 대화

---

15 권수용, 「《병자창의록》 연구」, 『지방사와 지방문화』 14권 2호, 역사문화학회, 2011, 217쪽.

의 내용을, 228년이 지난 중간본을 보면 마치 곁에서 들은 것처럼 구체적으로 서술되어 있다. 이는 쉽게 받아들이기가 석연치 않다. 그렇더라도 중간본에서의 변개 의도에 충분히 공감해보자면, 의병활동을 장남이 하지 않고 차남이 하게 된 것을 변호하려는 의도였다고 할 수 있을 것이다.[16]

⑧의 변개는 '창의 후 행적'이라 하겠는데, 초간본에서 기록되어 있지 않았던 것을 중간본에서 보충한 것이다. 이 '창의 후 행적'은 초간본에서 무시할 수 없는 숫자로 기록되어 있을 뿐만 아니라, 창의의 진정성을 뒷받침할 수 있다는 측면에서 개인 사실의 독자적 항목으로 설정할 필요가 있다.

⑨의 변개는 '후손'에 대한 변개이다. 초간본이든 중간본이든 이 항목이 존재하는 것은 창의록 발간 취지를 근본적으로 회의케 하는 것이 아닌가 한다. 《호남모의록》, 《광산거의록》, 《호남병자창의록》 등에는 전혀 보이지 않은 현상이다.[17]

---

16 『여흥민씨세계보(驪興閔氏世系譜)』(1973)에 의하면, 둘째아들 '민간'에 대해서는 생몰년을 알 수가 없고 단지 '국좌(國佐)'라는 자(字)만 알 수 있으며 병자호란의 사실이 아울러 적혀 있을 뿐인데, 그 둘째아들의 부인이 바로 죽산안씨(竹山安氏)로 되어 있다. 지금으로서는 더 이상의 자료를 찾을 수가 없기 때문에 누구의 딸인지 확인할 수가 없다. 여기서 죽산안씨를 부인으로 둔 민간이 안방준 주도의 의병진에 참전하게 되었다고 설명하는 것이 보다 합리적일 것이다. 이를 받아들일 수 있다면, 1864년 당시 장자 중심의 사회가 보다 강화되었던 것임을 감안하여 장자와 차자의 체면을 모두 살리는 방향으로 기록문자를 변개한 것이라고 보아도 별무리가 없을 듯하다. 말 그대로 개연성 있는, 다시 말해 있을 법한 이야기이지 사실에 부합하는 기록은 아닌 것이다. 한편, 이로써 대장 안방준과 부장 민대승은 '사돈지간'임이 밝혀지게 되었다. 현재 어떤 형태의 사돈간인지 구체적으로 알 수가 없다. 하지만 보성지역에 있어서 의병 활동을 한 인물들 사이에서 '혼인에 의한 관계'가 중요한 고리로 작용했음을 파악할 수 있는 단초라 하겠다.

17 다만 각주 16)에서 얼핏 언급했듯, 무엇보다도 이 창의록에 등장하는 죽산안씨를 비롯하여 진원박씨, 광주이씨, 보성선씨, 진주정씨 등 참여 인물들을 살피면 서로 혼맥(婚脈)으로 맺어져 겹사돈인 인물이 수십 명에 이르는데, 창의록을 발간한 목적이 충절을 실천한 선조를 단순히 선양하려는 데만 그치지 않고 각 가문의 사회적 위상을 높이면서 후손

이와 같은 민대승의 개인 사실을 통해, '열읍의인총록'의 개인 사실이 ㉮인물(人物 : 이름, 자, 호, 본관, 관직 등), ㉯세계(世系), ㉰행의(行誼), ㉱창의사실(倡義事實), ㉲창의 후 행적(倡義後行蹟), ㉳후손(後孫) 등으로 구성되어 있음을 확인할 수 있다.

이러한 구성 요소를 갖춘 '개인 사실'이 초간본과 중간본에서는 어떻게 기록되었고 변개되어 있는지 구체적으로 조사한 것을 수치화하여 나타낸 표가 다음과 같다.

	㉮ 인물	㉯ 세계	㉰ 행의	㉱ 창의사실	㉲ 창의 후 행적	㉳ 후손
초간본	101	96	81	83	22	97
중간본	90	69	62	83	18	101

앞장에서 이미 살핀 바 있듯 초간본은 '열읍의인총록'에 196명의 등재 인원 가운데 이름만 있고 사실이 없는 사람이 95명이었고 사실이 있는 사람이 101명이었음을 감안하건대, 위의 표는 초간본이 창의록 문헌이었음에도 창의사실이 있는 사람이 83명에 불과함을 보여주는 것이다. 등재 인물의 절반(42.3%, 83/196)에도 미치지 못하는 사람들만이 창의사실이 있을 뿐, 나머지는 창의사실이 없이 기록되어 있음을 알 수 있다.

실상이 이러함에도 위의 표를 보면 사실이 있는 101명 가운데 창의(倡義)와는 무관한 '후손의 이름'을 기록해둔 개인 사실이 무려 97건이다. 뿐만 아니라, 후손에 대한 관심에 이어 두 번째로 관심이 높았던

들 간의 유대 도모 및 정치적 결속을 강화하려 했던 것이 아닌가 한다. 그래서 창의 사실과는 무관한 후손들의 성명이 기록된 것으로 보인다. 이렇게 될 수밖에 없었던 요인은 또 다른 시각으로 접근할 필요가 있고, 이에 대해서는 다른 연구자들의 후고를 기다릴 수밖에 없다.

'세계(世系)'도 96건이 기술되어 있지만 선조나 친인척에게 의병을 일으켰던 내력이 있음을 밝힌 것은 19건(19.8%, 19/96)에 불과하다. 대부분은 앞에서도 언급했듯 가문의 선조들 가운데 명망가들을 밝혀 채워 놓았다.

이렇게 볼 때, 초간본 《우산선생병자창의록》은 창의록이라는 형태를 갖추기는 했지만 그것보다는 국난에 처하여 의병을 일으켰던 창의자들의 후손에게 빛나고 아름다운 영예를 주기 위한 기록물이었다는 혐의에서 벗어나기가 어렵다 할 것이다.

중간본에서의 변개 양상을 살피려고 하건대, 우선 주목되는 것은 25명의 개인 사실에 기록되어 있던 생년 또는 몰년을 하나도 남기지 않고 빠짐없이 지워버렸다는 점이다. 둘째, '인물'은 관직, 자나 호, 그리고 본관 등을 보충하여 더욱 풍부히 하였고, 셋째, '세계'는 오류를 바로잡거나 가문의 새로운 명망가를 추가 하였는데, 이것들은 앞서 민대승의 개인 사실을 살펴보았던 것과 같은 양상이다. 단지 5명[18] 정도가 선조들의 창의사실을 간략하게나마 덧보태어져 있다. 넷째, '창의사실'은 박진홍, 이장원, 이시원 등 20여 명이 새로운 창의사실을 보태는 방향으로 변개되었다.[19] 이 새로운 창의사실도 안방준과 연관된 내용이 많았는데, 새로운 창의사실을 보태는 것으로 보지 않고 단순히 연관된 것으로 처리한 숫자가 45명이나 되었다. 그 구체적인 사례를 들면 다음과 같다.

---

18 정영철, 김종원, 김취지, 최강, 정문웅 등 5명 정도가 의병을 일으켰던 선조의 내력이 덧보태어져 있다.

19 박진홍, 이장원, 이시원, 정영신, 김종혁, 조정현, 조흥국, 염득순, 황유중, 안일지, 이성신, 이옥신, 박안인, 손각, 손후윤, 김취지, 손석윤, 최계헌, 장운식, 정염, 김여용, 양지남, 양주남 등이다

㉠ 參畫安先生幕下 ⇒ 參畫先生幕下

㉡ 至丙子, 奮然挺身, 與牛山先生, 倡起義旅 ⇒ 至丙子, 奮然挺身, 與先生, 倡起義旅

㉢ 當丙子, 與安先生 ⇒ 聞先生擧義

㉣ 當丙子亂, 同郡安先生, 相應倡義 ⇒ 奮慨赴先生義旅

㉤ 丙子, 與同志諸賢, 齊聲倡義 ⇒ 丙子, 與同志諸賢, 齊聲倡義, 赴先生義旅

㉥ 南漢危急, 奮起從義 ⇒ 聞南漢危急, 奮赴先生義旅

㉦ 當丙子, 奮發殉國之心, 與從弟惟忠, 從戚叔安先生擧義, 盖其志氣相符也。和成而退 ⇒ 與從弟惟忠, 從先生擧義, 公之於先生爲外從侄。行到礪山, 聞和成慟哭而歸

위의 사례를 보면, 철저히 성씨 안(安)과 호(號)는 쓰지 않고 오로지 '선생'으로만 통일시켰다는 점이다.(㉠㉡㉦) 이는 몇 안 되는 사승관계를 언급한 대목에서도 동일하였다. 안방준과 대등하게 인식될 여지가 있는 대목은 철저히 그의 휘하로 달려간 것으로 변개되어 있었으며(㉢㉣), 문면에 안방준과의 관련이 언급되어 있지 않으면 이 역시 그의 휘하에서 의병활동을 한 것으로 변개되었다(㉤㉥). 따라서 중간본의 서문을 변개시켰던 그 시선이 바로 개인 사실에도 철저히 적용되고 있음을 확인할 수 있는 것이다. 다섯째, 초간본의 양상과 마찬가지로 역시 후손에 대한 관심은 똑같음을 위의 표는 보여준다. 초간본에 기록되어 있던 후손의 이름을 그대로 둔 것은 26건이고, 지워버리기만 한 것은 4건이며, 지워버리고 새로운 후손의 이름을 넣은 것은 71건인 데서 확인된다.

요컨대, 중간본의 변개 양상은 안방준을 철저히 높이는 가운데 그를 중심으로 하는 '구심력'을 강화하는 것에 초점을 맞추었고, 또한 그 후광 아래 창의자 후손들의 영예를 고향시키는 방향으로 초점을 맞추는 것이었다. 특히, 최계헌의 사실을 보면, 초간본에서는 '壬辰繼義兵將慶長孫'이라 되어 있던 것이 중간본에서는 '贈吏曹判書慶長孫'으로 변개되어 기록된 데서, 창의록 발간의 근본 취지가 훼손되었음을 엿볼 수 있다. 초간본은 이 후자의 양상이 마찬가지였지만, 안방준 중심의 구심력에는 비교적 자유로웠음을 알 수 있다.

5. 결론을 대신하여

이 글에서는 호남 창의록의 문헌들과 초간본 《우산선생병자창의록》·중간본 《은봉선생창의록》을 관련지어 서로 지니고 있는 동일한 면과 변별되는 면을 살펴서 논의의 기반을 삼았다. 게다가 초간본과 중간본 사이의 기본적인 편제를 비교하여 초간본의 토대와 뼈대가 중간본에도 그대로 영향을 미치고 있음을 나타내어 중간본의 연원처(淵源處)를 규명하고자 했다. 또한 이에 근거하여 서문 및 개인 사실의 변개 등을 통해 초간본에서 중간본에 이르는 과정의 변개 양상을 살펴보고자 하였다.

그 결과, 호남 창의록 문헌들은 17세기 이후 18, 9세기에 이르기까지 전개되었던 북벌론과 소중화 사상의 근간을 이루었던 의리(義理)에 기초한 의병활동을 기록한 것으로서, 주로 18세기 중엽 이후에 이르러서야 병자호란 때 순절자 또는 척화파였던 인물들의 후손이거나 그들의 정신을 이어받은 서인 노론계 인물들의 후광 속에서 정착하여, 간행되고 있었다. 《우산선생병자창의록》도 역시 노론계 벽파 인물의 후광 속에서 거의 같은 시기에 간행되었지만, 호남 창의에 관한 다른 문헌들과는 달리 동일한 인물이 지은 서문의 변개가 중간본 《은봉선생창의록》에서 지은이의 사후에 일어났다. 그 변개 양상을 살폈더니, 안방준을 숭앙하는 시선에 기인한 것이었다. 그로 말미암아 제명이 '안방준 중심의 병자년 의병활동에 대한 기록서'라는 의미에서 '안방준의 의병활동 기록물'이라는 의미로 전이되어, 실상과 어긋나는 모호한 제명으로 바뀌고 말았다. 또한 '창의시 사적'의 내용이 과장되기도 했다. 뿐만 아니라 안방준의 '개인 사실'에 있어서는 창의사실과는 무관한 증직, 시호, 배향하는 서원 등을 숭조(崇祖) 차원에서 증보하여 기록되기도 하였다.

초간본과 중간본에 대한 두 이본간의 기본적인 편제를 비교하였더니 초간본의 토대와 뼈대가 그대로 중간본에 영향을 미쳐 큰 차이가 없었고, 단지 개인 사실들만의 변개가 대부분이었다. '개인 사실'은 '인물 / 세계 / 행의 / 창의사실 / 창의 후 행적 / 후손'들로 구성 요소를 갖추었는데, 이 구성 요소들의 변개 가운데 주목되는 것은 '창의사실'과 '후손'의 변개이었다. 중간본에서 일어난 '창의사실'에 대한 변개는 새로운 창의사실을 추가한 것도 물론 있었지만 극소수에 불과했고, 주로 안방준과의 구심적 관련성을 강화하는 방향으로 이루어졌다. 곧, 의병활동을 했던 것으로 막연히 기록되어 있으면 안방준 휘하에서 의병활동을 했던 것으로 수정되거나 보충되었다. 이는 서문에서 안방준을 숭앙하는 시선으로 변개했던 것과 동궤의 시선이라 할 만한 것이고, 그 영향 때문이었다 할 것이다.

'후손들의 변개'는 다른 창의록에서 볼 수 없는 특징인데, 초간본은 196명의 등재 인원 가운데 창의사실이 있는 사람이 83명으로 42.3%에 불과한데도, 창의사실이 있는 101명 가운데 후손들의 이름이 기록된 것이 97명이나 되었다. 이 후손들의 이름은 어떤 의미로든 창의와는 무관한 것이다. 결국 창의록이라는 형태를 갖추기는 했지만, 국가의 위급한 상황에서 일으켰던 창의자(倡義者)들의 후손들에게 빛나고 아름다운 영예를 주기 위한 기록물이었다고 할 수밖에 없을 것이다. 이 현상은 중간본에서도 여전하였으니, 초간본에서 있었던 후손들의 이름을 지우고 새로운 후손들의 이름으로 대체하고 있었다. 결국 선조들이 실천한 충의의 발자취를 드러내어 향촌사회에서 가문의 사회적 위상을 높이고 아울러 그 후손들의 영예도 드높이고자 했던 것이라 하겠다. 이러한 양상은 초간본이든 중간본이든 동일한 것이었지만, 초간본은 그래도 '창의사실'에 주목하고 안방준 중심의 구심력에는 비교적 자유로웠다고 할 수 있겠다. 따라서 초간본은 그래도 창의사실을 주목하였다면, 중간본은 후손들의 숭조정신과 자부심을 드러내는 데에 더 주목하였다고 하겠다.

오늘날 《우산선생병자창의록》 원전 자료의 소장 상황을 살펴보면, 초간본은 소장처가 극히 제한적이나 중간본은 소장처가 비교적 많다. 그래서 흔히들 중간본을 원전자료로 거리낌 없이 이용하는 경우가 많다. 그러나 이 글에서 지금까지 아무도 주목하지 않았던 창의록 문헌의 변개 양상을 살펴서 드러낸 바, 무엇보다도 원전자료를 이용할 때는 초간본과 중간본이 지니고 있는 특성을 고려하여 인용하여야만 인용의 적절성과 가치성을 담보할 수 있을 것이다. 이는 또 최근 학계의 관심이 되고 있는 실기문학(實記文學)을 살피면서 당대성 내지 당대적 맥락 등을 규명할 때 이본들이 존재한다면 반드시 이본간의 변이양상을 세밀하게 더욱 유념해야 한다는 것을 일깨워준다.

초간본에서 후손들의 이름을 등재하였고, 중간본에서 초간본의 등재된 그 이름을 지우고 새로운 후손의 이름을 등재하게 된 원인 및 그러한 양상이 지니고 있는 의미를 파악하는 글은 별개의 후고로 미룰 수밖에 없다. 후손들 간의 유대 도모 및 정치적 결속을 강화하려 했던 것 같은데, 중간본은 특히 한 인물을 구심점으로 하여 집단적인 영예를 도모한 것으로 보이기 때문이다.

(『국어국문학』 164, 국어국문학회, 2013. 게재논문)

참고문헌

《우산선생병자창의록》(일명 병자창의록), 안세열 소장본.
《은봉선생창의록》, 국립중앙도서관 소장본.
《호남병자창의록》, 국립중앙도서관 소장본.
『여흥민씨세계보(驪興閔氏世系譜)』, 1973.

신해진 역주, 『강도일기』(어한명 원저), 역락, 2012.
신해진 역주, 『광산거의록』(광주유림 편), 경인문화사, 2012.
신해진 역주, 『호남의록·삼원기사』(안방준 원저), 역락, 2013.
신해진 역주, 『호남병자창의록』(박기상·이덕양 편), 태학사, 2013.
안동교 역, 『국역 은봉전서(Ⅰ)』(안방준 저), 신조사, 2002.

권수용, 「《병자창의록》 연구」, 『지방사와 지방문화』 14권 2호, 역사문화학회, 2011 : 195~228쪽.
김경숙, 「이괄의 난과 《호남모의록》」, 『숭실사학』 28, 숭실사학회, 2012 : 59~93쪽.

[영인]

우산선생 병자창의록

牛山先生 丙子倡義錄

여기서부터는 影印本을 인쇄한 부분으로 맨 뒷 페이지부터 보십시오.

1

丙子倡義錄序

牛山安先生當丁卯丙子虜寇皆倡義兵以赴 國難而皆
遇媾成而旋罷今其錄丙子倡義約誓文及部署員額一册
藏于家是名牛山先生丙子倡義錄後孫與諸義家子孫謀鋟
板以行問序於鍾厚鍾厚謹披而讀之凜凜如目擊當時事
精忠氣意有足以感動人於千載之下者因以痛夫義擧屢
奮輒爲和事所敗而我乃以數千里爲讐虜役者于今百有
餘年則是錄也豈不爲重裂志士之膽也哉且夫以先生德
業風義爲後學所誦慕雖零辭漫筆有不忍泯滅者況此錄
哉是爲序

崇禎三己亥仲冬清風金鍾厚謹序

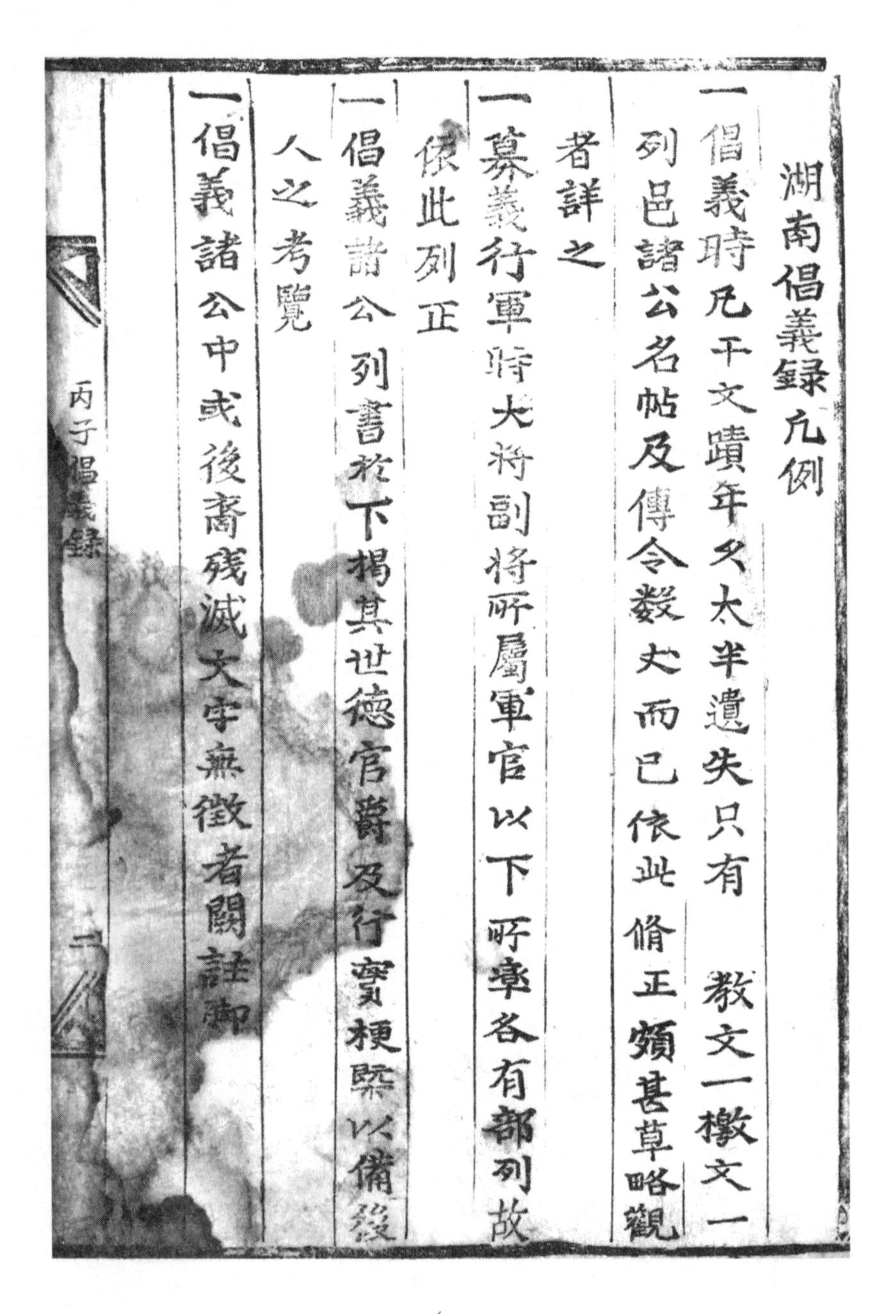

湖南倡義録凡例

一倡義時凡干文蹟年久太半遺失只有 教文一檄文一列邑諸公名帖及傳令數丈而已依此修正頗甚草略觀者詳之

一募義行軍時大將副將所屬軍官以下所率各有部列故依此列正

一倡義諸公 列書於下揭其世德官爵及行實梗槩以備後人之考覽

一倡義諸公中或後裔殘滅文字無徵者闕誌御

丙子倡義録 二

4

倡義所事蹟

崇禎丙子十二月 日奴賊直犯京城
仁祖大王入南漢 中殿世子及嬪宮入江都虜騎圍南
漢幾重危急之勢迫在朝夕府尹黃公一皓請募人潛出
使督諸道兵於是通諭 教書自圍中出來牛山安公乃
與本邑同志百餘人完議約誓馳檄道内列邑募義聚粮
各邑諸公一齊嚮應都會于礪山到清州聞江都失守已
成城下之盟諸公北向慟哭而歸

5

教文

王若曰我國臣事 天朝二百年于玆 皇朝覆育之恩至于壬辰而極此萬古不可渝之大義也一自西虜猾夏我國義在同仇丁卯之變出於猝迫上奏 天朝權許羈縻者只爲保全一國生靈之命故也今者此虜至稱僭號要我通議耳不忍聞口不忍說不計强弱顯斥其史只爲扶植萬古君臣之義故也予之終始爲生民爲 天朝者昭如日星此皆一國士民所共悉伊虜肆虐輕兵來突予出駐南漢期以死守存亡之勢決於呼吸爾士民等同受天朝恩澤深以和事爲恥者久矣況今君父危迫之禍至

丙子倡義錄 三

6

於此拯此正忠臣義士捐軀報國之秋也噫予惟智不能
明仁不能博以負爾士民則有之矣今玆禍亂之作非有
所自取徒以不忍背君臣大義也此心此義通天下上下
爾亦安忍恝然於君父之義不救弓之急難哉宜力奮智
力或糾合義旅或資助軍粮器械奮勇北首廓清大亂扶
植綱常樹立勳名豈不快哉故玆敎示想宜知悉
崇禎九年十二月十九日

倡義

國運不幸奴賊衝突
大駕播越一隅南漢至於見圍擧國臣民之痛尚忍言哉
此誠主辱臣死之秋凡我食土含血者孰無奮義赴亂之
志乎茲將克擧義旅以助聲勢之萬一爲我同志之士終
始協力忘身殉國幸甚

崇禎九年十二月二十三日

一募軍事五十歲以下二十歲以上無遺赴義事
一粮餉事一鄉大小人員各出升斗之米運送事
一軍器措備事

丙子倡義錄　四

8

一僧軍亦爲抄出事

傳令李特遠

樂安郡召募別有司差定爲去乎急急馳到校生及閑良編伍落漏軍保庶孽老除出身各司寺奴留郡將及留鄕所堂長有司相議多數抄出同抄軍成冊急急馳納向事

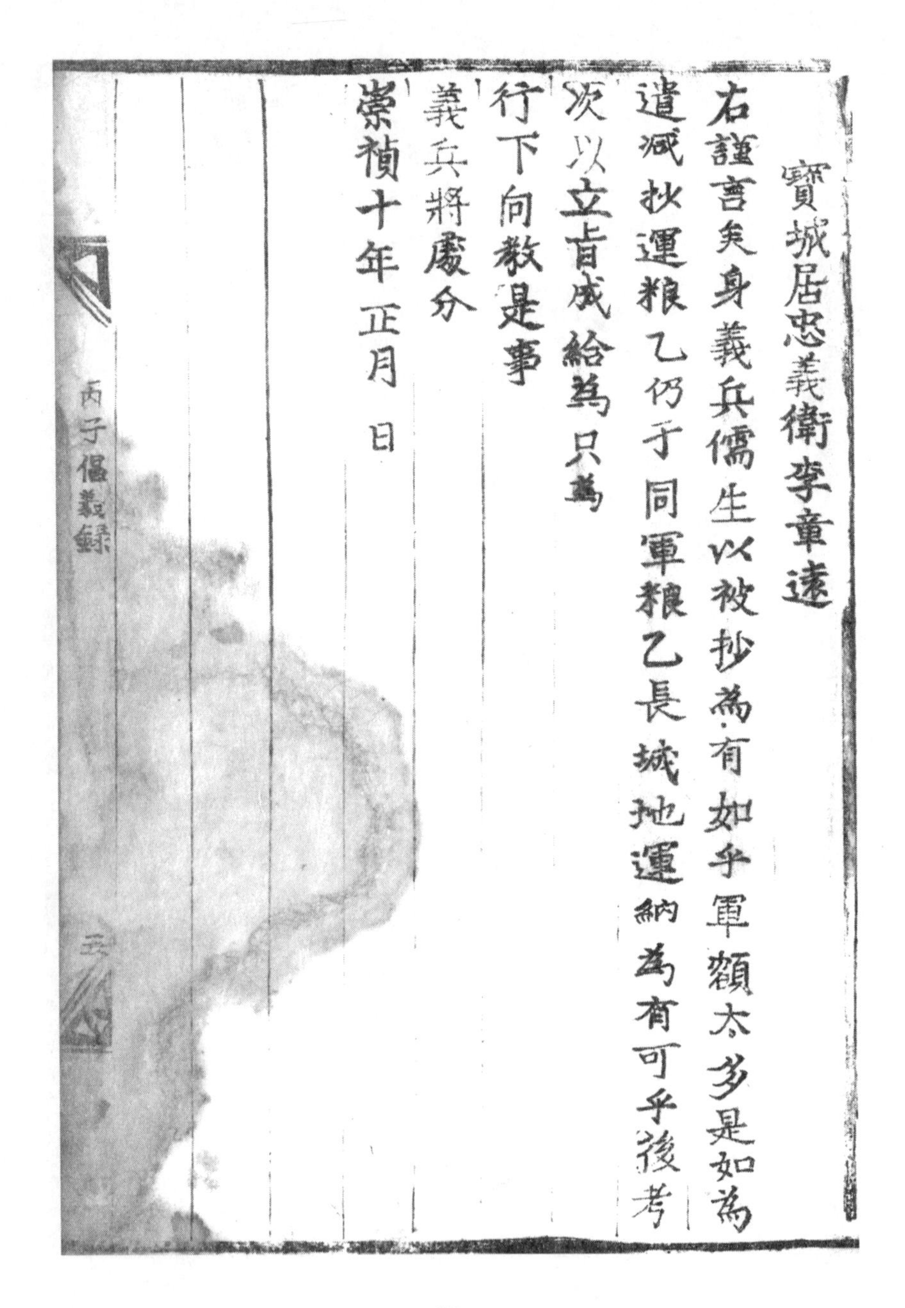
寶城居忠義衛李章遠
右謹言矣身義兵儒生以被抄爲有如乎軍額太多是如爲
遣減抄運粮乙仍于同軍粮乙長城地運納爲有可乎後考
次以立旨成給爲只爲
行下向敎是事
義兵將處分
崇禎十年正月　日
丙子倡義錄

10

11

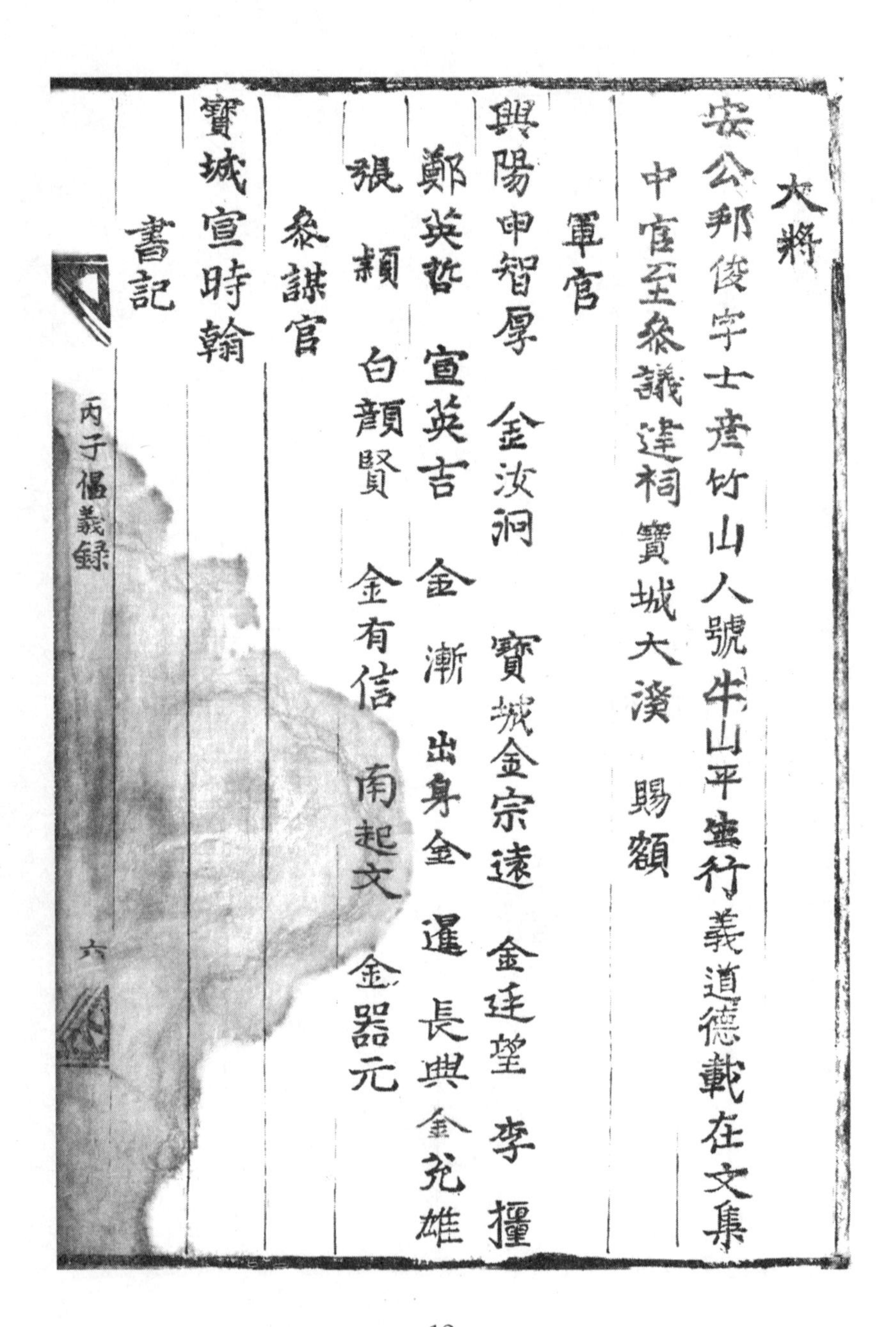
大將

安公邦俊字士彦竹山人號牛山平生行義道德載在文集

中宦至參議建祠寶城大溪 賜額

軍官

興陽申智厚 金汝洞 寶城金宗遠 金廷望 李擅

鄭英哲 宣英吉 金漸 出身金暹 長興金允雄

張頫 白顏賢 金有信 南起文 金器元

參謀官

寶城宣時翰

書記

丙子倡義錄 六

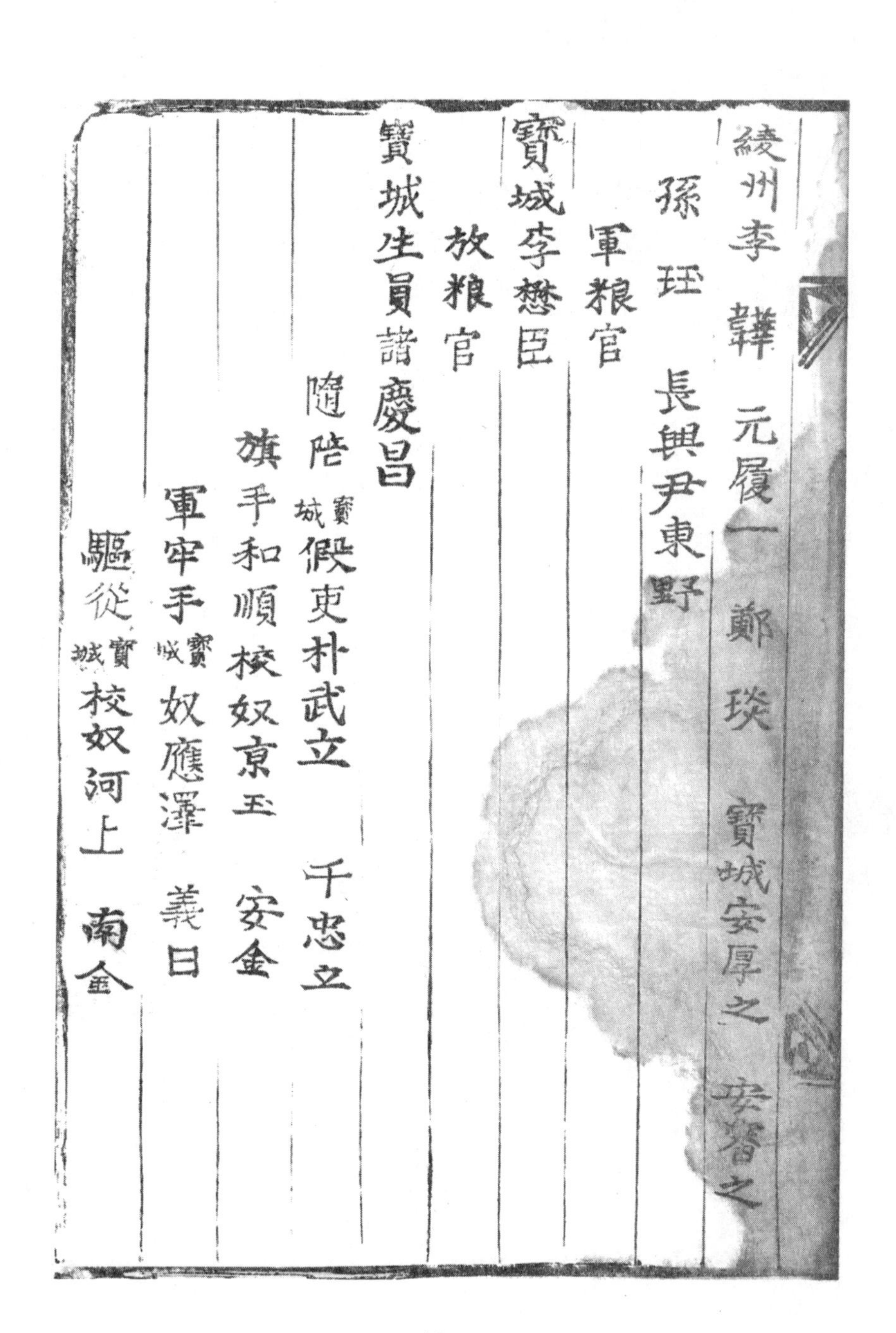

綾州李韡 元履一 鄭琰 寶城安厚之 安審之

孫珏 長興尹東野

軍粮官

寶城李懋臣

放粮官

寶城生員諸慶昌

隨陪 寶城假吏朴武立 千忠立

旗手和順校奴京玉 安金

軍牢手 寶城奴應澤 義日

驅從 寶城校奴河上 南金

13

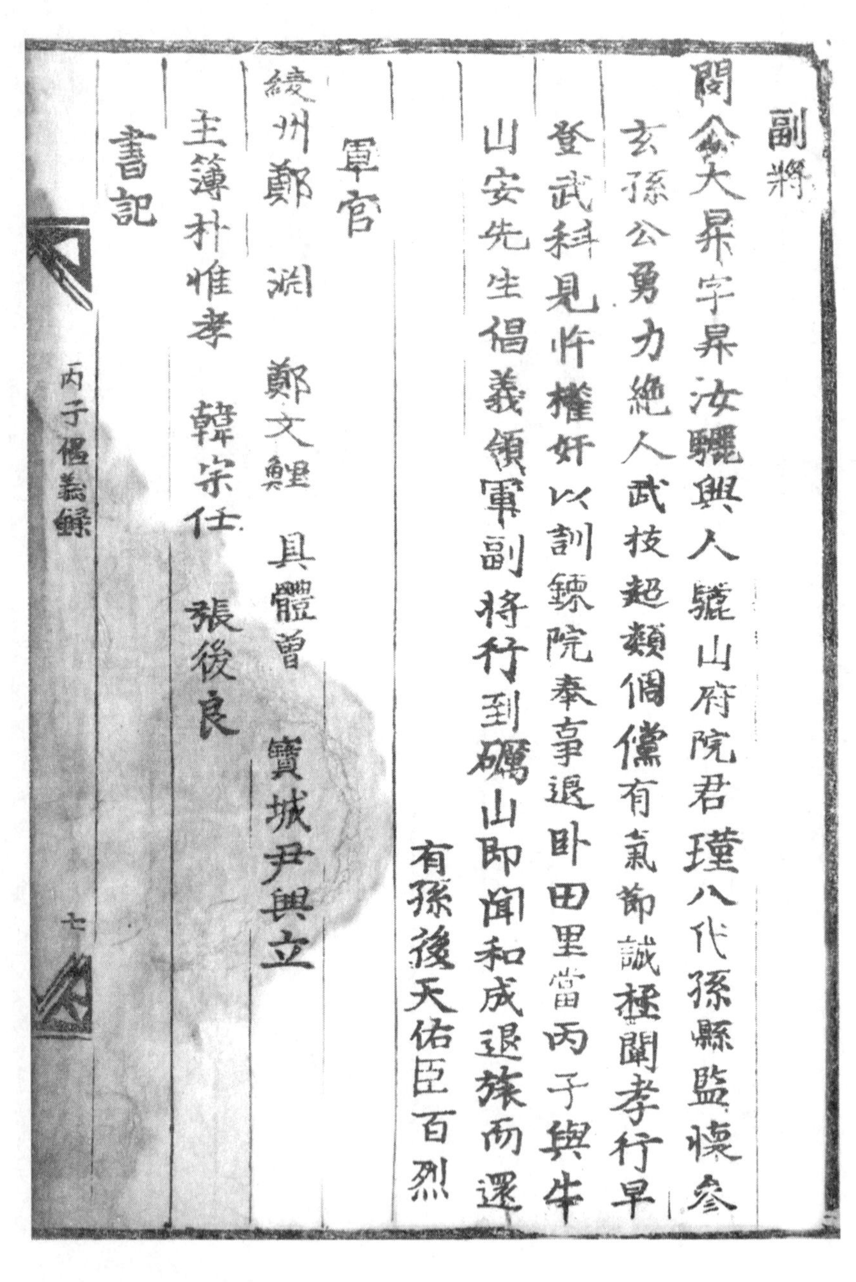
副將

閔僉大昇字昇汝驪興人驪山府院君瑾八代孫縣監愼叅

玄孫公勇力絶人武技超類倜儻有氣節識極閑孝行早

登武科見忤權奸以訓鍊院奉事退卧田里當丙子與牛

山安先生倡義領軍副將行到礪山聞和成退旋而還

有孫後天佑臣百烈

軍官

綾州鄭淵 鄭文鯉 具體曾 寶城尹興立

主簿朴惟孝 韓宗任 張後良

書記

丙子倡義錄 七

14

綾州鄭文熊 宋應祝 閔諫

旗手和順校奴生伊 私奴順金

驅從綾州校奴吉伊 春山

從事官

軍官

綾州文悌克 崔景禔

書記

綾州金汝鏞 金錞

旗手樂安內官保金秋遠 炮保金彥南

列邑義人摠録

寶城

安厚之先生長子陸先生赴義媾成而旋罷歸時不勝憤慨有詩曰涅背無岳飛恥帝有魯連皇綱已墜地大義誰復宣　贈左承旨　有孫　昌毅　昌鳳　慶泰

進士朴春長字彦承珎原人號東溪乙未生直提學葦南公熈中七代孫壬辰義將竹川先生光前孫丁酉倡義行執義根孝子天性正直慷慨有大節學術文章克承家訓撰山陽誌行于世當丙子參畫安先生幕下糾集義旅卽赴勤王聞和成而退無意世務築室東溪獎掖後進生徒七

丙子倡義録

十餘人朔望分揖次第課講禮俗之盛文學之風忠孝之

烈至今稱之義行實跡詳載五賢錄 有孫 守仁 守日

李元臣

李敏臣

趙弘國字而變淳昌人玉川府院君元吉後生有異徵及長

器局峻整時丁丙子有白衣勤王之志聞和成皷心不

已杜門而終 壽職嘉善 有孫 泰心 東斗

僉正朴惟忠字孝彦珍原人直提學熙中八世孫泰奉繼原

孝孫早歲文章忠孝義節克紹家範

有孫 幼錫 守訥 守愚 守誠

生員金銑字汝潤號南湫金海人縣監希說子氣宇沉重篤
躬慎密若其嘉言善行具載山陽五賢錄當丙子與安先
生益增慷慨忘身同赴　有孫　奎哲　尚潤
李懋臣廣州人適村之後山陽五賢之一嘉言善行詳載邑
誌　有孫　廷基
通德郎朴喜望字望之珍原人直提學熙中後進士囦之孫
主簿光玄子自少以孝友稱長以文學著丙子與同志諸
賢齊聲倡義聞和戌向退杜門自守　有孫　良錫　守澤
僉正朴時烔字君郁珍原人直提學熙中八世孫進士囦之四世
孫天性仁厚事親克孝陞軍資監僉正當丙子亂同郡安先

生相應倡義誓心殉國　有孫　孝錫　守道　守春

朴震興改名震豪字士豪萬曆癸卯生咸陽人淸白吏遂智六世孫天性至孝年十六奔父喪于京千里徒跣啜粥三年崇禎後丁未卒　有孫　致鳳

金治西字燁白戊申生金海人號益齋左贊成璉後縣監忠夏孫誠孝出天慈患之劇二次斷指延壽五齡聰明過人文章自成名滿京鄉武勇兼備南漢危急奮起從義

有孫　碩坤　在坤　聖海

李章遠廣州人遁村之後倜儻多大節少學於牛山公〻甚器之丙子擧義責餽餉有轉粮文牒　有孫　象奇

朴惟儕字恭彥珎原人號愚翁右文舘大提學益陽伯贈十世孫清白吏藝文舘直提學熙中八世孫直長文基六世孫參奉繼原五世孫公世襲忠義心懷敵愾當丙子奮義殉國之心與從弟惟忠從戚叔安先生擧義盖其志氣相符也和成而退杜門終年 有孫 珎錫 守奎 守根

任時尹字莘叟冠山君先世五代孫菊潭公希重玄孫山陽五賢之一怡溪公喜子氣宇宏深風儀嚴重生丁明末講讀春秋常嚴於尊周大義至丙子奮然挺身與牛山先生倡起義旅時年三十三以募軍別將旬日之間得士數千仗義西上軍聲大振聞城下之盟痛哭罷歸

丙子倡義錄

20

放浪湖山自號巨谷遯世肆志以終天年高風清韻人

到今稱之　有孫　鏡泰　翼源　長源　晏材　英材

從仕郎朴震亨字晋叔珍原人號蔘川直提學華南公熈中

八世孫曽祖承旨竹川公光前壬辰義兵將祖執義晩圃

公根孝丁酉倡義參議我誰公春秀子我誰公丙子與李

玉果興淳擧義公器宇宏深襲承家聲當是亂慷慨激勵

赴義從事世稱傳家忠義　有孫　守益

安審之先生薦二子孝友忠節襲得家庭當丙子陪父兄從

義　有孫　世龍　處得

生員李時遠廣州人遁村後樂安召募別有司

21

丙子倡義錄

宣英吉字文彬寶城人辛卯生進士用臣後縣監邦憲玄孫
氣稟倜儻才兼文武當丙子專任軍務忘身赴義
有孫 震道 震喆 東孝

鄭英哲字汝保晋州人菁川君乙輔後壬辰戰亡功臣正字
贈修撰思悌孫精忠節義世承家訓
有孫武科 永復 東義 啓燁

鄭哲宗字栢友壬子生菁川君乙輔後參判忠孝六世孫
壬辰功臣應男孫少有慷慨節勇過人參赴義旅
有孫 弘璘 守仁 弘喬

韓景福

22

趙舜立

趙興國

趙昌國

安徽之

趙舜弼字虞伯淳昌人玉川府院君元吉後縣監之漢孝孫祖部將倡義即壬辰骨浦戰與安弘國極力贊畫公以丙子誓心赴義不墜家聲

有孫 泰賢 泰斗 東協

宣時翰字子擧寶城人訓鍊僉正敏中子誠極二親文冠一代與義時掌參謀官盡其智力

有孫 采東

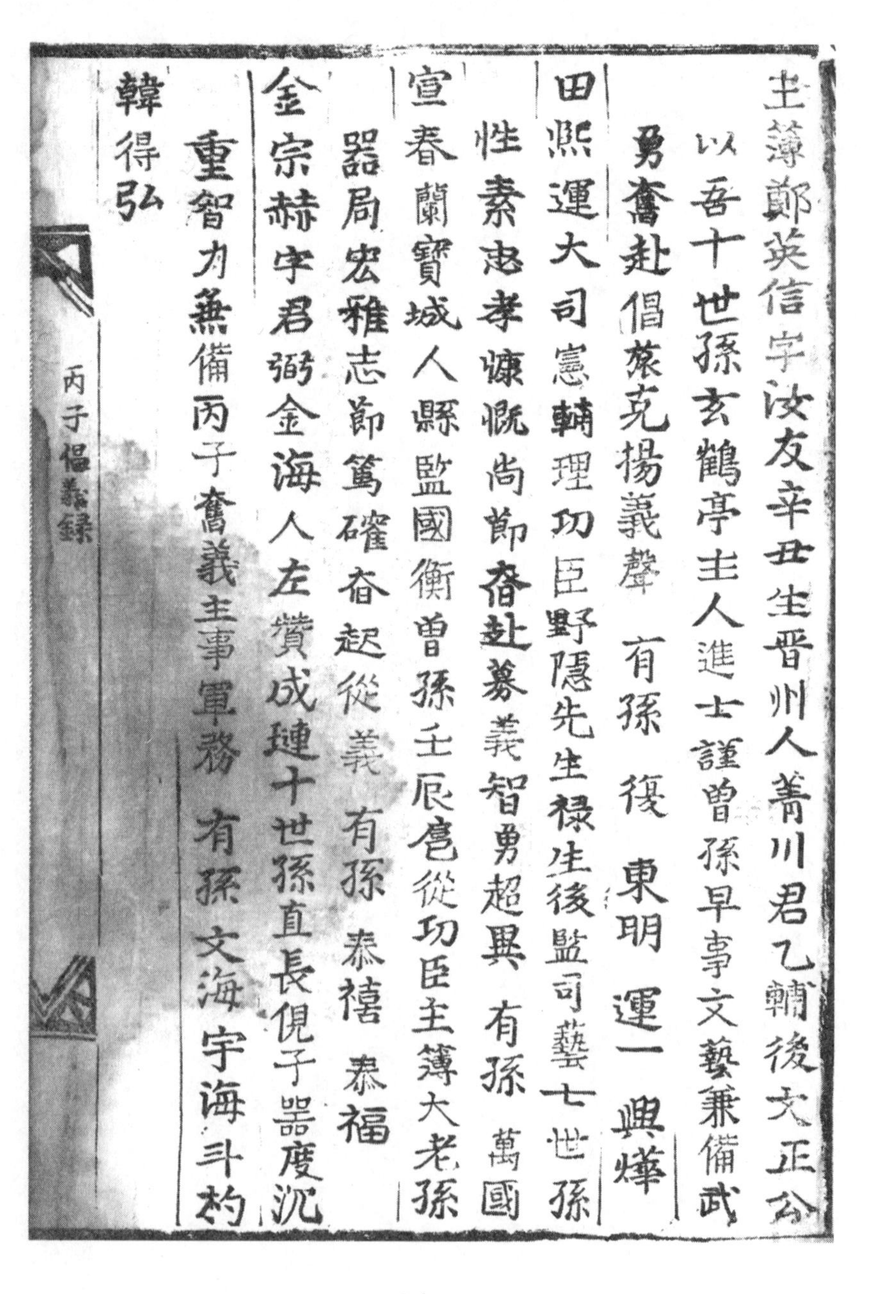
丙子倡義錄

主簿鄭英信字汝友辛丑生晉州人菁川君乙輔後文正公
以吾十世孫玄鶴亭主人進士謹曾孫早亭文藝兼備武
勇奮赴倡旅克揚義聲 有孫 復 東明 運一 興燁
田縣運大司憲輔理功臣野隱先生祿生後監司藝七世孫
性素忠孝慷慨尚節奮赴募義智勇超異 有孫 萬國
宣春蘭寶城人縣監國衡曾孫壬辰扈從功臣主簿大老孫
器局宏雅志節篤確奮起從義 有孫 泰禧 泰福
金宗赫字君弼金海人左贊成璉十世孫直長俔子器度沉
重智力兼備丙子奮義主事軍務 有孫 文海 宇海 斗杓
韓得弘

24

金宗幹

文震啓

金克成

生員諸慶昌字善謙慕原人癸酉生宣畧將軍行忠武衛直

長好元子孝友根天文章夙成遊學牛山門庭當丙子同

赴義旅主調餉

有孫 夏承 永輔 永澤 永甲

文希舜字汝華南平人丙子亂父水使載道護 駕南漢公

從安先生起義中道聞和成而歸作亭郡北道邊而終

事載邑誌

有孫 東弼 永甲

趙廷亨 淳昌人玉川府院君元吉後縣監之漢孫公性慷慨忠純當丙子應募倡義 有孫 日培 德培 明珎

趙廷顯 淳昌人玉川府院君元吉後縣監之漢孫公稟性忠直丙子擧義 有孫 永培 鑽培 良培

趙興國 淳昌人玉川府院君元吉後縣監之漢曾孫判官廷式子丙子應檄赴義 有孫 泰義 泰智

宣泰安 字平仲寶城人府使安景七世孫主簿翼龍子天性忠直文藝早成當丙子赴義和成而退 有孫 德權 光宗

廉得淳 字而厚坡州人恩敬公悌臣後縣監緯七代孫濟用監奉事義元子天姿敦厚世承家訓當是亂從族

丙子倡義錄

有孫 泰赫 泰臣 達信

僉樞蔡立協字和甫平康人平章事景平公松年後文章學

行縣監晛之子服承家訓赴義從蔡 有孫潤德膺諾宗壽

蔡明憲字章甫平康人景平公松年後進士延祚孫參奉殷

男子參奉公膂力絶倫智畧過人壬辰倭寇大至遇賊數

百奮釼長驅盡斬之橐倭酋神釼獻馘鎭將以達 天門

録名勲府行敬陵參奉職帖録券至今尚存公服襲家

訓應募病歸弟箕春以未冠代兄從行聞和成而退壬

丙兩亂父子三入倡忠赴義至今稱之 有孫膺奎膺哲 居寶城

有孫 德祥 德昌 德徵 德興 德麟 東相 居靈光

27

忠義衛宋缺字李龍南陽人靖社功臣僉知中樞府事鎭
南君英望玄孫功臣倫曾孫公忠孝過人智畧超等世稱
將軍丙子叅募義 壽戢嘉義大夫同知中樞府事
有孫 東赫 德輝 光旭 碩弼

黎明翼字國甫乙未生平康人高麗光祿大夫中書侍郎平
章事景平公松年後叅奉逕祚玄孫天姿純粹孝友家庭
當是亂赴義從事和成而退會憤而終
有孫 衡福 衡度 衡斗

黃有中字公叔長水人翼成公喜十世孫大司諫誠昌七世孫
壬辰捍後將原從功臣訓鍊院正元福子慷慨有節志在

丙子倡義錄

28

殉國生于甲辰終于癸卯

有孫 河湜 亶考 宣傳 翼振

李時

姜應

安逸之先生茅五子性素忠孝趾美家聲 有孫 昌順 昌徵

李誠臣字誠之廣州人遁村之後生于甲辰卒于甲午

有孫 廷立 蒙一 蒙九

李哲臣字明伯廣州人遁村集八代孫 有孫 廷翼 蒙熏

崔峴

姜後尚

李沃臣字啓伯廣州人遁村之後　有孫 蒙重

任景禹

宣弘宙

黄得榮

黄時敏字永叔長水人進士珣五世孫叅奉慶參曾孫氣稟忠愼智勇過人丙子倡義募兵主事軍務　有孫 翼重

金宗遠字君望金海人左贊成璉十世孫原從功臣弘業孫叅奉倢子氣局恢弘智力過人當是亂與從弟宗赫倡義主軍都任　有孫 德洸 龍壽 昌雲

承議郎朴安仁字仁叔咸陽人請白吏遂智五世孫知足堂

楊州牧使成仁斧天姿穎悟學問超博平生慷慨多大節
當丙子與安先生首倡義聲忘身赴難
有孫 思東 思衡 世燁
孫廷宇二吉改名邦瀜密陽人承政院正字晋州牧使貫
麟七世孫宣傳官汝梃子早登安先生門文學夙成氣質
純厚忠孝節義平生長物至丙子從先生擧義爲大將所
記室先生甚器之
有孫 命壽 命臣 命休 命基 命老 命龍
吳命龍
吳 哲

31

金就仁字就之樂安人樂安君謚襄惠光襲後判典校寺事仁
瑄九世孫左賛成贈吉五世孫叅奉聃壽孫性孝友訓子
弟以忠節為先見稱于鄉人丁丙子聞 大駕播越有隻
手擎天之志與弟近仁同赴義舉誓心殉國聞城下之盟憤
泣而歸自是無意世慮有人語及和事則輒為之慨然嘖舌
不已遂卜居溪山自號隱園耕釣以終
有孫 應崖 圭鎬 一鉉 良鉉

金近仁字近之就仁弟慷慨有大節好讀春秋以大義自任丙子
聞南漢圍急有白衣勤 王之志安先生募義遂奮拳曰誠
得吾死所從兄同赴聞和成有詩曰忍將尊周義恥為賊檜

32

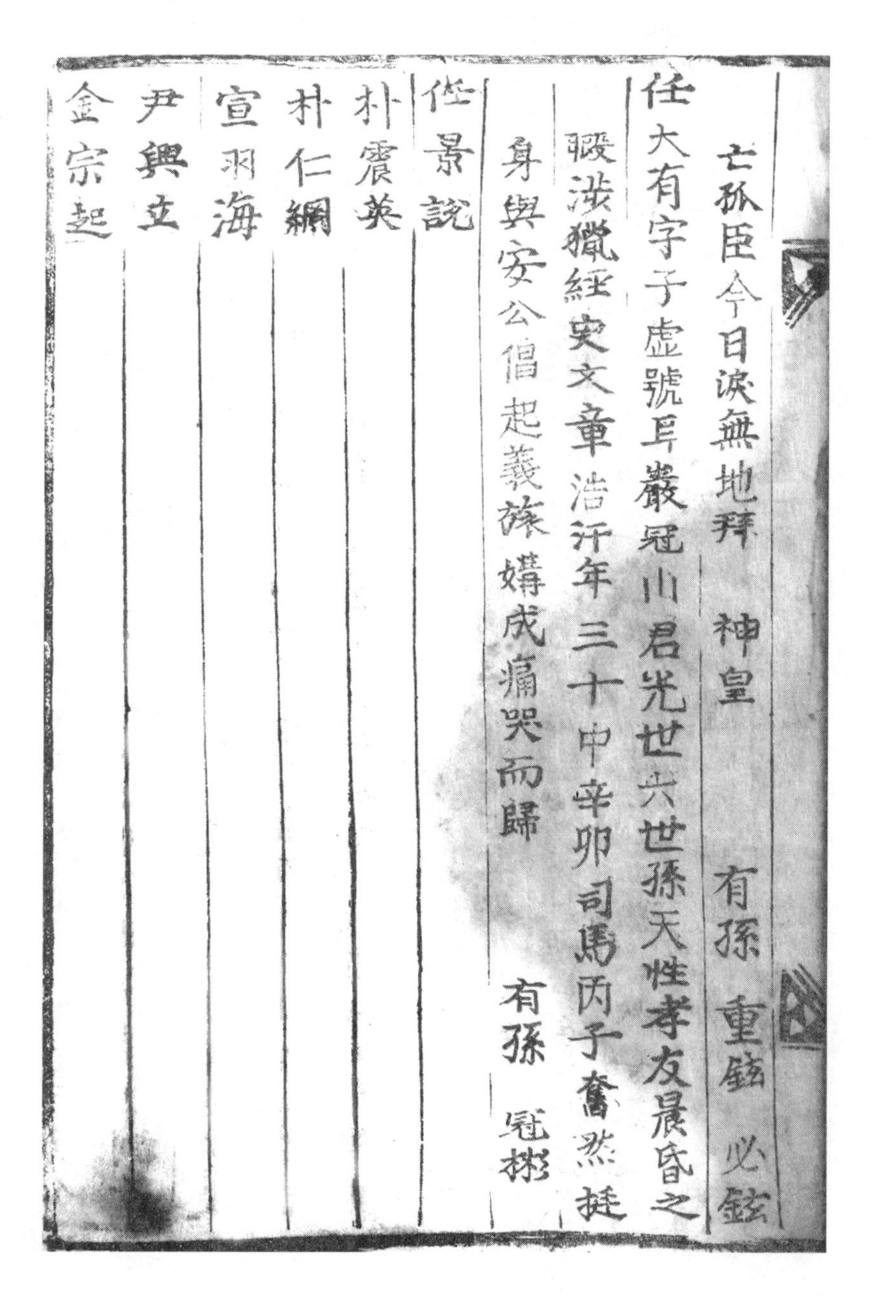

亡孤臣今日淚無地拜 神皇 有孫 重鉉 必鉉

任大有字子虛號耳巖冠山君先世六世孫天性孝友晨昏之職淡獵經史文章浩汗年三十中辛卯司馬丙子奮然挺身與安公倡起義旅媾成痛哭而歸 有孫 冠彬

任景說

朴震英

朴仁綱

宣羽海

尹興立

金宗起

孫守憲字度卿己酉生密陽人密城君兢訓後參奉軸玄孫文藝
早成才智兼備丙子從義旅 有孫 命瑞 極孝 永孝
孫後胤字顯章壬申生密陽人密城君兢訓後參奉軸曾孫
器宇沉重文武兼備參義於丙子 有孫 命德 命恒 達孝
金汝鏈
宣巖鐵
宣萬吉
金就砥字鍊平光山人快軒文正公台鉉後牧使玉淵七代孫
壬辰晋州陷城時戰亡功臣大民孫忠孝出天才勇絕人
丙子赴義時年三十五 有孫 錫善 聖祖

丙子倡義錄

34

金基遠
金安信字達仲箕城人大司憲墀後司憲府持平守義五世孫性素淳厚奉親極孝定省之禮溫凊之節雖祈寒暑雨愈勤不怠才兼文武先生倡義日益增慷慨而從 有孫 東直 東彦 東玉
孫錫胤字顯得密陽人密城君兢訓後叅奉軸曾孫性質純厚志節慷慨丙子奮義智勇超異 有孫 命雲 命峻 命佑
崔泗龍
朴東建琢原人直提學熙中七世孫罡字忺弘智力過人當丙子與弟東秀沫血奮義 傍孫 德錫
文存道

朴東秀珎原人直提學㬎中七世孫器宇恢弘智力過人當是亂與兄東建同心赴義　傍孫　健錫

金銓字汝平金海人進士南湫公銑之后忠孝兼全文武備俱至是亂與弟進士公從安先生誓心起義和成而退　有孫　奎觀　守重　汝信

李擡字擎直慶州人月城君諱平後行叅議郁曾孫訓鍊僉正邦稷孫稟性忠直膽力過人當丙子勇奮赴義專任軍務聞和成鼓心痛哭而退　有孫　珽坤　重坤　益坤

任望之　有孫　錫堂

文希慶字慶甫乙卯生南平人忠宣公益漸後正言頤富六

世孫武技超衆早登武科官至萬戶丙子與弟時慶同
赴義旅　有孫　潤昌　采東
文時慶字道遠丁巳生南平人忠宣公益漸後正言碩富六
世孫公於武最勇於文亦超南漢之憂從安先生起義
有孫　世範　道範　命廷　命玉
金得善字君元先山人快軒文正公台鉉後掌令孝愼五代
孫縣監錫侯曾孫幼有義質素多氣節從叔大民壬辰
殉節後益勵奮慨丙子與從侄就砥逵生廷望汝璉義
精協心應募後　贈司僕正
有孫　瑞河　鎭孝　鎭文

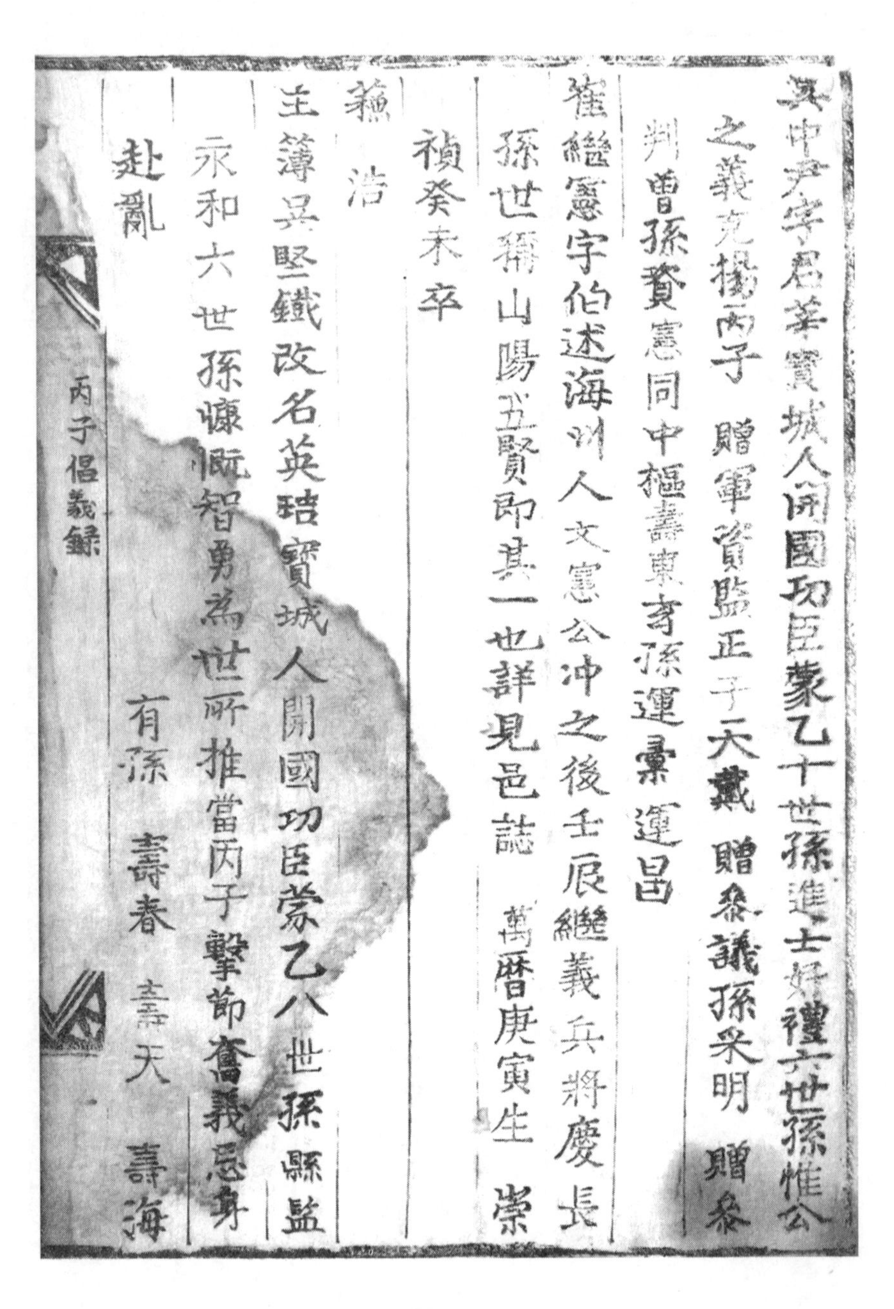

吳中尹字君華寶城人開國功臣蒙乙十世孫進士好禮六世孫惟公
之義充摽丙子 贈軍資監正子天載 贈叅議孫采明 贈叅
判曾孫贇憲同中樞壽東孝孫運彙運昌
崔繼憲字伯述海州人文憲公冲之後壬辰繼義兵將慶長
孫世稱山陽五賢即其一也詳見邑誌 萬曆庚寅生 崇
禎癸未卒
穌 浩
主簿吳堅鐵改名英琣寶城人開國功臣蒙乙八世孫縣監
永和六世孫慷慨智勇為世所推當丙子擊節奮義忌身
赴亂 有孫 壽春 壽天 壽海

丙子倡義錄

38

尹球字球之平海人右揆英毅公碩十世孫巳卯名賢判書
殷弼曾孫至丙子募義赴陣和成而退
有孫 景源 道源

宋弘善

張雲軾字公式興德人通訓大夫繕工監正 太宗朝禮葬
號楚谷合之七世孫參奉偉之曾孫性至孝力學不赴舉
業廬墓下以終鄉人以孝稱 有孫 斗拯 錫禧

沈恒壽字予久青松人左議政青城伯定安公德符九世孫
正郎溝之七世孫始居寶城慷慨多節忠義自許從安先
生起義旅媾成而退杜門自守 有孫 廷尹 師中

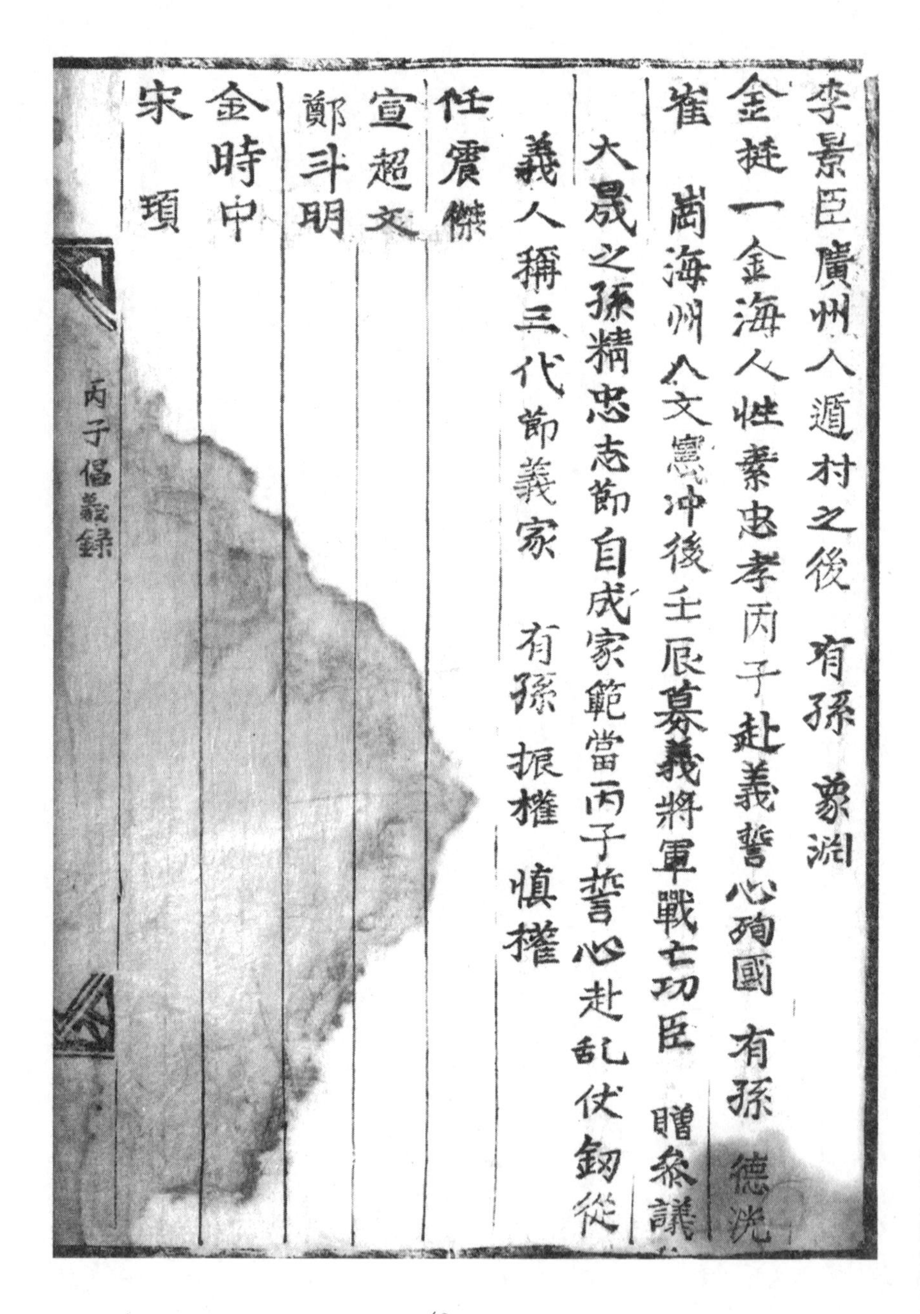

李景臣 廣州人遁村之後 有孫 象淵

金挺一 金海人 性素忠孝 丙子赴義誓心殉國 有孫 德洸

崔 嵩 海州人 文憲冲後 壬辰募義將軍戰亡功臣 贈參議

大晟之孫 精忠志節 自成家範 當丙子誓心赴亂 仗劍從

義 人稱三代節義家 有孫 振權 愼權

任震傑

宣超文

鄭斗明

金時中

宋 頊

丙子倡義錄

40

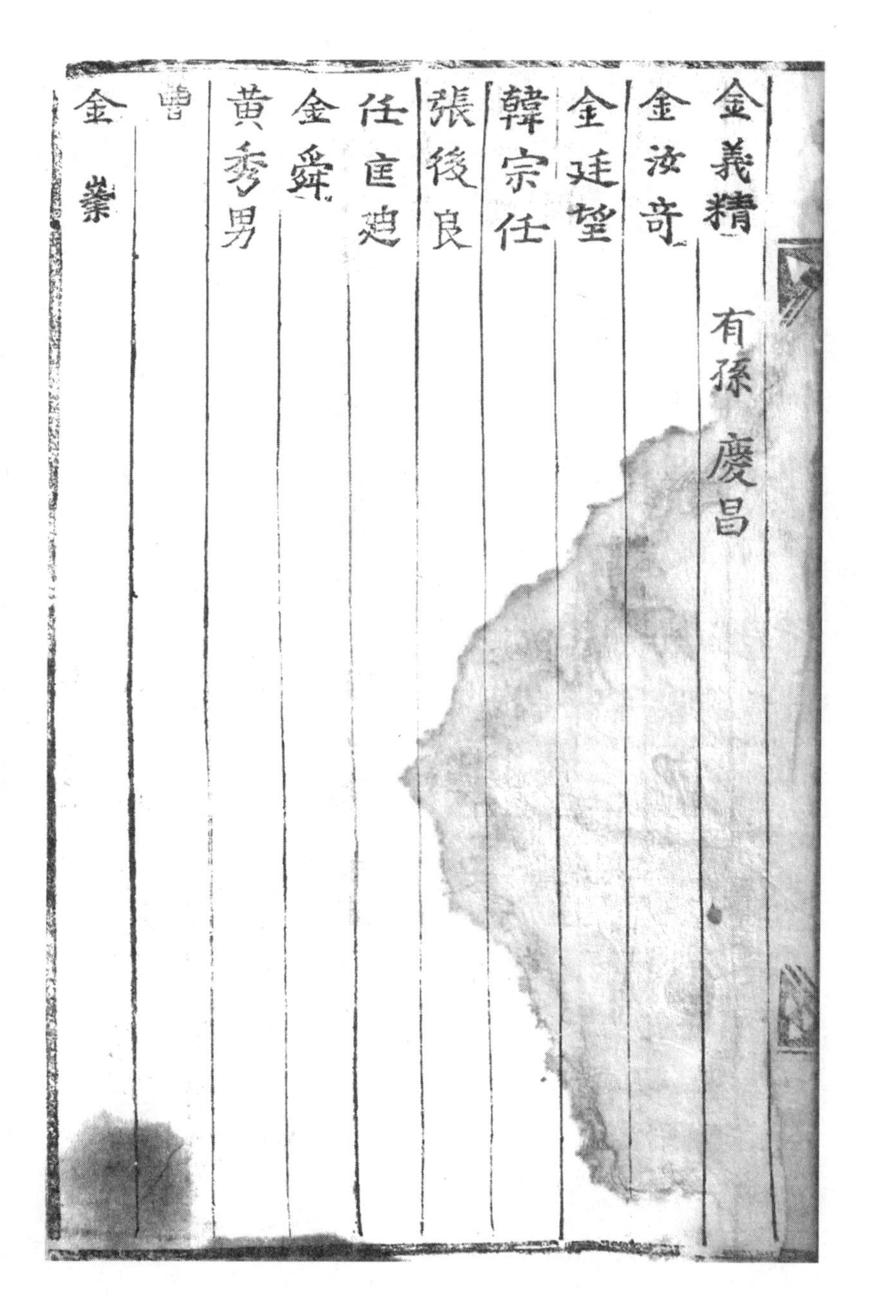
金義精 有孫 慶昌

金汝奇

金廷望

韓宗任

張後良

任宜逈

金舜

黃秀男

曺

金嶪

41

綾州

生員李韡字光甫萬曆庚子生公州人號華晉翁恭甫公明德八世孫 贈工曹參議靈齋子早年摳衣于隱峯先生之門先生贈詩一句曰光甫心中人而于擧義掌書記之任行至烏城作歌曰時節何紛紛虜騎正崩騰白面書生不勝忠憤斗於羅匣裡三尺欲試驗至公州聞和成而退

有孫 政垕 宅垕 思訥 碩垕

生員鄭琰晉州人菁川君乙輔後訓鍊奉事奇男子受業于先生門下文章德業見重士林丙子以後無意世事陪先生潛名自老

有孫 斗樞 命欽

丙子倡義錄

42

鄭淵

具體曾

鄭文熊字虞卿河東人庚戌生朔州教授汝諧五世孫叅奉

天球孫生員悅之子生員公叅於湖南募義錄公又承襲

先烈當丙子不勝忠憤倡義赴旅 有孫 後東 命天 命三

宋應祝字聖汝甲午生礪山人貞烈公松禮後叅奉敏禹孫

孝友之行文武之藝性素固有惟公之義彰于記事

有孫同樞 啓祚 英祚 啓成 啓衡 東龍

文脟克字子恭南平人萬曆甲辰生號三憂堂左司諫忠宣

公益漸十世孫直長昌後孫公誠孝篤實行義超異受業

于隱峯門下丙子倡起義中中道輟兵忠義所激當世稱
之　　有孫　濬吾　處吾　喜金

元履一原州人耘谷先生天錫九世孫習讀瑩然玄孫主簿
濂子公禀性慷慨早孤事母極孝遊安先生門學業大就
踐履敦確丙子亂有記事　有孫　埀　塾　聖爀

崔景禔江華人右尹渠八世孫祖主簿希立立愷晉陽事見
湖南義錄公又從先生赴義及還遂廢舉業悒悒而終
有孫　鳳祉　鳳祥

金汝鏞字子鳴己亥生清道人平章事英憲公之後自少
力學以三省之工為世所重及丙子之亂誓心殉國即日

丙子倡義錄

44

赴義　有孫 㥁始 德昊

金錄字禮鳴萬曆辛丑生南海人祖進士大器以文章鳴父
命哲以孝友稱公生有異質纔學語已知有君臣遇新物
輒北面而拜曰獻吾君也常以早孤為至痛事慈母如嚴
父追遠之禮日必參廟月則省墓至老不怠每歎曰兩親
既沒所以盡誠者惟君也及當丙子見先生檄文遂慷慨
抆淚告廟其兄掌樂正鏡賦詩訣之媾成罷歸後無意
世事耕釣以終曾孫運德　英廟之喪服衰寢外如喪
考妣以終三年鄉人歎服屢聞于官　運績　運鎰
運敬　希遠・希道

梁砥南字子鎭萬曆戊申生耽羅人號鬆峯學圃 彭孫 孝孫天性
至孝八歲能斷指父病即瘳十三又斷指母患乃蘇早年受業
于安先生門學行篤實累被鄉薦丙子與弟柱南俱以父命并赴
義旅甲申卒 有孫 達漢 命漢 胄漢 英漢 潤桂
梁柱南字子擎萬曆庚戌生耽羅人號梅溪砥南之弟誠孝
出天十一與兄并爲斷指於慈憂隨兄摳衣于先生門行
誼充成難弟難兄南漢之急 教文来到從兄赴義尤切慷
慨丙子以後杜門屛跡丙申卒 有孫 得漢 德周
鄭文鯉河東人朔州教授汝諧五代孫參奉天球孫生員悅
姪慷慨有志節丙子與安先生倡義 有孫 重赫

丙子倡義錄

46

丁邦彧字彧之靈光人縣監 贈判書霖五世孫旌閭忠訓子判書公之節於倭營忠訓壬辰之亂以義兵將殉節於龍灣公又忘身赴義其忠節為丁氏家則 有孫 運慶 致龍

鄭川池字汝重慶州人 太祖朝開國功臣鷄林君良景公號菊軒熙啓七代孫判書之信五世孫公性素忠孝誓心殉國 傍孫 潤福

鄭桂南

丁駬

鄭弼邦

李邦郁

金熙啓

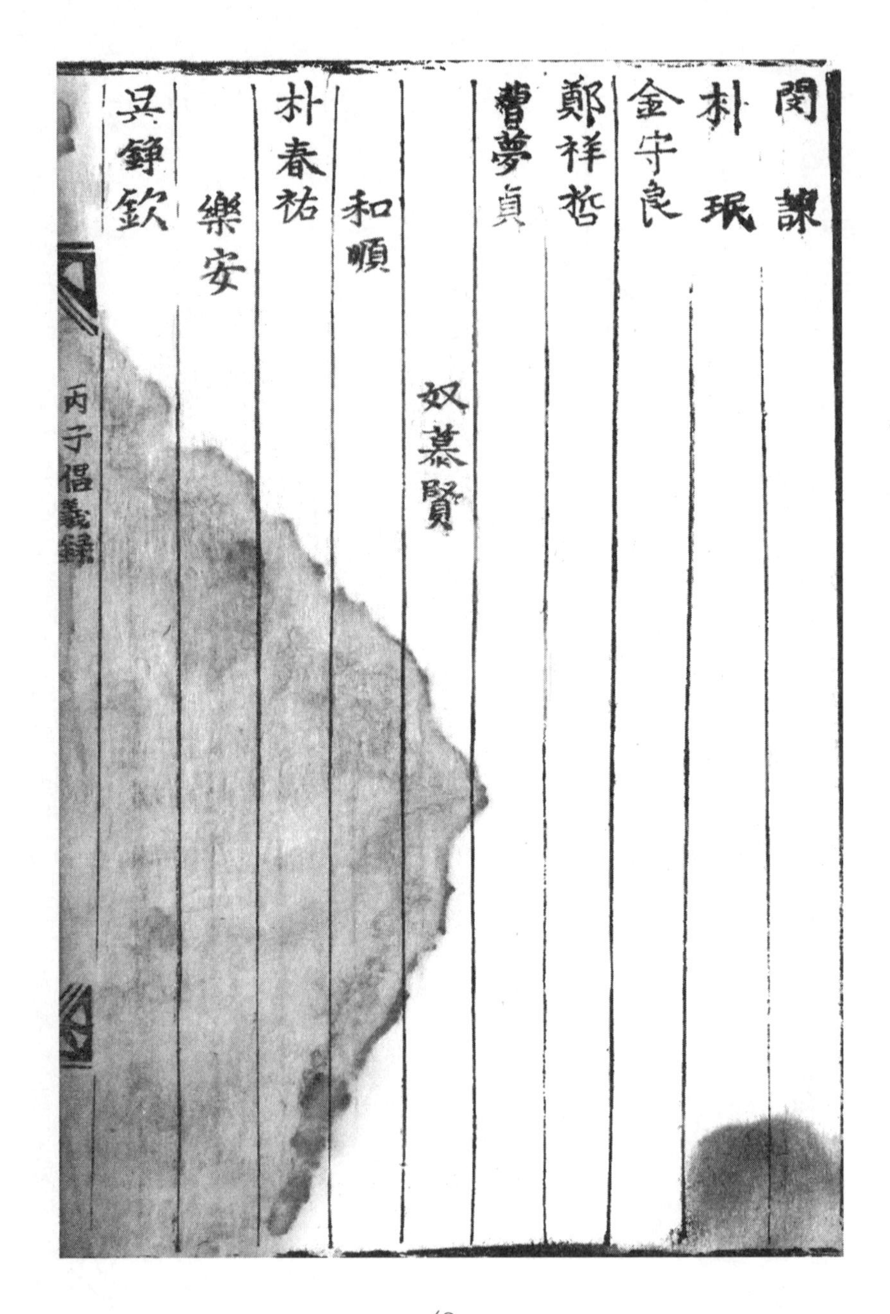
閔謙
朴琨
金守良
鄭祥哲
曹夢貞
奴慕賢
和順
朴春祐
樂安
吳鍾欽

丙子倡義錄

48

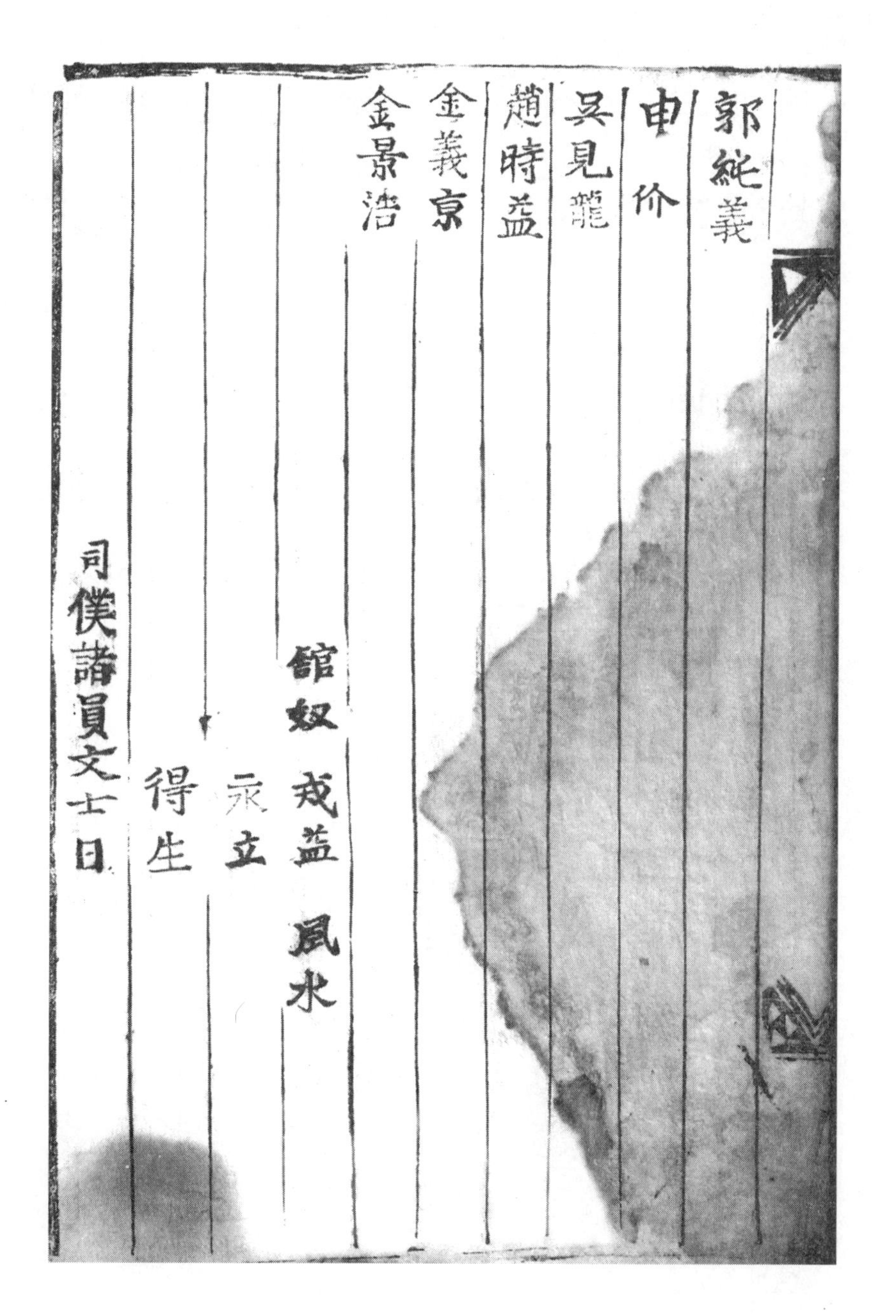

郭純義
申价
吳見龍
趙時益
金義京
金景浩
館奴 戎益 鳳水
永立
得生
司僕諸員文士日

羅州

洪命基字定中豊山人洪崖先生侃後叅判建業曾孫壬辰扈從軍資監正遠之孫忠孝出天器宇峻整牛山先生歸以孫女年十六遭丙子亂以公爲擧義從事傾財給餉聞和成而歸杜門自靖 崇禎二字書於左右朔望展拜臨沒戒家中勿用燕市繒帛累登道薦 有孫 樂後

長興

金允雄

金有信

尹東野字子耕叅原人代言公撝八世孫牧使志五世孫壬

辰兵變題 聖廟位進士滄子天資剛明處事詳敏文章

聳世孝友出天當丙子與安先生偕倡義旅

有孫 德相 德寬 德三

林天沱

崔臣一

林克昌

魏士進字子退長興人忠烈公繼廷後壬辰討倭原從勲訓

鍊副正公濬孫有文行重望丙子後廢擧業閉門守靖自

號栗里翁 傍孫 守約

金守誠

金允雄字敬夫戊子生淸州人 敬順王後裔都承旨麟
七世孫公性素忠孝言必稱事親之道行則畢憂國之忱
言有九條行論十叙編旨兩節誠警子孫勿替家訓無求
俗譽潛靜用工強勉實幹不知有身惟思存國當丙子與
安先生濟危赴亂蹈刃擧義老戢遁跡 有孫 商一 衡秋

張 顯字君哲德水人漢城判尹鵬後承旨乙輔五世孫泰
奉希載曾孫世傳忠孝慷慨有志節丙子奮臂從義嘗本
府粮餉和成後書除凶雪恥四字以訓子孫 有孫

白 顔賢水原人吏曹判書莊之後縣監祿守十世孫性素正
直智勇兼備丙子擧義主事軍務有孫 重言 源 雲啓

丙子倡義錄

52

南起文字文之宜寧人號栗亭領議政 太祖廟配享忠景
公在之後右議政 世祖朝名臣智十世孫監司洽之六
世孫郡守欽容孝孫郡守公行狀曰業顯門閥岐嶷明凱
宣傳官 贈左承旨應福任壬辰原從勳臣應凱子公篤
承誠孝世傳忠節受業于隱峯先生丙子擧義杖劒而從
和成而退 有孫通德郎 爲翼 通德郎雲霽 翼運
金器元字禮伯癸巳生號誠齋淸州人 敬順王後裔承旨
麟八世孫壬辰殉節臣主簿成章子公氣質宏雅風儀正
重平生慷慨事親純孝生遭明末講業春秋當丙子與安
先生倡義旅捐軀赴亂碩至礪山聞城下之盟痛哭

53

罹歸傳家節義人于今稱之 崇禎乙未卒

有孫 一衡 宗國 履仁

直長崔臣一字汝琳竹山人崇祿大夫議政府左贊成弘文舘大提學孝雲玄孫判書忠佐孫郡守領之子稟性忠孝慷慨智勇丙子從安先生赴義

有孫 昌吉 鳴德 宗憲 宗後 宗華

盧世憲字子章光山人領議政敬平公桑村先生嵩之九世孫大司成自亨寄孫佐郎思允子少尚奇氣不事科業孝友兼篤及遭丙子挺身赴義 有孫 泰岳 泰善 泰道

金以海字而鍵光山人縣監自中六世孫進士第五代孫

54

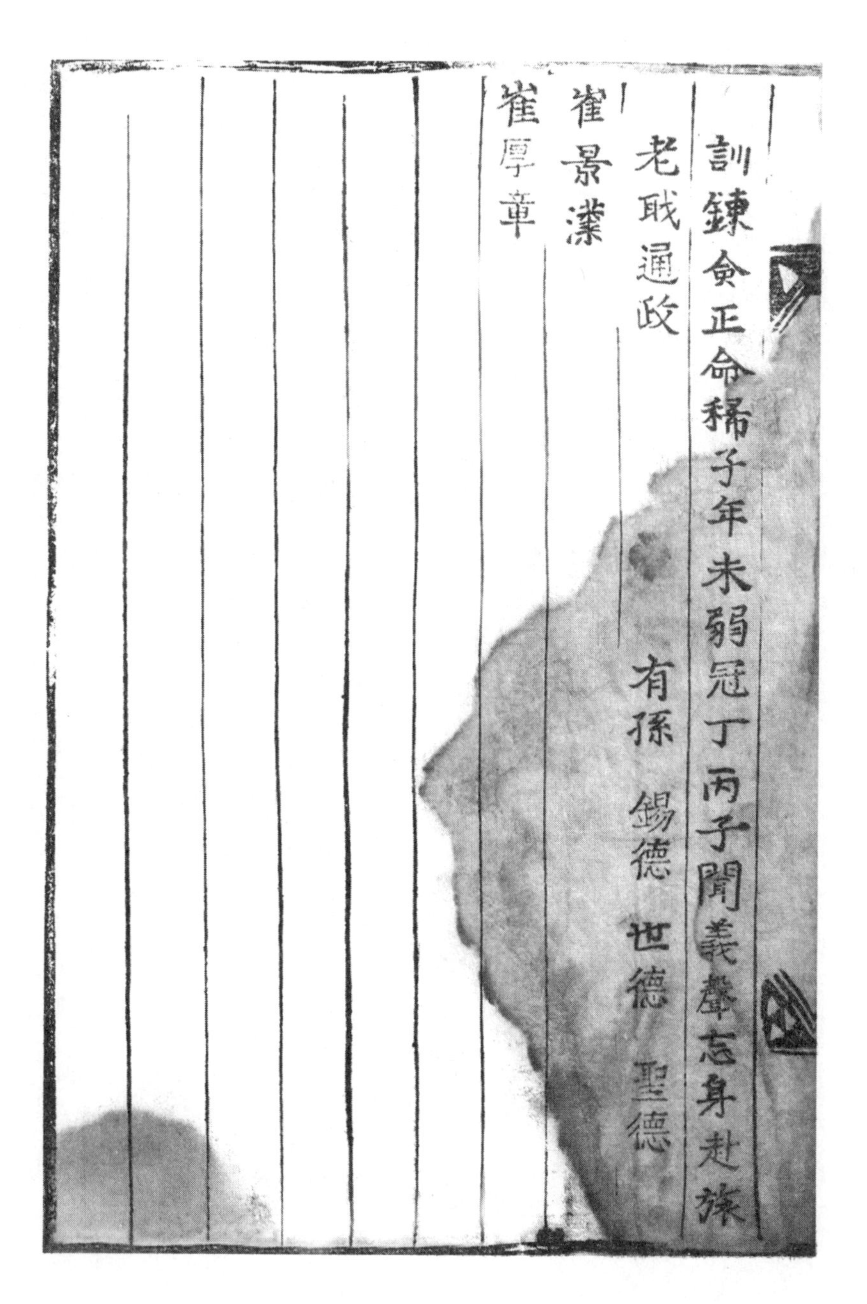

訓鍊僉正命稀子年未弱冠丁丙子聞義聲忘身赴旅

老職通政　有孫　錫德　世德　聖德

崔景漾

崔厚章

55

興陽

叅奉李復仁字常五星山人政堂文學進賢殿大提學星山

君文烈公號梅雲堂兆年十一世孫領議政星山府院君

文景公號亨齋稷九世孫叅奉洪子公倜儻多大志以仁孝

自任當丙子與安先生奮義從族 有孫 箕範 禹範 因範

曹義欽字士直昌寧人侍中精通之後文科漢良曾孫生員

慶先孫少多才藝壯有忠義丙子挺身奮義協力赴旅間

和成而歸 贈判決事 有孫 允光 仁德

曹守欽字平直昌寧人侍中精通後文科漢良曾孫叅奉奇

丙子倡義錄

56

男子壬辰戰亡募義將軍 贈參議崔大成之外孫幼而
穎悟壯而智勇當是亂奮義激烈忘身赴義
有孫 命彦 允中

宋 昕

金得兼

宋世義

金宗智

姜慶得字忠之晋陽人彌晦翁毅烈公民瞻後宣武功臣判官
彦海曽孫智勇絶倫忠孝純性 丙子應募赴義
有孫 聖佐 聖鳳 聖良

57

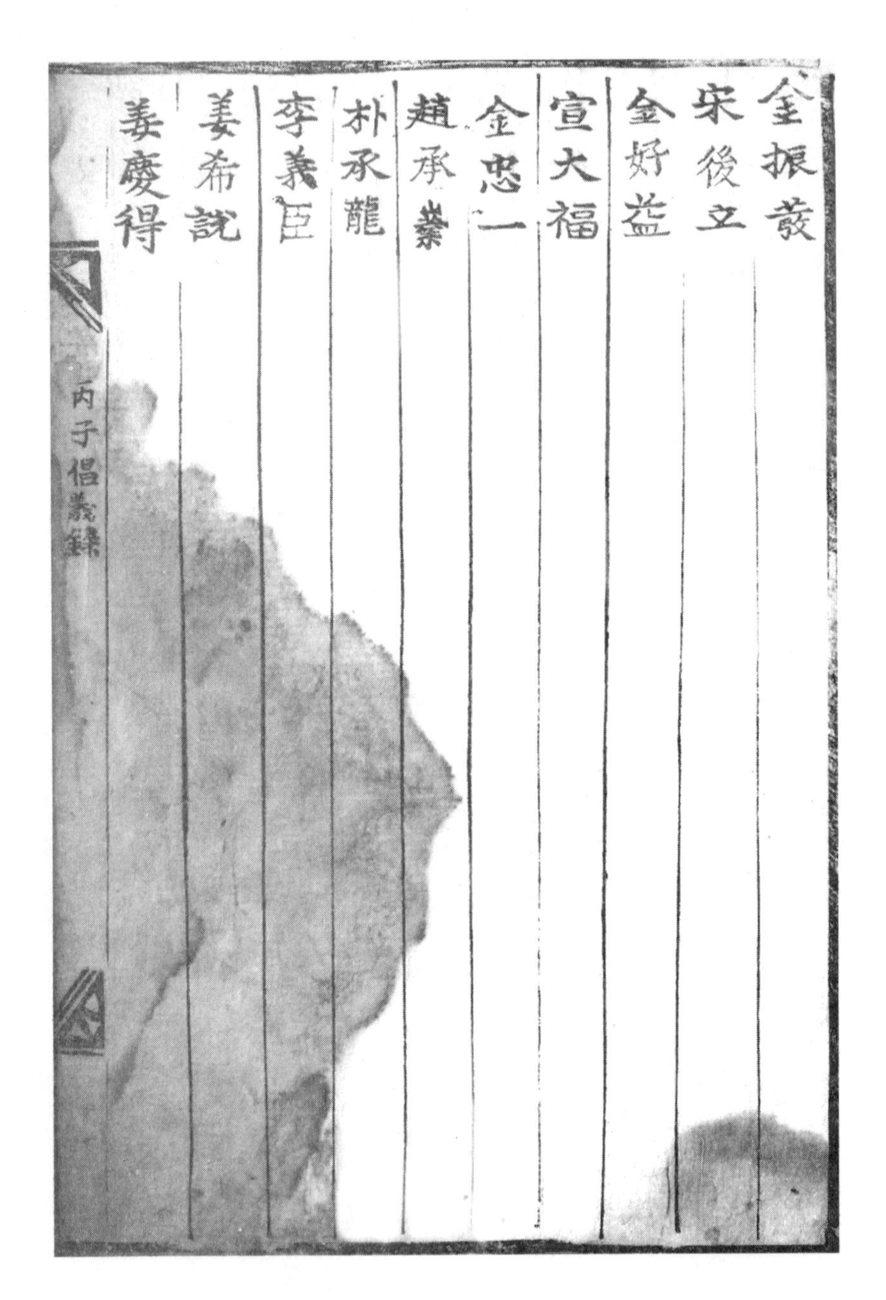
金振敬
宋後立
金好益
宣大福
金忠一
趙承業
朴承龍
李義臣
姜希說
姜慶得

丙子倡義錄

58

裵吉男

裵興業字潤成大丘人達城君雲龍後進士成晉八世孫公膂力過人義氣絶倫時當丙子胄死赴義到礪山聞和成而退扼腕不已閉門自守

有孫 世恒 景佐 景運 瀅 麟

朴英發

申智厚

金汝洞

金汝仁 有孫 碩規 德規

金汝兼 有孫 時景 時佐 楹

59

粤在丙子之變虜騎騷薄王城 車駕倉黃移駐南漢是時
吾東有志之士誰無敵愾赴難之志哉吾先祖牛山公沬血
悲憤將募義勤 王與鄕黨百餘員同盟約誓倡起義旅移
檄列邑號召同志日夜趣兵行到完山聞媾成痛哭而歸此
事梗槩略載於先生記草中而其節度方略未聞其詳吾鄕
後生尋常慨然於此適於本邑校上藏書閣中搜得當時誓
義完議同參諸員着署名帖及部署員額披而讀之其爲國
忠憤激昂辭表不覺髮竪而繼之涕零也且同盟諸賢皆是
吾鄕遺老名錄昭昭師律井井其勇赴國難之風凜然而立
懦夫矣且夫列邑諸公聞檄齊發風馳雲合豈非忠義相感

丙子倡義錄

60

而然耶兵末久而旋罷雖未樹豊功美跡而其忠肝義膽有
暴於天下後世以此避風義蹟無傳者于今百有餘年則凡
有秉彝之性者莫不扼腕嗟惜況為其子孫乎玆與義錄後
裔合意同謀鋟梓而行以當其不朽而至於吏胥旗手之賤
其忠憤激慨之心亦一般也并錄於部署之列以為壽傳之
計繼以辭曰忠義之性人所固有何獨義於前而裔於後耶
惟願僉義錄後孫各念其先之忠義激烈自勉家聲焉
崇禎紀元後三庚子仲春先生五代孫昌翊謹跋

62

[영인]

우산선생 병자창의록

牛山先生 丙子倡義錄

안창익 편찬, 1780년, 안세열 소장본

여기서부터 영인본을 인쇄한 부분입니다. 이 부분부터 보시기 바랍니다.

역주 신해진(申海鎭)

경북 의성 출생
고려대학교 국어국문학과 및 동대학원 석·박사과정 졸업(문학박사)
현재 전남대학교 인문대학 국어국문학과 교수
BK21플러스 지역어 기반 문화가치 창출 인재양성 사업단장

저역서 『강도충렬록』(공역, 역락, 2013)
『호남병자창의록』(태학사, 2013)
『호남의록·삼원기사』(역락, 2013)
『심양사행일기』(보고사, 2013)
『17세기 호란과 강화도』(편역, 역락, 2012)
『남한일기』(보고사, 2012)
『광산거의록』(경인문화사, 2012)
『강도일기』(역락, 2012)
『병자봉사』(역락, 2012)
『남한기략』(박이정, 2012)
이외 다수의 저역서와 논문

우산선생 병자창의록
牛山先生 丙子倡義錄

2014년 1월 10일 초판 1쇄 펴냄

편찬자 안창익
역주자 신해진
펴낸이 김흥국
펴낸곳 도서출판 보고사

책임편집 권송이
표지디자인 오동준

등록 1990년 12월 13일 제6-0429호
주소 서울특별시 성북구 보문동7가 11번지 2층
전화 922-5120~1(편집), 922-2246(영업)
팩스 922-6990
메일 kanapub3@naver.com
http://www.bogosabooks.co.kr

ISBN 979-11-5516-212-5 93810

정가 25,000원